Garrett Leigh



# qui [illegible] dîner à Noël ?

Traduit de l'anglais par :
Giulia Dadon

Pour la présente édition © MxM Bookmark 2021
MxM Bookmark est un label appartenant aux éditions Bookmark.



Edition originale parue sous le titre : Angels in the City
Copyright © *Garrett Leigh*

Traduction © Giulia Dadon
Suivi éditorial © Julie Nicey
Correction © Relis-tes-ratures
Maquette © Rémi Laporte
Illustration de la couverture © Raquel M. Varela

ISBN: 9791038116788
Existe en format numérique



www.editionsbookmark.com

Devine
qui vient dîner
à Noël ?

# Avant-propos

Un grand merci à Nikolaï pour la lecture de la sensibilité russe. J'ai beaucoup apprécié de découvrir les *yolkas*[1] de ton enfance et ce qu'ils représentaient pour toi.

1 Arbre pour la fête du Nouvel An en Russie

# Chapitre 1

Le début de la saison des fêtes avait toujours été un véritable fléau pour Jonah Gray. Ou du moins depuis qu'il était en âge d'assister au bal d'hiver annuel organisé par ses parents pour la fondation caritative rattachée à leur cabinet d'avocats en ville. Il ne travaillait plus pour Gray & Gray depuis qu'il avait quitté son stage de troisième cycle quatre ans auparavant, et pourtant, il était là, courant dans tous les sens à la dernière minute, avec la même inquiétude et la même anxiété qu'à seize ans.

*Calme-toi. S'ils essaient encore de te mettre en couple avec Edward, dis-leur que tu as changé d'avis sur ton homosexualité. Dis-leur que tu couches avec Lily.*

Cette idée le fit rire autant qu'elle aurait fait rire Lily Dawson, sa meilleure amie et complice de longue date, mais son amusement ne rendit pas moins intimidante la perspective de la longue soirée qui l'attendait. Il aimait ses parents… la plupart du temps, et il était fier de l'œuvre caritative qu'ils avaient créée grâce à leur immense fortune, mais bon sang, personne ne l'avait prévenu qu'être célibataire et gay ne serait pas moins stressant que s'il avait été hétéro.

« *Tu ne peux pas papillonner à droite et à gauche pour toujours, Jonah. Il est temps de grandir.* »

Sympa. Comme si fonder sa propre agence de publicité et travailler dix-huit heures par jour pour la faire décoller n'était pas suffisant. Maintenant, il devait s'attacher à l'un des trois célibataires homosexuels que ses parents avaient jugés convenables et former une heureuse famille gay, juste pour satisfaire les autres.

Il tripota une dernière fois son nœud papillon et sortit de son bureau vitré. Comme d'habitude, il était le dernier à partir. Un unique employé de l'équipe de nettoyage était là pour lui souhaiter bonne nuit.

— Passez une bonne soirée, Monsieur Gray, le salua-t-il.

— Vous aussi, Curtis, déclara-t-il en hochant la tête. Il y a des restes de petits gâteaux dans le salon, et du café dans la cafetière. Servez-vous. Emportez les pâtisseries chez vous si vous le souhaitez.

— Merci, monsieur Gray.

— De rien.

Il laissa les bureaux de sa société derrière lui et se dirigea vers les ascenseurs qui le conduiraient à la voiture qui l'attendait. Ses jambes étaient lourdes et il aurait donné n'importe quoi pour éviter la limousine et prendre un taxi pour rentrer chez lui. Même une nuit seul avec sa main gauche était préférable aux conneries qu'il était sur le point d'endurer. Si l'on ajoutait à cela son entremetteuse de mère qui complotait sûrement depuis plusieurs semaines, il était prêt à se jeter sous le prochain bus londonien.

*Drama queen.*

Sans aucun doute. Et ça ne correspondait pas à son caractère. En temps normal, il était fier de son sang-froid. De sa capacité à gérer n'importe quelle crise et à la résoudre, mais le bal annuel de G&G le déstabilisait plus que n'importe quoi d'autre.

« ... *Allez,* avait ronronné le plus vieux. *Juste un petit coup rapide. Je ne dirai rien à personne, pas même à ta mère.* »

Jonah frissonna. Neuf ans s'étaient écoulés depuis qu'il avait arraché ces mains tâtonnantes de son pantalon, mais chaque fois que cette nuit apparaissait sur son calendrier, il se retrouvait là-bas, plaqué contre un mur, étouffant dans l'odeur de la peur et de l'eau de Cologne hors de prix.

*Alors arrête d'y penser. Peut-être qu'il ne sera pas là cette année et tu pourras te servir en champagne et en petits fours en paix. Et dans tous les cas, il était juste sacrément tactile. Lily a connu pire en prenant le métro.*

Ce n'était pas tout à fait vrai, mais l'ascenseur arriva, et le ding silencieux interrompit ses pensées qu'il gardait habituellement sous contrôle. Il redressa les épaules et entra dans la cabine vide. Il aperçut son reflet et il ne pouvait nier qu'il était beau dans son smoking Armani. Le noir et le blanc se mariaient bien à ses cheveux auburn et à ses yeux verts, mais bon sang, faire l'inventaire de ses traits dans un miroir, n'était-ce pas le pire des clichés ?

Il se détourna de lui-même et se concentra sur Curtis, suivant le vieil homme alors qu'il déplaçait l'aspirateur autour des bureaux de Flash Gray, se frayant un chemin à travers le fatras de décorations que Jonah avait permis à son personnel d'installer l'après-midi même. Il n'y avait pas une seule babiole inappropriée dans la palette de couleurs rouge et or – l'avantage de garder son équipe créative proche. Il n'aurait pas pu supporter le chaos de guirlandes que la société de développement d'applications avait mis en place dans les bureaux voisins. C'était déjà suffisant pour que ses globes oculaires se crispent alors que les portes de l'ascenseur commençaient à se fermer.

Des bruits de pas précipités le firent sursauter. Il cligna des yeux, le regard toujours fixé sur Curtis. Il était dans son bureau, l'aspirateur à la main. Les bruits de pas appartenaient à quelqu'un d'autre ; quelqu'un avec une montre-bracelet coûteuse et des doigts élégants qui forcèrent les portes de l'ascenseur à se rouvrir.

Une grande silhouette entra, bousculant presque Jonah. Il fit un pas en arrière et respira une odeur de coton propre et de musc. Puis un homme grand et mince envahit son champ de vision, l'incarnation de tous ses fantasmes devenus réalité. Un homme aux épaules larges, à la mâchoire sombre et mal rasée, aux yeux mouchetés d'or et au sourire narquois.

— Je m'excuse, lança l'homme avec un accent que Jonah n'arriva pas à situer. Je ne voulais pas vous faire trébucher.

— Ce n'est pas le cas, mais prévenez la prochaine fois et je le retiendrai pour vous. Pas besoin de courir comme un fou.

Les lèvres de l'homme tressaillirent. Jonah les fixa, son sang s'échauffant d'une manière à laquelle il n'était pas du tout préparé, surtout ce soir-là. Il se força à détourner le regard et appuya de nouveau sur le bouton du rez-de-chaussée.

— C'est bon pour vous ? Ou vous descendez ailleurs ?

— C'est bon.

Jonah acquiesça et fixa à nouveau son regard droit devant lui, essayant d'ignorer la présence de l'homme scandaleusement séduisant à ses côtés. Il devait venir de la société d'applications voisine, mais Jonah était sûr à cent pour cent qu'il était soit en visite, soit nouveau. Ce n'était pas un employé régulier ; impossible. L'entreprise d'à côté avait parfois des horaires irréguliers, mais lui aussi, et il n'y avait aucune chance que cet homme ait pu aller et venir à cet étage du bâtiment sans qu'il le remarque.

En fait, sans que tout le monde le remarque et en parle, car qui que soit cet homme, n'importe quel être humain serait d'accord pour dire qu'il était assez sexy pour arrêter la circulation.

Jonah jeta un autre coup d'œil furtif vers lui, observant ses traits anguleux et sa barbe mal rasée. Ses épais cheveux bruns n'étaient pas coiffés ; ils étaient légèrement ondulés, le genre d'ébouriffement qui donnait l'impression qu'il venait juste de sortir du lit après une longue nuit de…

L'ascenseur fit un bond. Il inspira fortement et jeta un rapide coup d'œil vers le bas, vérifiant que la chaleur qui fleurissait dans son ventre n'avait pas voyagé trop loin vers le sud, puis il se concentra sur le panneau de contrôle de l'ascenseur. Il était bloqué entre deux étages et ne bougeait plus.

— Merde. On est coincés ?

— Peut-être, supposa le bel inconnu en se penchant sur Jonah.

Il appuya sur quelques boutons. Rien ne se produisit.

— C'est déjà arrivé avant ? s'enquit-il.

— Dans ce bâtiment ? Jamais. Vous ne travaillez pas ici, alors ?

*Bien joué. Comme si c'était important pour l'instant.*

— J'ai commencé aujourd'hui, l'informa distraitement l'homme, son attention toujours fixée sur le panneau de contrôle. Personne ne m'a prévenu que vous aviez aussi de la technologie soviétique ici.

*Soviétique. Russe.* L'accent de l'homme s'accentua et une chaleur inappropriée envahit de nouveau Jonah. Il la tempéra en revenant à leur réalité. Ils étaient piégés dans l'ascenseur d'un bâtiment alors que tout le monde était rentré chez soi. Il ne restait qu'un seul agent de sécurité, et il était à peu près sûr qu'il devait être endormi à cette heure, assoupi devant sa console près de la porte d'entrée, comme c'était toujours le cas quand il partait le soir.

— Je doute que ces ascenseurs soient de fabrication soviétique. Ce bâtiment a vingt ans.

— Je plaisantais ?

— Oh.

— Ce n'est pas grave. Je ne suis pas souvent drôle, rétorqua l'étranger, une lueur dans les yeux difficile à interpréter.

Un sourire réchauffa le visage de Jonah, mais il le garda petit.

— Je ne suis pas non plus connu pour mon sens de l'humour. Y a-t-il un bouton d'appel sur lequel on peut appuyer ?

— Il y a un bouton d'urgence, et un numéro de téléphone. L'alarme semble un peu…

— Inutile ?

— Oui. Inutile.

— Et il n'y a personne ici pour l'entendre. Samson ne se réveillera pas, sauf si une bombe explose.

— Samson ?

— L'agent de sécurité, précisa Jonah. Il doit être endormi maintenant.

— Consciencieux.

— On peut dire ça comme ça. Mais il a soixante-neuf ans et il vient de subir un triple pontage cardiaque, alors je suis indulgent. Je préfère qu'il soit réveillé à minuit quand il n'y a personne.

— Vous avez l'air important.

— Vraiment ?

Le Russe se pencha assez près pour que Jonah hume une autre vague de son odeur naturelle.

— Oui. Est-ce que l'agent de sécurité travaille pour vous ?

— D'une manière détournée. Ma famille possède ce bâtiment.

— Ah, les vieilles fortunes.

— Quelque chose comme ça, rit-il. Je vais appeler ce numéro. Je ne sais pas pour vous, mais je suis attendu quelque part.

L'homme ne répondit pas. Il se recula pour lui laisser la place et se retira dans son propre coin de l'ascenseur exigu. Il portait une sacoche d'ordinateur portable et un pardessus. Il posa les deux et s'appuya contre le mur, l'image même de la relaxation.

Jonah s'autorisa un autre regard rapide sur lui, s'imprégnant de sa mâchoire mal rasée et de ses pommettes saillantes, puis se força à se concentrer sur la voix automatisée au bout du fil.

Cinq minutes plus tard, une femme sympathique de l'Oxfordshire l'informa que l'aide n'arriverait pas avant trente minutes.

— Toutes mes excuses, monsieur Gray. Notre équipe est déjà sur une panne à Knightsbridge.

— Vous n'avez qu'une seule équipe ?

— Ce soir, oui, monsieur.

— Tant pis. Je suppose que nous survivrons.

— Puis-je prendre le nom de vos compagnons, monsieur Gray ?

— Bien sûr. Il n'y en a qu'un. Monsieur…

Le Russe brandit un cordon de sécurité qu'il n'avait pas remarqué, accroché à son cou élégant. Il était tout neuf et la photo granuleuse ne rendait pas justice à son visage ciselé. Il s'appelait Sacha.

Sacha Ivanov.

Jonah répéta dans le téléphone. Sacha Ivanov sourit lorsqu'il écorcha son nom de famille et tourna ses yeux mouchetés d'or vers le plafond.

— Désolé, je l'ai mal dit ? grimaça Jonah en mettant fin à l'appel.

— Non. C'est juste amusant d'entendre un garçon anglais dire mon nom.

— Un garçon ?

— Un homme. Peu importe. Est-ce qu'on va vieillir ensemble ici ?

Jonah se lécha les lèvres, un passage subconscient de sa langue là où il aurait préféré celle de Sacha Ivanov. *Wow. Ça sortait d'où, ça ?*

Probablement d'une période d'abstinence de trois mois. Il n'avait pas le temps pour les histoires d'amour, et les longues heures de travail, puis son anxiété grandissante à propos de cette soirée, le tenaient éloigné des coups d'un soir depuis un moment.

— On ne va pas mourir à moins que vous n'expiriez dans les trente prochaines minutes. Vous pensez pouvoir survivre aussi longtemps ?

— Ça dépend de votre compagnie, je suppose, monsieur Gray.

— Et c'est comme ça qu'un garçon russe dit mon nom, hein ?

— Vous pensez que je suis un garçon ?

Jonah haussa les épaules.

— Peut-être pas. Mais mon nom semble bien plus intéressant quand vous le dites.

— Vous êtes très intéressant pour moi, Jonah. Je peux vous appeler comme ça ?

— C'est aussi bien. On va rester ici un moment. Vous préférez que je vous appelle Sacha ? Ou monsieur Ivanov ?

— Vu les circonstances, Sacha sera parfait. Monsieur Ivanov c'est pour… d'autres choses.

Le pouls de Jonah s'accéléra. La sensation que le Russe jouait avec lui était écrasante. Et excitante, ce qui était ridicule, puisqu'il était bien plus probable qu'il se moque de lui plutôt qu'il flirte. Mais quand même. La chaleur montait en lui et il ne pouvait pas la combattre. Cet homme était magnifique. Littéralement, l'objet de tous ses fantasmes.

— Va pour Sacha, alors.

— Bien.

Sacha était toujours appuyé contre le mur. Son costume coûteux l'enveloppait comme une seconde peau, laissant savoir à Jonah qu'un corps de rockeur se cachait en dessous – de longues jambes, une poitrine puissante, des abdos parfaits. Il se demanda si la teinte brune de ses cheveux se retrouvait à d'autres endroits et dut détourner le regard, bien qu'il ne trouvât rien de particulier sur quoi porter son attention. L'intérieur de l'ascenseur était plutôt terne, à moins qu'il ne veuille encore une fois contempler son propre visage.

Il se contenta de s'asseoir sur le sol, reconnaissant que l'ascenseur ait déjà été nettoyé ce soir-là. Il étendit ses jambes devant lui et observa ses chaussures de ville brillantes. Bien qu'il portât des costumes au travail tous les jours, il les associait à des bottes, un décalage qui le rendait moins vulnérable aux hivers britanniques humides. La fonctionnalité avant la tradition. Cela lui permettait également de ne pas ressembler au bourgeois pour qui certains de ses jeunes employés le prenaient. Il avait vingt-six ans bordel, pas cinquante, et ses chaussures actuelles lui donnaient l'impression d'être son père.

— Tu n'aimes pas tes chaussures ?

Jonah releva la tête pour constater que Sacha avait pris la même pose pour s'asseoir en face de lui, ses jambes étendues à côté des siennes. Il portait des bottes marron foncé éraflées. Jonah voulait les détacher et passer ses mains sur les jambes de Sacha, et…

*Arrête. Bon sang, c'est quoi ton problème ?*

Exactement ce que n'importe qui ressentirait en étant piégé dans un espace confiné avec quelqu'un d'aussi beau que Sacha Ivanov. Le regard de ce dernier était si pénétrant qu'il semblait pouvoir lire toutes ses pensées avant qu'il ne les reconstitue lui-même, et ce serait bien plus embarrassant que les chaussures brillantes à ses pieds.

— J'ai une réception ce soir. Je n'ai pas l'habitude d'être fagoté comme ça.

— Fagoté ?

— De m'apprêter. Porter ce genre de tenue. Ces chaussures ne sont pas mon truc.

— Elles sont jolies.

— Tu trouves ?

— Oui, mais si ce n'est pas… ton truc, pourquoi les porter ?

— Mes parents organisent un bal à l'hôtel Dorchester. Je vais les irriter suffisamment en y assistant seul, alors je préfère ne pas attirer l'attention sur mes choix vestimentaires.

— Ah, je vois.

Sacha hocha la tête comme si c'était parfaitement logique pour lui. Peut-être que c'était le cas. Sa montre-bracelet et son manteau le trahissaient comme un homme habitué au luxe.

— Tu n'as pas trouvé de rencard ?

— Oh, j'aurais pu, souffla Jonah. Mais pas celui que je voulais.

— Pas de copine ?

— Non.

— Petit copain ?

— Malheureusement non, avoua-t-il en secouant la tête. Pourtant mes parents auraient préféré. Ça les dérange que je ne ramène pas d'hommes à la maison comme je le faisais avec les filles quand j'étais plus jeune…, expliqua-t-il, se coupant lui-même en hochant la tête. Désolé. C'était plus révélateur que je ne le voulais.

Sacha haussa les épaules.

— Ça a du sens pour moi.

— Vraiment ? Comment ça ?

— Ils pensent probablement que tu es un homosexuel refoulé. Tu ne devrais pas hésiter à ramener tes hommes à la maison, Jonah Gray, si ce sont des hommes bien, non ?

Ce dernier grimaça, son esprit se remémorant le dernier rendez-vous qu'il avait eu, si on pouvait appeler ça comme ça. L'homme était bien habillé et riche, mais réservé et fiancé à une fille dont le père jouait au bridge avec le sien dans le club huppé de Mayfair qu'il avait passé toute sa vie d'adulte à éviter. L'homme l'avait baisé de sept façons différentes, mais à la condition qu'il ne le dise à personne.

— Je ne rencontre pas beaucoup d'hommes bien.

— C'est regrettable.

— N'est-ce pas ?

Jonah tourna son regard vers le plafond, étudiant les panneaux comme s'ils étaient la chose la plus intéressante au monde. La nuit s'écoulait. Avec un peu de chance, le temps qu'ils soient secourus, la limousine qui l'attendait dehors serait partie, ne lui laissant d'autre choix que d'espérer que tous les taxis de la ville étaient réservés et indisponibles. Peut-être qu'il pourrait rentrer chez lui, enlever ce smoking ridicule et passer la nuit seul dans son appartement. Cependant, la perspective d'une soirée solitaire dans l'intimité n'était que légèrement plus attrayante qu'une soirée mondaine, et un lourd soupir s'épanouit dans sa poitrine.

Il le ravala et reporta son attention sur Sacha, curieux de savoir pourquoi il ne faisait pas ce que le reste du monde faisait dès qu'ils avaient une seconde : taper sur son téléphone.

— Quels sont les grands projets dont on t'empêche de profiter ? Il y a quelqu'un qui t'attend ce soir ?

Sacha secoua la tête.

— Personne ne m'attend pour m'emmener à un bal au Dorchester, ou ailleurs. Je rentrais seulement chez moi pour la nuit.

— Je suis jaloux.

— Tu n'aimes pas les fêtes ?

— Pas ce genre, avoua-t-il en haussant les épaules.

— Dommage. J'aime le champagne et ces petits aliments…, comment s'appellent-ils ?

— Des petits fours ?

— Oui. Des petits fours. J'aime ça.

— Tu aimerais ma mère alors. Elle est obsédée par le fait qu'ils soient parfaits.

— Y a-t-il un mauvais type de petits fours ?

Encore une fois, il était difficile de dire si Sacha était sérieux. Il avait le genre d'yeux qui brillaient selon son humeur, mais cela ne rendait pas celle-ci plus facile à déchiffrer. En plus, Jonah ne le connaissait pas. Sous son sourire en coin, il y avait toutes les chances qu'il soit furieux de la demi-heure qu'il avait perdue avec lui et l'ascenseur cassé.

*Les hommes en colère ne parlent pas de petits fours*. En même temps, Jonah n'aurait jamais pensé parler de ça avec quelqu'un d'autre qu'Eleanor Gray. Genre, jamais.

— Tu sais quoi, si tu les aimes tant que ça, tu peux prendre ma voiture pour aller au Dorchester quand on sortira d'ici et manger tous les petits fours que tu veux.

— Tu dis ça comme si c'était une blague, répliqua Sacha, son sourire s'élargissant. Comme si tu ne venais pas avec moi.

— Je pourrais faire pire pour un rendez-vous, je suppose, rigola Jonah.

— Tu pourrais faire bien pire, Jonah Gray.

— Tu n'es pas obligé de t'adresser à moi par mon nom complet à chaque fois.

— Deux fois. Sois précis si tu veux me réprimander.

— D'accord. Deux fois. Peu importe. Tu peux juste m'appeler Jonah.

— J'aime bien ton nom en entier.

— J'aime aussi le tien.

Sacha se lécha les lèvres ; un petit coup de langue que Jonah aurait manqué s'il ne l'avait pas dévisagé aussi intensément. Mais il était de plus en plus captivé. Il ne pouvait pas détourner le regard, et inexplicablement, les bouffées de chaleur qui le parcouraient commencèrent à se rassembler dans son aine. *Ne bande pas. Ne bande pas. Ne bande pas.*

Il plia les genoux pour cacher sa situation.

Sacha sourit, mais l'ascenseur couina avant qu'il ne puisse parler, se mettant en marche et leur faisant tous deux perdre l'équilibre.

L'ascenseur descendit, les lumières clignotant comme dans un film d'horreur. Sacha se leva et lui tendit la main.

En l'absence d'idées plus brillantes, il la prit et se leva, le feu du contact de l'autre homme se frayant un chemin depuis sa paume jusqu'à l'endroit qu'il essayait d'ignorer.

— Merci.

— De rien. Et ça ne fait même pas trente minutes. Peut-être que tu pourras aller à ta soirée finalement.

— Il est encore temps pour toi de m'accompagner.

Les mots avaient quitté sa bouche avant qu'il ne puisse les rattraper, se répandant librement dans le monde au-delà de son contrôle.

— Je veux dire, si tu le souhaites. Tu as dit que tu n'avais rien de prévu à part rentrer chez toi.

— Et tu as dit que tu étais jaloux. *Tu* pourrais laisser tomber ta fête et m'accompagner.

— Tu me demandes de rentrer avec toi, Sacha Ivanov ?

L'ascenseur s'arrêta et les portes s'ouvrirent. Sacha inspira avant de sortir.

— Une autre fois, peut-être. Je n'ai pas envie que ta mère soit contrariée à cause de moi.

Jonah le suivit et dépassa Samson et le groupe de techniciens qui se répandirent en excuses. Il les salua et suivit Sacha jusqu'aux portes-tambours donnant sur la rue. L'air froid le frappa lorsqu'il sortit et sembla emporter avec lui les restes du badinage qu'ils avaient partagé dans l'ascenseur. C'était le monde réel. Bien sûr, Sacha Ivanov n'allait pas monter avec lui dans la limousine qui l'attendait. Lui-même n'allait pas non plus prendre une expression sérieuse et le lui demander.

De toute façon, Sacha ne le regardait plus. Il était maintenant absorbé par son téléphone, son expression n'ayant rien à voir avec le flirt facile qu'il avait jeté avec désinvolture sur lui. *Vas-y. Ce n'est pas comme si tu n'allais pas le revoir s'il travaille dans le même bâtiment.* Mais il ne bougea pas. Ses chaussures restèrent enracinées sur place tandis que Sacha regardait d'un air renfrogné ce qui l'irritait sur son téléphone.

La limousine tournait au ralenti sur le trottoir comme un éléphant brillant. Il fit un signe de tête au chauffeur, pour signaler qu'il l'avait vu. Puis il toucha le bras de Sacha, assez légèrement pour pouvoir s'éloigner si ce dernier ne répondait pas.

Le regard brillant de Sacha vacilla sur l'écran de son téléphone. Le fantôme d'un froncement de sourcils assombrit ses traits, puis disparut, comme s'il n'avait jamais été là.

— Tu es toujours là.

— Toi aussi.

Sacha sourit.

— J'attends peut-être que tu tiennes ta promesse de petits fours.

Un rire éclata dans la poitrine de Jonah.

— Sérieusement ? On est repartis sur les petits fours ?

— C'est une affaire sérieuse, non ?

— OK, OK. Je peux les prendre au sérieux, mais seulement si tu viens vraiment avec moi. Ce serait dommage de gâcher ton costume d'enfer pour une journée au bureau.

— Mon costume d'enfer ?

— Il est beau, précisa Jonah. Il te va bien.

Pendant un long moment, Sacha ne répondit rien. La pause s'étira presque jusqu'à devenir gênante et Jonah commença à se demander s'il n'avait pas commis une erreur terrible et embarrassante. Puis Sacha roula ses élégantes épaules et lui tendit le bras.

— Très bien alors, Jonah Gray. Nous allons au bal.

# Chapitre 2

Monter dans une limousine avec un quasi étranger pour assister à l'événement le plus prestigieux de l'année pour la haute société était loin d'être la tournure la plus étrange que la vie de Sacha ait prise. Des choses bien plus folles étaient arrivées à Moscou. Mais il y avait quelque chose d'indéniablement excitant à entrer dans le célèbre hôtel Dorchester avec Jonah Gray à son bras.

Les flashs des caméras les avaient aveuglés à l'entrée de Park Lane, à l'extérieur. Les paparazzi criaient le nom de Jonah. Il les avait ignorés, et Sacha aussi, mais il était quand même curieux.

— Tu es célèbre, fit-il remarquer alors que le personnel s'empressait de ranger leurs manteaux dans le grand hall d'entrée. Je n'ai jamais entendu parler de toi, pourtant.

Le sourire de Jonah se crispa, devenant presque enfantin. Avec ses cheveux auburn et ses yeux vert brillant, il était d'une beauté inégalée. Envoûtante, en fait, ce qui expliquait en partie pourquoi Sacha était collé à son côté comme un amant perdu depuis longtemps.

— Je ne suis célèbre que lors d'événements comme celui-ci. La plupart du temps, personne n'a la moindre idée de qui je suis, mais tu ferais mieux de ne pas dire que tu ne le sais pas, plaisanta Jonah avec son doux accent anglais.

Je ne vais pas non plus dire à ma mère que je viens de te récupérer dans un ascenseur.

— Est-ce qu'on doit prétendre qu'on a déjà fait ça avant ?

— Fait quoi ? Sortir ensemble ? Oui, je suppose. Hum. Peut-être. Je n'y ai pas vraiment réfléchi.

— Alors ne pense pas. Laisse faire les choses.

— Tu ne connais pas ma mère. Je lui ai dit que je venais seul. Elle va être furieuse que je t'aie gardé secret.

— Peut-être que tu ne savais pas que je viendrais. Peut-être que je t'ai surpris après t'avoir dit que je ne serais pas libre ce soir.

— Ça pourrait marcher. Mais elle va poser un millier de questions.

— Alors on répondra, rétorqua Sacha en jetant un coup d'œil dans le hall d'entrée, s'imprégnant de l'élégance, respirant le parfum de l'argent hérité. Une vérité peut être arrangée, ajouta-t-il.

Jonah inspira un souffle plus instable que son extérieur détendu ne l'aurait laissé deviner.

Sacha s'en fichait. Il ne connaissait pas cet homme ; seule la curiosité l'avait attiré jusqu'ici ; mais il posa tout de même ses mains sur Jonah Gray. Une main, du moins, à la base de sa colonne vertébrale.

— Ne t'inquiète pas. Si les questions sont trop nombreuses, je ferai comme si je ne comprenais pas.

— Ton anglais est impeccable.

— Tu es trop gentil, renâcla Sacha. Mes mots ne sont fluides que lorsque je suis de bonne humeur. Mon accent devient plus prononcé quand je ne le suis pas. J'oublie des mots et j'ai l'air stupide, ce qui m'irrite, car ce sont les gens stupides qui me mettent de mauvaise humeur.

— Donc maintenant je sais comment savoir si tu es contrarié. C'est noté.

— Tu penses que tu pourrais me contrarier ?

Jonah évalua Sacha avec ses grands yeux d'émeraude.

— Je ne pense pas. Tu as les nerfs solides.

— Vraiment ?

— Oui. Je n'arrive pas à savoir ce que tu penses.

— On vient de se rencontrer.

— Chut.

— Ah mince, j'avais oublié.

Sacha rapprocha Jonah plus près de lui et baissa les lèvres de façon à effleurer à peine son oreille.

— À quel point sommes-nous censés nous connaître ? Combien de temps ?

— Pour t'amener ici ? murmura Jonah. Plus de vingt minutes. Et ils s'attendront à ce que nous soyons plus que des amis. J'en ai plein que j'aurais pu amener ce soir.

— Tu n'as pas de plan cul ?

— Non.

Sacha sourit en lui-même, bien qu'il ne pût dire pourquoi.

— Tu m'as promis du champagne.

— Je l'ai fait. On a d'abord un défi à relever, à moins que tu n'aies changé d'avis. L'escalier de secours est à ta gauche.

— Je n'ai pas changé d'avis. Où est ce défi ?

— Il se dirige droit sur nous.

Sacha leva les yeux à temps pour voir un couple royal s'approcher rapidement d'eux. L'homme était aussi grand que Jonah, mais avec des cheveux châtains, pas roux. Il avait les mêmes grands yeux, et la même mâchoire forte. Et il se déplaçait de la même façon, avec la confiance tranquille qui vient avec plus de privilèges que la plupart des gens ne pourraient jamais rêver avoir.

La mère de Jonah avait le gène des cheveux auburn. Les siens étaient longs et relevés en une élégante torsade sur sa nuque. Elle portait une longue robe verte qui allait bien avec les yeux de son mari, et des perles ornaient sa gorge.

— Jonah, appela-t-elle. Tu es là. Tu es en retard.

— Je suis désolé, grimaça celui-ci en se penchant pour saluer sa mère d'un baiser sur chaque joue. Nous avons eu des problèmes d'ascenseur au bureau.

— Au bureau ? s'étonna-t-elle en jetant un regard curieux à Sacha, remarquant clairement la main possessive sur le dos de son fils. Est-ce que c'est… un ami du travail ?

Jonah se crispa. *Ce n'est pas un bon menteur*, supposa Sacha. Cela lui plaisait aussi. Et l'incita à supporter la pression pour son compagnon qui craquait. Il tendit la main à la mère de Jonah et la serra fermement, comme les femmes russes aimaient le faire.

— On s'est rencontrés au travail, oui. Nos bureaux sont dans le même bâtiment. Je suis Sacha Ivanov. Je suis très heureux de vous rencontrer.

Sa mère rayonna.

— Moi de même. Je suis la mère de Jonah, Eleanor. Voici mon mari, Ralph.

Sacha serra également la main de ce dernier, puis se recula dans l'espoir d'avoir donné à Jonah suffisamment de temps pour se reprendre.

— Tu ne nous as pas dit que tu venais avec quelqu'un, le réprimanda Eleanor, ébouriffant ses cheveux déjà indisciplinés. En fait, tu ne nous as même pas dit que tu sortais avec quelqu'un, même si je peux comprendre que tu veuilles le garder caché. Depuis combien de temps vous vous voyez ?

— Un moment, affirma Jonah. Je, euh, n'étais pas sûr que Sacha puisse venir, je ne voulais pas te donner de faux espoirs.

— C'est ma faute, reprit ce dernier. J'ai été souvent en voyage d'affaires ce mois-ci. Le dernier s'est terminé plus tôt que je ne le pensais.

— Que faites-vous dans la vie, Sacha ? Vous travaillez dans la publicité comme Jonah ?

— Non. Dans le développement de logiciels. Applications et médias sociaux.

— Il travaille chez Blutecc, informa Jonah. Je peux le voir de mon bureau.

— Tu ne m'as jamais dit ça, souffla Sacha en glissant son bras autour de la taille de son compagnon, le tirant plus près.

— Tu ne l'as jamais demandé.

Eleanor Gray rit et tendit une nouvelle fois sa main gantée à Sacha.

— Eh bien, n'est-ce pas agréable ? Savez-vous, Sacha, que vous êtes le premier rendez-vous que mon fils amène à cette fête ? Vous devez être très spécial pour lui.

— J'espère le devenir, lâcha Sacha.

— Je suis sûr que vous l'êtes déjà, ajouta le père de Jonah. Ne nous laissez pas vous embêter. Allez vous mêler à la foule et boire. On se voit plus tard.

La tension se dissipa dans le grand corps de Jonah. Il embrassa sa mère une dernière fois, puis saisit la main de Sacha et l'entraîna dans la glorieuse salle de bal du Dorchester. Elle était décorée pour les fêtes de fin d'année, drapée d'or et de lumières scintillantes. Un groupe de jazz jouait à l'avant, où un espace avait été dégagé pour la danse. Le reste de la salle était rempli de tables rondes et de gens riches. Des serveurs flottaient autour avec des plateaux de champagne, de cognac et de jus d'orange.

Jonah prit deux flûtes et en pressa une dans la main de Sacha.

— La première d'une longue série, affirma-t-il en portant son propre verre à ses lèvres. Tu auras besoin d'être ivre pour survivre à cette absurdité.

— Absurdité ? Tu n'aimes pas cette foule ?

Jonah continua d'avancer jusqu'à ce qu'ils arrivent à une table libre. En chemin, il salua les gens qui l'appelaient, mais n'engagea pas le dialogue.

— Ce n'est pas que je ne les aime pas. Je ne connais pas quatre-vingt-dix pour cent de ces gens.

— Mais ils te connaissent.

— Bien sûr. Je suis célèbre, tu te rappelles ?

— Pour quelle raison ?

— Pour être riche. Ce n'est pas une distinction dont je suis fier.

— Maudit par le népotisme ?

— Pas exactement, mais mon entreprise est logée dans un bâtiment appartenant à ma famille et je n'ai commencé à payer le loyer complet que l'année dernière, alors fais-en ce que tu veux.

Sacha sourit et prit une bonne gorgée de champagne.

— Tu me prends pour quelqu'un qui ne comprend pas les privilèges.

— Tes parents sont-ils milliardaires, Sacha Ivanov ?

— Pas tout à fait. Mais je viens d'une riche famille russe. Naître, c'est déjà être riche, non ? Mais tu savais que je parlerais cette langue, sinon tu ne m'aurais pas demandé de t'accompagner ce soir.

Jonah prit place à la table et fit signe à Sacha de faire de même. Une fois qu'ils furent tous deux assis, il inclina sa chaise, pointant ses genoux vers ceux de son compagnon.

— Je plaisantais surtout. Je ne pensais pas vraiment que ça arriverait.

— Et pourtant nous sommes là. Ça me parle de quelque chose de non-dit.

— J'aime ta façon de parler, approuva Jonah. La façon dont tu formules les choses est si différente et pourtant identique.

— Je vais accepter ce compliment. Un homme dans un café m'a traité de quelque chose de bien pire hier.

— Pourquoi ?

— Je n'ai pas demandé, déclara Sacha en haussant les épaules. Mais je parlais sur mon téléphone en russe et je pense qu'il n'a pas apprécié.

— On est à Londres, grogna Jonah. S'il n'aime pas se mélanger à un millier d'autres cultures au quotidien, il est dans la mauvaise ville.

Sacha garda le silence. Il ne se souciait pas beaucoup de la sensibilité des hommes blancs en colère qui achètent du café hors de prix. En revanche, il se souciait de la sensation des genoux de Jonah frôlant les siens. C'était agréable. Plaisant. Et tous les autres adjectifs insipides qu'il pouvait trouver pour s'empêcher d'approcher la chaise de Jonah plus près. *Qu'est-ce qu'il y a avec cet homme ? Il m'hypnotise.*

Ou peut-être que c'était le champagne. C'était une boisson qu'il appréciait vraiment, mais comme il n'avait pas le temps de socialiser et d'avoir la gueule de bois, il n'en buvait pas beaucoup. Il avait la même bouteille de vodka dans son congélateur depuis plus d'un an.

Peu importe. Il vida son verre et en récupéra deux autres auprès d'un serveur qui passait.

— Tu m'as également promis des petits fours.

— Exact.

Jonah dévisagea Sacha avec le genre de sourire qui aurait été à sa place enroulé autour de sa queue.

— Où peuvent-ils bien être ? ajouta-t-il.

Il se détourna de Sacha, balayant la pièce du regard tandis que ce dernier combattait les images dégoûtantes qui bombardaient son cerveau. Mais c'était une tâche difficile. Jonah était un homme magnifique, grand, fort, et avec ces yeux ridicules, et il n'était qu'un homme. Ce serait bizarre qu'il ne pense pas à baiser Jonah, un autre plaisir pour lequel il avait rarement le temps ces jours-ci. Il se demanda si…

Quelque chose changea. Sacha cligna des yeux, se méfiant de son évaluation d'un homme qu'il ne connaissait pas, mais la crispation de la mâchoire de Jonah était sans équivoque, et différente de la tension qui irradiait de lui lorsqu'il avait menti à ses parents. Il était *perturbé*. Mais pourquoi ? C'était lui ? L'étranger au bras de Jonah ? Le genou inconnu frôlant le sien ?

*Non.*

Ce n'était pas ça. Le malaise dans ses yeux datait de plusieurs années. Sacha savait comme lui qu'une seule bouteille du champagne qu'ils buvaient coûtait plus cher que le salaire mensuel d'une personne ordinaire.

Personne dans cette pièce ne pouvait être qualifié d'ordinaire, encore moins Jonah Gray, mais qui qu'il soit, il ne méritait pas l'anxiété qui s'était soudainement emparée de lui, lui dérobant son doux sourire et ses yeux bienveillants.

Sacha le savait également.

Il suivit le regard de Jonah, le traçant jusqu'au groupe de personnes qui venaient d'entrer dans la salle de bal. Trois couples hétéros. Les deux premiers étaient de l'âge des parents de Jonah, le dernier plus jeune. Sacha les regarda, observant l'homme et la femme et se demandant lequel avait attiré l'attention de son compagnon. C'était l'homme, pour sûr. Avec ses cheveux gominés et son visage narquois, il avait l'air de quelqu'un qu'il détesterait instantanément s'ils se connaissaient.

Sacha ne voulait plus le regarder, et il ne voulait pas que Jonah le fasse non plus.

— Hé.

Jonah sursauta.

— Désolé. Quoi ?

— Si quelque chose te contrarie, ne le regarde pas.

— Je ne suis pas contrarié.

Sacha se leva, bloquant la vue de Jonah sur l'homme aux cheveux grotesques.

— Bien sûr. Parce que tu ne regardes pas.

— Ça n'a aucun sens.

— Est-ce que ça doit en avoir ?

Jonah le fixa, ses épaules se soulevant et s'abaissant trop rapidement. Il ouvrit la bouche. La referma. Avant de secouer la tête.

— Peut-être pas.

— Viens, souffla Sacha en tendant la main.

Jonah la prit sans réfléchir.

— Où ?

— Ça n'a pas d'importance non plus.

— Je croyais que tu avais faim ?

— J'ai toujours faim, Jonah Gray. Tu apprendras ça sur moi.

Les traits tendus de Jonah retrouvèrent le sourire qui lui avait manqué.

— Vraiment ?

— Oui. Et sais-tu ce que tu vas apprendre d'autre ?

— Hum… Non ?

Sacha prit une autre décision impulsive et captura les mains de Jonah dans les siennes. Sachant qu'ils ne s'étaient même pas serré la main pour se saluer quand ils s'étaient rencontrés quelques heures plus tôt, c'était un geste audacieux, mais il s'en fichait. Être audacieux l'avait gardé en vie. Il rapprocha Jonah suffisamment pour que les personnes à proximité puissent penser qu'ils étaient sur le point de s'embrasser.

— Hors de question qu'un de mes rendez-vous ait un visage comme ça.

— Comme quoi ?

— Comme ça.

Il mit deux doigts sur les lèvres de Jonah et les baissa en une moue comique.

— Ou je vais penser que toi aussi tu as peut-être faim.

— J'ai faim. Si tu arrêtes de tirer sur mon visage, on pourra y remédier.

— Tu n'aimes pas que je touche ton visage ?

— Je ne devrais pas. Je ne te connais pas.

— Mais ?

Le sourire de Jonah revint en force.

— Comment sais-tu qu'il y a un mais ?

Sacha laissa tomber sa main, démesurément heureux d'avoir détourné Jonah de ce qui l'avait contrarié.

— Je ne te connais pas non plus et pourtant j'aime toucher ton visage. Peut-être que tu ressens la même chose.

— Je ne confirme ni l'un ni l'autre… Merde, attends.

Ils furent interrompus par quelqu'un qui semblait connaître Jonah, et pendant l'heure suivante, les gens continuèrent à affluer pendant qu'il buvait davantage de champagne et observait, sauvant occasionnellement Jonah de questions gênantes sur son existence.

Il était tard quand Eleanor réapparut et emmena Sacha.

Jonah lui lança un regard paniqué.

Il sourit et espéra que cela convoyait les trois mots que Jonah avait si désespérément besoin d'entendre. *Ya poluchil eto.*

*Je gère.*

— Alors…, commença Eleanor en saisissant son bras avec force, comme seules les mères savent le faire. Je suis vraiment désolée que mon fils n'ait pas jugé bon de nous parler de vous avant ce soir. Son père et moi aurions aimé passer plus de temps avec vous avant de quitter la ville pour les fêtes de fin d'année.

— Où allez-vous ?

— Dans notre propriété dans les Cotswolds. Nous aimons passer Noël à la campagne. Mon mari regrette la ferme où il a grandi.

— Mon père aussi a grandi dans une ferme. Ça le rendait plus heureux que ses châteaux dans le ciel.

— Oui, ce sont les choses simples, n'est-ce pas ? De tous nos enfants, Jonah est peut-être celui qui le sait le mieux.

Sacha voulut lui demander combien d'enfants elle avait, mais cela l'aurait trahi. À la place, il hocha la tête et chercha dans son cerveau le peu de connaissances qu'il avait glanées sur l'agence de publicité dans les bureaux opposés au sien.

— Il a les pieds sur terre. Il travaille dur. Il le faut quand on est le patron, non ?

— En effet. Jonah n'apprécie pas la vie sans défi.

Cette fois, son hochement de tête venait du cœur.

— Je ne comprends pas un homme qui le fait.

— Ou une femme, j'espère. Ce monde n'est pas fait que pour les hommes.

— Je sais, gloussa-t-il. Ma mère était une femme forte.

— Elle n'est plus avec nous ?

— Non.

Il se détourna du regard d'Eleanor, à la recherche de Jonah. Il le trouva toujours entouré, les hommes et les femmes se pâmant pour attirer son attention qu'il ne voulait manifestement pas donner, bien que son regard restât bienveillant.

Il ne possédait pas une telle patience. Il réfléchit à ce qu'il aurait pu faire si cette soirée avait été différente. Si Jonah avait vraiment été son cavalier, son amant, sa… personne.

Et il n'eut pas à chercher loin pour trouver la réponse. Il l'aurait sauvé en un clin d'œil, l'aurait ramené dans leur coin tranquille pour qu'ils puissent boire en paix, partager des bouchées de nourriture minuscule et prétentieuse, pour ensuite dire au revoir à la cantonade pour qu'ils puissent rentrer chez eux et…

— Oh, mon Dieu.

La voix d'Eleanor interrompit ses pensées.

— Voilà William Ratner. On dirait qu'il cherche toujours vers Jonah dans ces soirées, et il ne l'aime pas du tout. Vous devez le sauver.

Sacha n'eut pas besoin de vérifier pour savoir que l'homme insistant était le même que celui dont la présence même avait ébranlé Jonah plus tôt dans la soirée. Et il n'avait pas besoin qu'Eleanor lui dise de se mettre entre eux.

Il la quitta et traversa la salle de bal, sans se soucier de ce que les gens pensaient de lui. *Je ne connais pas ces gens. Ils ne me connaissent pas.* Jonah non plus, mais le soulagement sur son visage quand il le vit arriver lui suffit à savoir qu'il avait fait le bon choix. Un grand sourire aux lèvres, il s'interposa entre Jonah et l'homme mal coiffé, coupant court à toute interaction avant qu'elle ne se produise. Il prit les mains de Jonah.

— Viens avec moi, *luchik*.

— Où ?

— Viens, c'est tout.

Sans attendre de réponse supplémentaire, il éloigna Jonah. Ce dernier le laissa faire et ils traversèrent la foule comme s'ils avaient effectué cette danse une centaine de fois ou plus.

— Tu sais, lança-t-il. Vos bals anglais sont très civilisés. Même dans la haute société russe, il y aurait déjà eu des bagarres.

— Je suis sûr qu'on peut te trouver une bagarre dans un pub quelque part par ici si tu te sens d'humeur pugnace.

— Que signifie ce mot ?

— Combatif. Rapide à se battre.

— Ce n'est pas moi, gloussa-t-il. Je ne gaspille pas mon énergie avec des gens dont je me fiche, et je me fiche de la plupart des gens.

— Ah oui ?

— Oui. Mais tu n'es pas comme ça, je le vois bien. Dis-moi, Jonah Gray, que t'a fait cet homme aux cheveux innommables ?

— Quel homme ? fit-il en continuant d'avancer, son regard brillant affichant un éclat d'acier.

Sacha accepta sa réponse, la rangea et fit un geste vers la salle de bal.

— Mon père avait cet argent autrefois. Maintenant, il en a juste assez pour regarder les autres de haut, sans jamais être satisfait. Je ne sais pas s'il existe un mot pour cela dans votre langue.

— Je n'en connais pas.

— Alors peut-être qu'il n'y en a pas.

— Es-tu proche de tes parents ?

— Non.

Jonah tourna la tête, offrant à Sacha une vue dégagée sur un profil qui semblait s'embellir au fil de la soirée. Si leur rendez-vous avait été réel, Sacha n'aurait pas eu beaucoup à se plaindre.

— Tu as dit ça avec tant de conviction, mais tu parles comme si ton père était encore en vie.

— Il l'est.

— Mais tu ne l'aimes pas ?

— Pas beaucoup. Le sentiment est mutuel.

— Pourquoi ?

Sacha haussa les épaules et se concentra au-delà de Jonah, vers le serveur qui les attendait. Un peu plus de champagne était tentant, tout comme le cognac maintenant que l'heure était assez tardive pour justifier un alcool fort, mais il résista et se força à croiser à nouveau le regard de son compagnon.

— Beaucoup de raisons. Qui n'ont aucun intérêt pour toi.

— Comment tu sais ça ?

— C'est le premier rendez-vous, non ? Les conversations complexes viennent plus tard, du moins c'est ce qu'on m'a dit.

— Au deuxième rendez-vous ?

— Je ne saurais pas dire. Généralement, le premier rendez-vous est le seul rendez-vous pour moi.

— Ah, acquiesça Jonah. Un homme occupé, je suppose. Pas de temps pour la romance ?

— Quelle est cette romance dont tu parles ? interrogea Sacha en souriant.

— Je ne sais pas. Je suis aussi un homme occupé, rétorqua Jonah, relevant les lèvres en un sourire charmeur.

Et irrésistible.

Sacha s'arrêta de marcher, récupéra son bras autour de la taille de Jonah et posa ses mains sur des épaules semblant faites d'acier.

De l'acier chaud qui irradia sous ses paumes et qui fit presque dérailler sa capacité à parler.

— Ce rendez-vous était-il tout ce dont tu rêvais ?

— Je n'en ai pas rêvé. Je ne savais pas que tu existais avant de te rencontrer.

— Oui, mais tu as rêvé d'amener quelqu'un ici avec toi, n'est-ce pas ? Comment c'était ?

Toute la tension quitta Jonah, et son froncement de sourcils se transforma en une expression de spéculation amusée tandis qu'il examinait la question de Sacha.

— Je n'ai jamais de rendez-vous, donc je n'ai jamais pensé que ça arriverait, mais…

— Oui ?

— Mais, quand j'y ai pensé, ce n'était pas aussi facile que ce soir avec toi. C'est comme si…, commença-t-il en se frottant la nuque. Je ne sais pas. Comme si on avait déjà fait ça avant. Je connais à peine ton nom, mais ça ne semble pas avoir d'importance.

Sacha s'imprégna de ses mots. Ils étaient doux et lui faisaient du bien, et peu de personnes au monde lui faisaient ressentir cela. En fait, il ne pouvait pas penser à quelqu'un qui faisait frémir son estomac comme cet homme le faisait. *Comme c'est étrange.*

— Je suis heureux que tu aies apprécié ta soirée. Ainsi que ta mère. C'était ce que tu voulais, n'est-ce pas ? La rendre heureuse ?

— Je suppose.

Jonah glissa ses mains jusqu'à celles de Sacha, qui tenaient toujours ses épaules. Il entrelaça leurs doigts ensemble et rit.

— Je ne me souviens plus à quoi je pensais quand je t'ai invité ici. Ça n'a plus beaucoup de sens maintenant.

— Ou peut-être que si et que c'est ça qui est perturbant.

— Peut-être. Mais ce n'est pas ici que j'amènerais un rencard, première fois ou non.

— Où irais-tu ?

— N'importe où sauf ici. Et toi ?

— Moi ?

— Oui, Sacha Ivanov. Où amènerais-tu tes premiers et uniques rendez-vous ?

— Au bar à vin près de chez moi, et ensuite…

Le sourcil auburn de Jonah tiqua. Il serra la main de Sacha et réduisit la distance minuscule qui les séparait. Son corps entier était aussi dur et chaud que la poignée d'endroits où Sacha l'avait déjà touché.

— Et ensuite… ? Que fais-tu ensuite ?

— Je les ramène chez moi et je les baise, Jonah Gray. Tu aimerais que je te fasse ça ?

# Chapitre 3

Jonah était défoncé. Rien d'autre n'expliquait la vitesse à laquelle il avait tiré Sacha hors de l'hôtel Dorchester et dans la limousine qui l'attendait. Cela expliquerait aussi son cœur qui battait la chamade. Et la sueur qui collait ses mains jointes. *Calme-toi. Ce n'est pas comme si tu n'avais jamais eu de coup d'un soir avant.*

Ce n'était vraiment pas le cas, mais ça semblait différent. Peut-être était-ce l'intimité mal placée qu'ils avaient déjà partagée. Les contacts légers et les regards insistants. Les mains douces de Sacha, qui les guidaient, et l'attention portée à chaque mot prononcé par Jonah. Il avait joué son rôle à la perfection, à tel point qu'il avait presque oublié que ce n'était pas réel. Mais… Ils étaient là, blottis sur la banquette arrière de la limousine, parcourant les rues de Londres en direction de son appartement. *Peut-être qu'il ne le pensait pas. Il viendra prendre un verre. On va rire. Échanger nos numéros sans intention de s'en servir, puis on se verra lundi et on fera comme si rien ne s'était passé.*

C'était plus logique que la chaleur qui montait dans ses veines.

— Jonah.

— Hum ?

Sacha émit un autre de ces gloussements graves dont il était devenu accro au fil de la soirée.

— Nous ne sommes pas obligés de faire quoi que ce soit. Je peux rentrer chez moi.

— Je ne veux pas que tu rentres.

— Alors tu devrais probablement me regarder.

Jonah se retourna dans son siège. Sacha était étendu à côté de lui, l'image même de la détente coquine. Son sourire était facile, et son amusement évident était bienveillant, pas moqueur.

— Désolé, lâcha-t-il. Je ne m'attendais pas à ce que cette nuit se passe comme ça quand je me suis réveillé ce matin.

— Mais l'inattendu peut avoir du bon, non ?

— Oui, j'imagine.

— Alors laisse-toi faire. Si tu crains de ne pas être en sécurité avec moi, dis à quelqu'un où nous allons, et que tu es avec moi.

— Je n'ai pas peur que tu sois un tueur en série. J'ai vu le badge d'identification de ton entreprise. Bon sang, on travaille dans le même immeuble.

Le sourire de Sacha s'élargit.

— Oui, mais tu ne le savais pas jusqu'à aujourd'hui. Peut-être que j'ai fait semblant.

— C'est le cas ?

— Qu'en penses-tu ?

— Je pense que tu ne dépenses pas d'énergie pour des choses insignifiantes, donc soit tu es vraiment un tueur en série, soit je ne risque rien en t'invitant chez moi.

— Alors…

Sacha se redressa et se rapprocha de lui. Il sentait toujours le coton propre et, eh bien, l'homme, et aux yeux de Jonah, la peau de sa mâchoire semblait s'être assombrie au fil de la soirée, le rendant plus séduisant que jamais.

Jonah voulait la toucher. Passer ses doigts dedans, et frotter son visage dessus. Il voulait enfouir son nez dans le cou élégant de Sacha et le respirer.

Il se contenta d'une inspiration fugace.

— Et alors ?

— Alors, répéta Sacha. Si je ne te tue pas, que voudrais-tu faire à la place ? On peut faire comme on a dit avant de monter dans cette voiture, mais ça n'a pas besoin d'être aussi… littéral.

— Littéral ? balança Jonah en jetant un coup d'œil à l'écran de confidentialité qui les séparait du chauffeur que ses parents employaient pour tous leurs événements. Tu veux dire que tu ne vas pas me baiser ?

— Ce n'est pas ce que j'ai dit. Mais j'aime t'entendre le dire. Dis-le encore.

— Quelle partie ?

— La partie où je te baise.

Le pouls de Jonah s'accéléra. Ils étaient presque arrivés à l'immeuble chic où il vivait et, malgré sa nervosité, il en était heureux. L'anticipation le tuait.

— Pour répondre à ta première question, reprit-il. J'aimerais que tu viennes et que tu respectes ce que tu m'as dit quand on a quitté le bal. Ce que tu en fais ne dépend que de toi.

La voiture s'arrêta quand il finit de parler. Comme par magie, les portes s'ouvrirent, et il sortit avant que Sacha n'ait pu lui répondre. Il se dirigea vers l'entrée de son immeuble. Le concierge le salua. Il s'entendit à peine répondre, trop conscient de la présence de Sacha juste derrière lui.

Ils se retrouvèrent dans un autre ascenseur. Sacha sourit à nouveau et, cette fois, il le lui rendit.

— C'est plus sympa que celui dans lequel on a passé vingt minutes tout à l'heure.

— Ça l'est, acquiesça Sacha. Et laisse-moi deviner, tu vis dans le penthouse ?

— C'est exact. Mais il n'est pas à moi. Il appartient à ma famille.

— Mais tu vis seul ?

— Ce n'est pas ce que demanderait un tueur en série ?

— Un tueur en série le saurait déjà, je pense.

— Ça devrait m'inquiéter que tu saches cela.

— Peut-être que ça devrait, rétorqua Sacha en le contournant pour appuyer sur le bouton du dernier étage. Mais je pense que je ne suis pas le premier homme que tu ramènes à la maison, alors peut-être que non.

Jonah ne se faisait pas le moindre souci, mais il appréciait le jeu de Sacha, ses yeux pétillants et son sourire taquin. Cela rendait le désir qui montait rapidement en lui plus facile à gérer, bien que le trajet en ascenseur jusqu'au dernier étage semblât prendre autant de temps que leur trajet chaotique plus tôt dans la soirée.

Des lustres s'étaient écoulés lorsque les portes s'ouvrirent sur le palier qui ne comportait qu'une seule porte, celle de son appartement. Ils sortirent de l'ascenseur. Sacha se dirigea vers la fenêtre et contempla les lumières de Noël qui illuminaient la ville depuis la mi-novembre.

— C'est joli vu d'ici. Je n'aime pas dans la rue. C'est trop… encombré de couleurs. Je n'arrive pas à les distinguer les unes des autres. À cette hauteur, ce sont juste des lumières, comme les étoiles.

Jonah arriva derrière lui, attiré par le dos de Sacha d'une manière incompréhensible, mais ce dernier se retourna avant qu'il ne puisse le toucher, les laissant face à face, à quelques centimètres de distance.

— Je n'y ai jamais vraiment pensé, reconnut Jonah. Noël est une chose qui arrive, comme le temps. On ne peut rien y faire.

— Tu n'aimes pas Noël ?

— Oh si, j'aime. Mais je pense que je le tiens pour acquis.

Sacha acquiesça. Jonah ne savait pas s'il était d'accord ou non, et il s'en fichait un peu. Maintenant qu'il l'avait si proche, ses nerfs commençaient à lâcher. Il le voulait de l'autre côté de cette porte, bordel.

Comme s'il avait lu dans ses pensées, Sacha saisit les revers de sa veste et le poussa à travers le petit palier jusqu'à la porte.

— Où est ta clé ?

— Poche de manteau. La gauche.

Sacha se baissa et récupéra la clé. Il la pressa dans la main de Jonah.

— Ouvre.

Il obéit, se retourna et entra la clé dans la serrure de la lourde porte. Celle-ci s'ouvrit, révélant le hall d'entrée de son appartement dans toute sa gloire haut de gamme, mais Sacha ne sembla pas remarquer les sols en bois massif et les œuvres d'art inestimables sur les murs. Il poussa la porte derrière lui et retira son manteau, lui faisant signe de faire de même.

Les deux vêtements tombèrent sur le sol.

Jonah enleva ses chaussures et Sacha se pencha pour détacher ses bottes.

Impatient, le premier se baissa pour l'aider. Sacha gloussa à nouveau et mit de côté les chaussures en question. Puis il se redressa, entraînant Jonah avec lui, et saisit sa chemise.

*Il va m'embrasser.*

Mais pas sur les lèvres. Sacha approcha sa bouche du cou de Jonah et suça doucement pendant qu'il desserrait le nœud papillon et le col de ce dernier. La sensation était légère, mais le rendait fou, et son sexe s'épaissit, durcissant rapidement, se débattant contre son pantalon parfaitement taillé.

Sacha défit entièrement le nœud papillon et le laissa tomber. Puis il déboutonna son col de ses doigts habiles, descendant le long de la chemise blanche pour révéler son torse.

Il glissa sa main à l'intérieur, étalant sa paume sur son abdomen.

— Je le savais.

— Tu savais quoi ?

— Que tu avais un corps de rêve sous ce costume que tu n'aimes pas.

— Comment sais-tu que je n'aime pas ce costume ?

— Parce que tu te fiches que je sois sur le point de le balancer par terre.

Il ne pouvait pas le nier. Lui aussi poussa la veste de Sacha de ses épaules jusqu'au sol.

Il le laissa faire. Apparemment, il ne se souciait pas non plus de ses vêtements coûteux.

— Où est ta chambre ?

— Dernière porte à gauche.

— Tu me montres ?

Jonah prit sa propre veste et le jeta sur celle de Sacha. Puis il lui prit la main à l'intérieur de sa chemise et emmêla à nouveau leurs doigts. Il le conduisit plus loin dans son appartement et le long du couloir qui menait aux chambres. Sa porte était la dernière. Il l'ouvrit d'un coup de pied, laissant les lumières principales éteintes, et alluma la lampe à côté de son grand lit. Une lueur chaude illumina la pièce. Il lâcha la main de Sacha et se retourna pour lui faire face.

Celui-ci l'observa, son regard contenant un soupçon de défi.

Jonah avait envie de lui sauter dessus, de le faire tomber sur le lit et de l'embrasser jusqu'à ce que ses lèvres soient à vif. Mais il ne bougea pas. Il ne pouvait pas, pas alors que le regard sombre de Sacha le clouait sur place.

— Que penses-tu, commença lentement ce dernier. De recevoir des ordres ?

— Pendant le sexe ?

— Oui, acquiesça Sacha en faisant courir le bout d'un doigt le long de la mâchoire de Jonah. Tu as l'air d'un homme qui serait doué pour ça, et je trouve ça… intéressant.

Il frissonna. Il ne put s'en empêcher.

— Je n'y ai jamais pensé, mais je ne fais pas dans le SM, alors ne te fais pas d'idées là-dessus.

— Je n'ai pas parlé de SM, seulement de l'idée que tu fasses ce que je dis. Ce n'est pas de la douleur, n'est-ce pas ? Seulement du plaisir.

— J'aime le plaisir.

— Moi aussi, et je pense que je vais beaucoup aimer le tien.

— Tout le plaisir est pour moi ?

— Oui, affirma Sacha en fouillant dans la poche de Jonah pour en sortir son téléphone. Mais je peux encore entendre ton cœur s'emballer. Rends-nous service à tous les deux et dis à quelqu'un que tu es ici avec moi. Peut-être qu'alors tu arrêteras de t'inquiéter.

— Je ne suis pas inquiet.

— Fais-le quand même. C'est la chose la plus sûre à faire.

— Quelqu'un sait-il que tu es ici ? Peut-être que c'est moi le tueur en série.

Sacha renifla.

— Évidemment. Passe ce coup de fil.

Il leva les yeux au ciel et tapa un rapide SMS à Lily.

Jonah : *J'ai ramené quelqu'un à la maison avec moi ce soir. S'il me tue pendant l'amour, son nom est Sacha Ivanov. Dis à ma mère que je l'aime.*

Il le montra à Sacha. Un sourire en coin fut sa seule réponse. Il appuya sur envoyer, puis en rédigea un autre moins sinistre à la suite.

Jonah : *Je plaisante pour la partie meurtre. C'est un bon gars, il est juste prudent. Tu m'as manqué ce soir. Appelle-moi quand tu arriveras la semaine prochaine.*

Il ne montra pas ce message à Sacha. Il laissa tomber le téléphone sur la table de chevet et l'oublia instantanément, ainsi que tout ce qui n'était pas Sacha et la façon qu'il avait de l'observer. Il en eut le souffle coupé. Sa queue était encore dure depuis que Sacha avait posé ses lèvres sur son cou dans le couloir, mais maintenant c'était une palpitation différente. L'anticipation s'était transformée en quelque chose de plus imminent.

Ils allaient vraiment faire ça.

Pendant que Jonah tapotait sur son téléphone, Sacha avait déboutonné sa propre chemise et retiré sa montre-bracelet. Sa poitrine était large et forte, et parsemée de poils foncés. Jonah avait envie de le toucher, mais Sacha agit en premier.

Il retira la chemise de Jonah, puis le tira doucement vers les baies vitrées au pied du lit. Encore une fois, la ville s'étendait devant eux. C'était une vue qu'il ignorait en général, trop gâté pour l'apprécier. Mais avec Sacha derrière lui, promenant ses mains sur son corps, elle semblait nouvelle, et il s'en délecta, jusqu'à ce que son amant s'aventure à sa ceinture.

— Tu sais, murmura ce dernier. Je ne pensais pas sérieusement te donner des ordres. Mais j'aime te voir comme ça, ici, où toute la ville pourrait te voir s'ils levaient les yeux dans ta direction.

— Ils auraient besoin d'une vision à rayons X, s'étouffa Jonah. On est au trente-cinquième étage.

— Mais tu as quand même peur qu'ils puissent te voir, non ?

— Définis «ils». Et non, pas vraiment. Ce verre est teinté.

— Je ne te crois pas.

Jonah ferma les yeux, ne voulant pas admettre qu'il avait raison. Personne ne pouvait les voir, pas même les oiseaux, mais il sentait quand même des yeux sur lui, et il n'arrivait pas à savoir s'il était mortifié ou tellement excité qu'il avait du mal à se tenir debout.

Peut-être les deux. Et était-ce important ?

Non. Ça ne l'était pas. Rien n'avait d'importance tant que Sacha le touchait comme ça. Il se força à ouvrir les yeux et se trouva face à leurs reflets combinés dans le verre. Sacha était derrière lui, caché par son corps, mais son regard sur son épaule était chaud et affamé, et il frissonna.

— Je ne me soucie pas de qui nous voit. Et toi, Sacha Ivanov ?

— Je ne pense pas. Mais je me soucie de ce que tu ressens, alors si je fais quelque chose qui ne te plaît pas, tu dois me dire d'arrêter, d'accord ?

Un rire presque hystérique monta dans sa poitrine, et s'échappa sous la forme d'un grognement étranglé. Sacha l'avait à peine touché qu'il risquait déjà d'exploser en dix secondes. Il ne pouvait pas imaginer que leur rencontre durerait assez longtemps pour que Sacha le mette mal à l'aise.

Mais lorsque le regard intense de ce dernier le transperça, son amusement disparut. Il inspira et acquiesça.

— Je le ferai.

— C'est bien. Tu as obéi à ton premier ordre. Est-ce que ça te plaît ?

— Oui. Et ensuite ?

— Chut, souffla Sacha en tapotant les lèvres de Jonah. Peut-être que tu ne feras pas de bruit.

— C'est une spéculation, pas une instruction.

— Silence.

Sacha avait parlé doucement, mais avec une autorité qui fit bouillonner de nouveau le sang dans ses veines.

Il déglutit et laissa tomber sa tête, se délectant de cette nouvelle sensation qui ne ressemblait à rien de ce qu'il avait ressenti auparavant. Sa verge était une véritable colonne de pierre, se tordant contre son pantalon de smoking, et ses nerfs s'agitaient, l'anticipation picotant chaque millimètre de sa peau surchauffée. Il ne reparla pas.

En souriant, Sacha déboutonna son pantalon et glissa sa main à l'intérieur. Ses doigts effleurèrent sa longueur, d'abord doucement, puis avec suffisamment de détermination pour révulser ses yeux et le forcer à émettre un gémissement qui se logea dans sa gorge.

Le contact de Sacha le rendait fou. Il serra les poings contre la fenêtre et se demanda dans quoi il s'était engagé. Le SM était hors de question, il avait été clair à ce sujet, mais ça, c'était une torture d'un nouveau genre.

Cherchant la friction, il se frotta contra la main de Sacha. Ce dernier gloussa.

— Reste tranquille.

Il retira sa main du sexe de Jonah et abaissa son pantalon de smoking le long de ses hanches. Il atterrit à ses pieds, rapidement rejoint par son sous-vêtement, le laissant nu tandis que son amant restait presque entièrement vêtu.

Ça n'était pas juste, mais en même temps, ses sens étaient en surcharge. S'il se fiait aux paumes électriques de Sacha, il n'était pas sûr de pouvoir supporter sa peau contre la sienne de sitôt.

— Regarde-moi, exigea son amant.

Pour ponctuer l'instruction, il plaça deux doigts sous son menton et fit basculer sa tête à la verticale.

— C'est bien. Tu as un corps incroyable. Tu le sais, n'est-ce pas ?

Peu désireux de rompre le silence pesant, Jonah releva un sourcil et haussa discrètement les épaules. Il avait fait de l'aviron à l'université et utilisait la salle de sport au sous-sol de l'immeuble, mais il ne passait pas beaucoup de temps à se regarder dans le miroir.

Sacha grogna comme s'il avait lu dans ses pensées et qu'il n'aimait pas ce qu'il y avait trouvé. Il s'appuya plus fort contre Jonah et ramena ses lèvres sur sa gorge, juste en dessous de son oreille.

— Je peux voir que tu ne me crois pas, alors je vais te montrer. Je vais t'exciter jusqu'à ce que tu ne puisses plus te taire, et ensuite je vais te baiser jusqu'à ce que tu cries mon nom. Ça te convient, Jonah Gray ?

Jonah se concentra sur ce qui se trouvait droit devant lui, fasciné par le reflet de Sacha. Leurs regards se croisèrent, et son cœur se mit à battre plus vite, un bruit sourd qui résonnait dans sa cage thoracique.

Il hocha la tête, espérant que Sacha entende les mots qu'il ne pouvait pas prononcer.

*Seigneur, oui. Baise-moi. S'il te plaît.*

***

Sacha tint sa promesse de l'allumer au-delà de toute mesure. Il couvrit chaque centimètre de peau de ses mains diaboliques, et se fraya à coups de baiser un chemin de tentation le long de sa colonne vertébrale.

Il lui suça aussi la gorge et lui embrassa à pleine bouche la mâchoire, ses doigts s'emmêlant dans ses cheveux, ses lèvres partout sauf là où il les voulait le plus – sur les siennes. Il avait envie de son baiser ; ses lèvres le picotaient et sa langue s'agitait sur ses dents grinçantes tandis que Sacha passait ses doigts sur sa queue, ses bourses, et plongeait dans son pli.

Une couche de sueur s'était accumulée sur sa peau. Il luttait pour respirer, le désir s'épanouissant dans tous les coins sombres de son corps et de son esprit. Il n'avait jamais été aussi excité. Il n'avait jamais désiré quelqu'un avec un tel besoin fou. Et tout cela dans le calme feutré de son appartement alors que la ville de Londres scintillait de façon festive en dessous d'eux.

Il avait encore les poings serrés depuis le tout premier contact de Sacha. Ce dernier passa la main par-dessus ses épaules et les décrispa, doigt par doigt.

— Tu es tendu, chuchota-t-il. Ça t'aiderait si j'enlevais aussi mes vêtements ?

Un bruit étranglé s'échappa de sa gorge. Il ne put s'en empêcher. Puis il paniqua, la peur que Sacha garde ses vêtements après tout lui donnant le vertige.

Le sourire de Sacha se transforma brièvement en un rictus qui n'avait pas sa place dans une rencontre aussi enivrante. Il lui prit la nuque et maintint sa main là, sans bouger. Presque réconfortant. Apaisant. Son pouls ralentit, et le souffle circula librement dans ses poumons. Puis la malice revint dans le regard intense de Sacha.

Il s'écarta de Jonah et se recula dans la chambre, la logique l'attirant vers la table de nuit où il trouva des préservatifs et du lubrifiant. Il les déposa au pied du lit et déboutonna le reste de sa chemise. Le tissu coûteux s'ouvrit, révélant un torse puissant auquel le reflet trouble ne rendait pas justice.

Jonah serra encore les poings, il en voulait plus. *J'ai besoin de te voir.* Ça semblait mal de prendre en lui un homme qui restait si mystérieux.

Comme s'il avait entendu le doute soudain qui assombrissait son esprit, Sacha se plaça dans son champ de vision et s'affala contre la vitre en faisant passer sa chemise sur ses épaules. De près, son corps était encore plus excitant. Long, sec et dur. Jonah se mordit la lèvre.

— Encore.

— Tu veux tout voir ?

— Oui.

— Comme tu veux.

Sa voix de velours enveloppa ces trois mots simples comme du sexe liquide. Jonah enfonça ses dents dans sa lèvre, goûtant l'odeur métallique du sang. Il avait déjà rompu le silence, mais il garda son gémissement à l'intérieur, le laissant gonfler dans sa poitrine, l'étouffant de la manière la plus douce qui soit alors que les mains de Sacha se déplaçaient vers la boucle de sa ceinture.

Le cuir glissa lentement dans les passants, comme si le temps s'était arrêté dans la gorge de Jonah. Il n'avait jamais été aussi impatient de voir la queue d'un homme, de la sentir pressée contre lui, et en lui. Il voulait la goûter aussi, et la saisir avec ses doigts, en sentir le poids.

— Dépêche-toi, pressa-t-il.

— Pourquoi ? On t'attend quelque part ?

Jonah fit un bruit sourd. Sacha ne lui prêta pas attention et continua sa danse sans hâte avec sa ceinture. Il la laissa tomber sur le sol et déboutonna sa braguette, ouvrant son pantalon pour révéler des sous-vêtements hors de prix qui ne dissimulaient en rien la bosse proéminente à l'intérieur.

Jonah saliva. De la sueur fraîche perla sur sa peau.

— Je veux te voir.

— Je sais.

— Alors laisse-moi… s'il te plaît ?

Le sourire de Sacha prit des allures de serpent. Il laissa tomber son pantalon et le jeta au loin, puis il joua avec l'élastique de son caleçon.

— Peut-être que je devrais le garder.

— Sacha.

— Ou peut-être pas si tu dis mon nom de cette façon. Ça me plaît. Dis-le encore.

— Sacha.

— Encore.

— Sacha.

Le sous-vêtement disparut, libérant le sexe de Sacha. Épais et long, il dépassait des hanches puissantes de ce dernier, et Jonah le désirait autant que le baiser de cet homme. Peut-être même plus. Un baiser était intime, un acte entre amoureux. Là, c'était du sexe. Une rencontre fortuite qui aurait tout aussi bien pu commencer sur une application. Il n'avait pas le droit d'exiger de tendresse de Sacha, mais mon Dieu, il voulait sa verge.

Sacha se lécha les lèvres, évaluant son amant. Ses yeux étaient plus sombres maintenant, les paupières alourdies par le désir qui coulait entre eux.

— J'avais de grands projets pour te baiser lentement, mais je sais maintenant que tu pourrais trop mettre à mal mon contrôle.

— Contrôle ?

— La maîtrise de soi, corrigea Sacha. Je t'ai demandé de rester calme et tranquille. Je ne te forcerai pas.

Jonah le savait, et peut-être l'avait-il toujours su, mais il garda tout de même ses mains sur la vitre. Bouger c'était céder, et il l'avait déjà assez fait ce soir-là.

Peut-être.

Ou peut-être qu'ils avaient à peine commencé. Quoi qu'il en soit…

— Tu n'as pas besoin de me forcer. Je peux encaisser.

— Encaisser quoi ?

— Toi. Je peux te prendre.

Sacha fredonna et s'écarta de la fenêtre. Debout, il semblait plus fort que jamais, mais en réalité, ils étaient à égalité à peu près partout. Sacha était un peu plus grand, Jonah un peu plus large.

— Tourne-toi, lâcha ce dernier.

— Pourquoi ?

— Je veux voir ton dos.

Sacha le fixa longuement, puis se retourna, montrant à son amant l'étendue musclée de son dos. Ses cheveux étaient plus soignés que ceux de Jonah et son cou élégant était exposé. Une cicatrice dentelée se détachait de sa peau lisse. Il avait tellement envie de l'embrasser que ses lèvres le brûlaient.

Il se contenta de regarder jusqu'à ce que Sacha lui fasse face à nouveau.

— Tu en as assez vu ?

*Pas du tout.*

— Oui.

— Bien. Je vais te baiser maintenant. Je m'arrêterai quand tu voudras. C'est clair ? Je t'entendrai.

— Tu l'as déjà dit.

— Et alors ? Tu penses qu'on peut trop le dire ?

Jonah ne savait pas ce qu'il pensait. Avec la queue de Sacha pointée sur lui, il était difficile de traduire en quelque chose de cohérent tout ce qui lui traversait l'esprit. Il secoua la tête, à court de mots pour s'expliquer.

Sacha se rapprocha et embrassa le cou de Jonah.

— Je t'entendrai.

Jonah acquiesça, mais il fut coupé par son faible gémissement lorsque les lèvres de Sacha se déplacèrent vers le sud, le long de sa clavicule, puis de sa poitrine. Il ne s'attendait pas à tant d'attention et n'était pas préparé à la légère pression de la bouche de son amant sur son téton. Le pincement transforma son cerveau en bouillie. Sa queue tressauta, frappant la hanche de Sacha, et ce dernier bougea juste assez pour que l'impact se répercute sur sa longueur solide.

*Wow.* S'il n'avait pas été prêt pour les lèvres de Sacha, il n'était pas du tout équipé pour gérer la sensation de sa queue à peu près n'importe où, et encore moins sur la sienne. Il se jeta en avant, c'était plus fort que lui.

Sacha le laissa faire, mais brièvement, et ce fut pire que s'il ne l'avait pas laissé bouger du tout. La friction était électrique. Hallucinante. Puis elle disparut.

Sacha recula, emportant sa queue et ses lèvres malicieuses avec lui, et Jonah se retrouva seul. Du moins, c'est ce qu'il ressentait sans le contact de son amant, malgré le fait qu'il n'était pas bien loin.

Le bruit de l'emballage d'un préservatif qu'on déchirait parvint à ses oreilles, ainsi que le clic du flacon de lubrifiant. Il frissonna, non pas par peur que ça fasse mal, mais parce qu'il savait à quel point cet homme était sur le point de le démolir.

*Il va me démonter, et je vais adorer ça.*

Comment se préparer à cela ?

Il n'en avait aucune idée. Alors il attendit, la tête baissée, les yeux fermés, les poings toujours pressés contre la paroi de verre, et essaya de se tenir prêt à un ouragan.

Sacha revint, se pressant derrière lui. La chaleur de son corps réchauffa sa peau, et il fit glisser ses paumes dans son dos, jusqu'à ses épaules.

— C'est bon ?

— Oui.

— Et si je fais ça ?

Une main quitta le dos de Jonah et revint sous forme de doigts lisses plongeant dans son intimité, le sondant, le fouillant. Le contact de Sacha était encore diablement léger, mais il le sentait partout. Il gémit à nouveau, écartant les jambes sans y réfléchir.

— C'est bon. J'aime ça.

— Et ça ?

Sacha pressa un doigt à l'intérieur de lui et trouva son point sensible avec une précision laser.

Au hochement de tête de son amant, il ajouta un autre doigt et baisa Jonah avec eux, lentement et doucement, massant sa prostate à chaque poussée, créant une pression désespérée qui lui fit serrer la mâchoire.

*Seigneur. Ce sont juste ses doigts. Comment vais-je supporter sa queue ?*

Son subconscient n'avait pas de réponse, et pendant de longues minutes, ça n'eut pas d'importance. Sacha l'ouvrit avec ses doigts, puis se retira et frotta sa queue gantée le long de son entrée, effleurant son trou, mais ne poussant pas à l'intérieur. C'était une véritable torture, mais il en avait besoin. Chaque nerf réclamait la verge de cet homme en lui, mais, putain, son cerveau était à la traîne.

Et Sacha semblait le savoir, le taquinant pendant un temps infini jusqu'à ce qu'il tremble de désir et soit incapable de se rappeler qu'il avait déjà voulu attendre.

— Fais-le, supplia-t-il en écartant encore ses jambes. S'il te plaît.

Sacha répondit avec sa queue, la faisant glisser une dernière fois le long de ses fesses avant d'appuyer sur son trou, glissant à l'intérieur centimètre par centimètre, jusqu'à ce qu'il soit au bout.

La pression était incroyable. La queue de Sacha était énorme, et il la sentait dans toutes les parties de son corps. C'était étourdissant et il tituba, se balançant sur le côté.

Son amant l'attrapa d'un bras fort autour de son torse, se stabilisant en posant une main sur la vitre à côté de la sienne.

— Doucement. Je vais te baiser allongé, mais je ne veux pas que tu tombes pour y arriver.

Jonah étouffa un rire.

— Aie une plus petite queue alors.

— Il n'y a rien de mal avec ma queue. Tu peux l'encaisser.

Jonah n'en était pas si sûr. Être passif ne lui était pas étranger, mais Sacha était différent. Plus que la taille, il avait la puissance. La force. L'équilibre. Tout ce que Jonah avait pensé de lui-même jusqu'à ce que le Russe entre dans l'ascenseur et mette toute sa soirée sens dessus dessous.

*Dans le bon sens, cependant. Sans lui, tu serais encore au Dorchester à prétendre que tu ne préférerais pas te noyer plutôt que de répondre aux mêmes putains de questions encore et encore.*

Il ne pensait pas à William Ratner. Il n'y avait pas pensé depuis que Sacha l'avait éclipsé et lui avait donné de bien meilleures choses sur lesquelles se concentrer. Des choses comme…

— *Putain.*

Bien en avance sur lui, Sacha commença à bouger, court-circuitant son cerveau. Il tournait ses hanches, enfonçant sa verge dans et hors de son corps à un rythme exaspérant. Un rythme tranquille, comme s'ils avaient toute la nuit, bien qu'il supposât que ce fût le cas si…

Sacha le coupa à nouveau, ajustant la vitesse de ses poussées lentes jusqu'à ce qu'elles soient assez régulières pour que le claquement de la chair sur la chair noie les battements de son cœur.

Il le baisa à fond, le tenant d'un bras, s'appuyant sur la fenêtre de l'autre. Ses respirations devinrent lourdes, se mêlant aux gémissements irréguliers de Jonah. Il appuya son front sur son épaule et serra son bras autour de lui.

— Jonah Gray, souffla-t-il. Tu es quelque chose de spécial, non ?

La capacité de parler l'avait déserté au moment où Sacha avait posé ses mains sur lui. Il n'avait plus rien. Il se pressa contre l'autre homme, l'emmenant plus profondément, et sa propre queue avait tellement envie d'être touchée qu'il en avait mal, mais son entêtement lui fit garder ses mains sur le verre même si Sacha le baisait plus fort.

Il émit d'autres sons qu'il ne reconnut pas comme étant les siens. Son corps ne faisait plus qu'un avec la verge de son amant qui le pénétrait. Le plaisir s'infiltra dans ses veines, faisant fondre toutes les synapses sur son passage. Ses halètements étranglés devinrent des gémissements prolongés.

— Oh mon Dieu. Je vais jouir.

— Fais-le, ordonna Sacha en enfonçant ses doigts dans le flanc de Jonah. Viens pour moi pendant que je te remplis.

Les mots cochons le poussèrent à bout. Son orgasme l'envahit, éclipsant tous ses sens. Il hurla un flot de jurons, enregistrant à peine le grognement de Sacha en russe derrière lui, et sa queue entra en éruption, peignant la fenêtre d'une chaleur humide.

— Putain de merde, s'exclama-t-il en vacillant de nouveau.

Et encore une fois, Sacha le soutint, silencieux et fort, n'émettant d'autre son que sa respiration laborieuse.

Il était ravagé. Ses jambes tremblaient et ses poumons brûlaient, et au-delà de ça, son cerveau était grillé. Il n'avait jamais joui aussi fort dans sa vie. Quelle était cette sorcellerie que Sacha avait invoquée ?

*Il ne t'a pas baisé sur la table. Tu n'as même pas atteint le lit.*

Cette pensée égarée le fit rire.

Sacha gloussa aussi et se retira lentement. Il disparut, mais fut de retour avant que Jonah ait pu cligner des yeux.

Il enroula de longs doigts autour de ses poignets et arracha ses mains de la paroi de verre.

— Tu peux lâcher prise maintenant.

— Je sais.

— J'avais l'impression que tu avais peut-être oublié.

Jonah fredonna, appréciant le flux sanguin revenant dans ses bras douloureux, et encore plus les mains apaisantes de Sacha sur lui.

— Eh bien, il est difficile de se souvenir de quoi que ce soit quand ton cerveau vient de s'éjecter de ta queue.

— Est-ce que tu parles à ta mère avec cette bouche ? grogna Sacha.

— Tout le temps.

— Menteur. Tu es un bon fils. Elle me l'a dit.

— Ah oui ? Que t'a-t-elle dit d'autre ?

— C'est entre nous. On peut utiliser ta douche ?

Jonah regarda la fenêtre et vit à quoi il ressemblait après que Sacha l'avait si bien baisé.

— C'est probablement une bonne idée. Viens, je vais te montrer.

Il prit son amant par la main et le conduisit à la salle de bain. La douche avait quatre têtes et assez de place pour deux.

Il s'appuya contre le carrelage pendant que l'eau chauffait, mais le jet frais ne semblait pas gêner Sacha. Il se tenait debout sous l'eau, les yeux fermés, et Jonah avait du mal à supporter à quel point il était magnifique, nu et encore à moitié dur.

— C'est un truc russe de prendre des douches froides ?

— Ce n'est pas froid.

Jonah n'était pas de cet avis et resta où il était jusqu'à ce que la vapeur commence à monter autour d'eux et à remplir la pièce.

Sacha se lavait déjà les cheveux avec le shampoing aux agrumes fourni par la femme de ménage. Jonah voulait l'aider, mais la gêne menaçait l'énergie facile qui les avait portés jusqu'ici. Que faire ensuite ? *Dois-je lui demander de rester ? Est-ce bizarre de passer toute la nuit avec un étranger ?*

Pas plus bizarre que de baiser contre la fenêtre de sa chambre, mais il garda ses pensées pour lui et prit le shampoing à son tour. Il se lava les cheveux, tournant son visage vers le jet chaud pendant qu'il se rinçait.

Il ouvrit les yeux pour trouver Sacha en train de l'observer, son regard doré plus spéculatif qu'il ne l'aurait souhaité à cet instant.

— Quoi ?

— Rien. Je suis juste curieux.

— À propos de quoi ?

— À propos de toi. Tu as déjà fait ça avant ? Un coup d'un soir ?

— Bien sûr, affirma Jonah en secouant la tête, dispersant l'eau accumulée sur son visage. Pas souvent, cependant. Je n'ai pas le temps pour les relations.

— Je ne parlais pas de relations. Pourquoi en voudrais-tu une ? Tu as Grindr, non ?

Jonah leva les yeux au ciel.

— Je suppose, mais je n'utilise pas beaucoup les applications de rencontre.

— Moi non plus.

— Ah non ? Tu as un petit copain ?

— Non.

— Copine ?

— Pas depuis longtemps.

— Tu es bi ?

— Ça te dérange ? Certains hommes n'aiment pas être avec un autre qui baise les femmes aussi.

— Ça ne me dérange pas, lui assura Jonah. J'ai cru que j'étais bi pendant un certain temps.

— Qu'est-ce qui t'a fait changer d'avis ?

— J'aime trop les hommes pour avoir de la place pour autre chose.

Le lent sourire de Sacha s'élargit.

— Est-ce possible d'aimer trop les hommes dans ton pays ? Tu as tellement de liberté ici.

— Je n'y ai jamais pensé, admit Jonah. Je sais que c'est différent en Russie, cependant.

Le haussement d'épaules de Sacha était impénétrable.

— C'est vrai, mais je n'y vis pas, alors je n'y pense pas beaucoup non plus.

— Depuis combien de temps tu es ici ?

— Onze ans.

Jonah voulut lui demander quel âge il avait. Sa forte mâchoire donnait à son visage une maturité qui ne correspondait pas tout à fait à ses traits juvéniles, mais il avait aussi des yeux sages, le genre qui resteraient les mêmes jusqu'à la fin des temps, ne donnant à des idiots comme Jonah aucune idée du temps qu'il avait passé sur la terre.

— Tu as de la famille ici ?

— Un peu. Pas proche, cependant. Des cousins, et leurs enfants. Je ne les vois pas.

— Alors pourquoi es-tu venu ici ?

— Pour étudier.

— Où ?

Les lèvres de Sacha se relevèrent un peu plus.

— Ça fait beaucoup de questions.

— Désolé.

— C'est bon. Ça ne me dérange pas. J'ai étudié à l'Imperial College, puis j'ai aimé la ville, alors je suis resté et j'ai trouvé du travail.

— Dans le développement d'applications ?

— Pas au début, mais c'est ce qui s'est passé.

Quelque chose était perdu dans la formulation. Jonah essaya de le déchiffrer, mais il était difficile de faire fonctionner son cerveau alors que Sacha était encore si proche et si nu. Il abandonna et osa faire un pas de côté, espérant que Sacha mordrait à l'hameçon.

Il ne le fit pas. Il éteignit l'eau et prit une serviette.

— Je devrais partir.

Encore essoufflé par leur première baise, Jonah n'avait pas anticipé un second round, mais la perspective du départ de Sacha le décevait plus qu'il ne pouvait l'expliquer.

Il suivit ce dernier hors de la douche et prit une autre serviette sur l'étagère. Il voulait lui demander de rester, mais comment ? Que pouvait-il dire ? *Dormir ensemble serait bizarre, mais s'il te plaît, ne pars pas sans me baiser à nouveau ?*

Non. Définitivement non. Il valait mieux ne pas dire certaines choses. N'est-ce pas ?

Sa raison s'opposait viscéralement à laisser partir Sacha. Jonah était un homme confiant : né avec une cuillère en argent dans la bouche, comment aurait-il pu en être autrement ? Mais le bal de Noël de G&G l'avait toujours déstabilisé, depuis des années, depuis…

*Arrête. C'est à ça que tu penses en ce moment ?*

Pas vraiment. Mais il était impossible de nier que l'inquiétude que sa rencontre annuelle avec William Ratner laissait au fond de son estomac était pratiquement absente. Jonah planait, en quelque sorte, et il ne voulait pas redescendre. Pas encore.

Il n'avait certainement pas envie de regarder Sacha s'habiller. C'était comme un sacrilège.

— Tu n'as pas à partir, lâcha-t-il. Je veux dire, à moins que tu aies un autre endroit où aller. J'ai de quoi manger, euh, et tu as dit que tu avais toujours faim, donc…

*Bien joué, Gray. C'est pour ça que tu ne sors pas, parce que tu ne peux pas avoir une conversation avec un bel homme sans te ridiculiser.*

Il y avait d'autres raisons, y compris celles dont ils avaient déjà discuté, et il ne s'était jamais retrouvé plongé dans une conversation avec quelqu'un d'aussi dévastateur que Sacha Ivanov, mais trébucher sur ses mots était un vieux défaut.

Un défaut amusant, au vu du regard dansant de Sacha.

— J'ai dit ça, n'est-ce pas ?

Jonah acquiesça, ne se sentant pas capable d'en dire plus. Il se pencha pour récupérer sa chemise sur le sol, ses sous-vêtements aussi, mais des mains puissantes le saisirent avant qu'il ne puisse les atteindre et le firent se redresser.

Sacha était juste en face de lui. Il avait traversé la pièce sans faire de bruit.

— Qu'est-ce que tu as à manger ?

La question ne correspondait pas à l'intensité du feu dans ses yeux d'or liquide.

Il déglutit.

— Charcuterie, fromage, vin. Du saumon fumé, peut-être. Pas de caviar, en revanche, j'en ai peur.

— Je n'aime pas le caviar. C'est un cliché et c'est dégoûtant.

— Je suis d'accord. Mais qu'en est-il du reste ? Je peux t'inciter à rester ?

Pendant un long moment, Sacha ne dit rien, et il craignit qu'il ne parte finalement. Puis sa poigne féroce sur ses biceps se relâcha.

— Je vais rester et manger, déclara-t-il. Et après…

— Oui ?

Sacha haussa les épaules.

— Mange bien, Jonah Gray. Je n'en ai pas fini avec toi.

# Chapitre 4

L'incompétence irritait Sacha plus qu'un idiot n'aurait pu le faire. Les gens stupides étaient stupides, ils n'y pouvaient rien. Mais le spectacle d'un individu parfaitement intelligent et monumentalement stupide le mettait hors de lui.

Il jeta un regard noir dans la salle de réunion.

— Ce n'est pas un concept difficile à comprendre. Si cette application échoue à nouveau, nous manquerons la date de pré lancement et coûterons à cette entreprise une importante somme d'argent. Ce qui signifie une capacité opérationnelle réduite. Un emploi réduit. Vos emplois. Si vous ne croyez pas en l'application elle-même, voilà votre motivation pour être meilleur. Si ce n'est pas le cas, vous devriez travailler ailleurs.

Le silence accueillit sa déclaration, et les visages autour de lui étaient un mélange subtil de compréhension lente et de la complaisance ennuyeuse qui les avait amenés dans ce pétrin en premier lieu. Ils avaient commencé par une notion simple : créer une application de fitness qui attire et donne du pouvoir aux femmes lambda. Un cahier des charges recyclé, acheté pour des cacahuètes à une start-up en faillite. Ils n'avaient même pas eu besoin d'inventer le concept eux-mêmes.

Mais à force de mauvaises décisions, de paresse et d'inanité, le message s'était perdu. L'application ne fonctionnait même pas, sans parler de l'attrait pour les consommatrices qui, franchement, méritaient mieux.

Sacha secoua la tête.

— Vous êtes tous des idiots.

— Ce que monsieur Ivanov veut dire, interrompit le patron de Sacha – l'investisseur principal de l'application en faillite, et l'homme qui l'avait embauché pour la sauver – c'est que nous avons encore beaucoup de travail…

— Non, réfuta Sacha. Je veux dire que ce sont des idiots.

Encore du silence, mais ce n'était pas inconfortable pour Sacha. Il ne se souciait pas de flatter l'ego de personnes qui avaient commis des erreurs aussi fondamentales. Même l'agrégation des données de base était défectueuse. À ce rythme et avec ces clowns comme équipe, il allait devoir tout réorganiser lui-même.

La réunion s'éternisa. Il ne mâcha pas ses mots, et son patron perdit dix minutes après chaque hypothèse pour apaiser les sentiments blessés et expliquer ses intentions.

*Imbécile*. Mais la pause dans la conversation qui exigeait une réelle puissance cérébrale lui donna l'occasion de dériver vers son sujet favori du moment : Jonah *Maximillian* Gray. C'est vrai, il s'était renseigné sur lui dès qu'il était rentré chez lui, samedi matin aux aurores. Qui avait besoin de dormir ? Pas Sacha. *Menteur*. Mais après une soirée passée en compagnie de l'homme le plus charmant qu'il avait jamais rencontré, le sommeil ne figurait pas sur sa liste de priorités.

*En compagnie ? Tu appelles ça comme ça ? Tu l'as baisé sur toutes les surfaces de son appartement.*

Exact. Le seul endroit où il n'avait pas baisé Jonah était son lit, mais ça lui convenait. Après une longue journée couronnée de trop de champagne et plusieurs orgasmes époustouflants, le lit blanc immaculé de Jonah aurait été un endroit dangereux. Sacha ne faisait pas dans les soirées pyjama.

Plus maintenant. Cela faisait un sacré bout de temps qu'il n'avait pas enfreint cette règle, et il n'avait pas l'intention de le faire de sitôt. Voire jamais. Partager un lit pour autre chose que du sexe impliquait un changement de dynamique, une proximité qu'il n'avait ni le temps ni l'envie d'apprécier. Non. Il s'en tenait à de la baise. Un verre avant, si possible. Rien de plus.

*Ah oui ? Alors comment un pique-nique confortable dans la cuisine de Jonah Gray s'inscrit dans ce contexte ?*

Il n'avait pas décidé. La seule chose qu'il avait retenue de cette nuit était qu'il n'y avait aucune chance qu'il ne passe pas chaque précieuse seconde de libre à rêver de baiser Jonah à nouveau. Et, malgré deux jours de regards furtifs à travers le foyer qui séparait leur bureau, il n'avait toujours pas aperçu les cheveux auburn dans lesquels ses mains avaient trouvé une place si agréable. S'il fermait les yeux, il pouvait encore sentir les cheveux soyeux s'emmêler autour de ses doigts alors qu'il baisait Jonah par-derrière, à la fenêtre, sur le comptoir de la cuisine, contre la porte d'entrée.

— Sacha ?

— Oui ?

Il se tourna sans ciller vers la femme qui avait prononcé son nom, l'une des rares employées dans la pièce dont il avait déduit qu'elle méritait une seconde conversation. Elle s'appelait Helga, et elle était belle. Sans le poids du monde de l'entreprise qui pesait sur eux, Sacha aurait pu lui accorder plus d'attention, mais il n'avait pas le temps de se laisser distraire pour le moment. Seulement le temps pour un autre coup d'œil vers la cloison de verre entre Flash Gray Media et Blutecc Ltd.

Un coup d'œil inutile, car toujours aucun signe des cheveux auburn de ses rêves.

Helga dit autre chose. Sacha n'en comprit pas un mot, mais il était convaincu qu'il pourrait répondre à sa question malgré tout.

— Nous devrons trouver le temps, reprit-il. Si nous ne procédons pas à ce lancement avant Noël, l'application sera fichue. L'investissement sera perdu, et cette société sera considérée comme une entreprise qui ne tient pas ses promesses.

Une autre voix prit la parole.

— Qu'est-ce que cela implique pour les heures de travail d'ici là ? La plupart d'entre nous sommes sous contrat pour trente-huit heures. Vous ne pouvez pas nous faire faire des heures supplémentaires sans une juste compensation.

Sacha tourna son regard vers l'homme à peine plus jeune que lui, avec de la cire dans sa fine moustache et de monstrueux tatouages sur les mains.

— Si telle est votre attitude, cette entreprise ne survivra pas assez longtemps pour vous payer quoi que ce soit, juste ou non. Peut-être serait-il préférable que vous travailliez ailleurs.

— Vous ne pouvez pas me virer.

— Je n'ai pas essayé, sourit Sacha. Mais merci d'avoir attiré mon attention sur vous. J'ai hâte d'analyser vos performances dans les semaines à venir.

L'homme à la moustache parla encore, mais Sacha s'ennuyait et l'ignora, son attention se portant de nouveau sur le mur de verre. Cette fois, il fut récompensé par un éclair de cuivre, mais il disparut avant qu'il ne soit assez tangible pour qu'il puisse dire que c'était Jonah. Ça aurait pu être n'importe qui.

Du moins, c'était ce que son cerveau prétendait. La chaleur dans sa poitrine disait autre chose.

***

— Je n'arrive pas à croire que tu aies emmené un parfait inconnu au bal de tes parents et que tu t'en sois tiré, puis que tu aies réussi à avoir des relations sexuelles incroyables après ça. Pourquoi ce genre de choses ne m'arrivent jamais à moi ? Tu ne voulais même pas de rencard, n'est-ce pas ?

Jonah ricana dans son verre et le posa, s'essuyant la bouche avant de répondre à la question, certes juste, de Lily.

— Je ne pensais pas en vouloir un avant d'en avoir un. Je ne peux pas expliquer le reste. C'est juste arrivé.

— Ça ne m'est jamais arrivé.

— Oui, eh bien. Il est bi, si ça peut te consoler. Peut-être que tu peux le sortir aussi.

— Et ensuite le laisser me ravir ? Ne plaisante pas avec ce genre de choses, chéri. J'en serais capable.

Il savait qu'elle le ferait. Lily Dawson était sa meilleure amie depuis qu'ils étaient tous les deux en couches et il était bien conscient de son appétit insatiable pour du super sexe. Jusqu'à Sacha, il croyait connaître le genre de sexe dont elle parlait. Après Sacha, il était presque sûr de l'avoir mal fait toute sa vie, jusqu'à la nuit du bal d'hiver.

— Peu importe. Tu ne baises pas avec Sacha. J'ai besoin de garder mes souvenirs intacts.

— Bon à ce point ?

Il but plus de bière et secoua la tête.

— Ce n'était pas bon. C'était… wow, je n'ai pas d'adjectif. C'était comme un rêve érotique, tu vois ? Le genre qui te réveille au milieu de la nuit et tu dois te faire à l'idée que ce n'est pas réel.

— Oh ouais. Les rêves érotiques sont les meilleurs. Il n'y a pas beaucoup d'hommes qui peuvent être à la hauteur de ton imagination subconsciente.

— Lui, si. Je te jure…, commença Jonah en jetant un coup d'œil autour de lui avant de baisser la voix. Je n'ai jamais joui aussi fort de ma vie, éveillé ou non. Je voyais littéralement des étoiles.

— C'est mignon. À quoi il ressemble ?

— Lunatique. Mais seulement si tu ne fais pas attention. Il avait l'air plutôt doux parfois, c'était vraiment déroutant.

— Ça a dû l'être si tu jures à ce sujet. Tu vas le revoir ?

— Littéralement ? J'imagine que oui, on travaille dans le même immeuble. Socialement, par contre, je ne sais pas. Il n'a pas laissé son numéro quand il est parti.

— Tu as fait des recherches sur lui ?

— Où ?

— Sur les réseaux sociaux. Donne-moi ton téléphone. Je vais le faire.

Lily prit son portable avant qu'il ne puisse protester et ouvrit son compte Twitter.

— C'est quoi son nom déjà ?

— Sacha Ivanov. Je parie que tu ne le trouveras pas, par contre. Ce n'était pas son genre.

— Ça doit être son genre s'il travaille pour Blutecc. Les réseaux sociaux et les applications sont leur boulot.

— C'est du travail, pas du perso. Lire son compte professionnel ne me dirait rien sur lui.

Lily leva les yeux au ciel et tapota sur son téléphone. Malgré sa certitude absolue qu'il avait raison, il se pencha en avant et regarda l'écran, observant Lily taper le nom de Sacha et faire défiler les résultats de la recherche.

Son cœur fit un bond quand ses yeux s'illuminèrent. Elle brandit le téléphone.

— C'est lui ?

Il plissa les yeux sur l'écran. L'avatar du profil était petit, mais on ne pouvait pas se tromper sur les traits ciselés de l'étranger qui l'avait baisé contre la fenêtre de sa chambre. Habillé d'une chemise déboutonnée jusqu'à la poitrine, Sacha avait perfectionné le look d'un homme qui se réveillait aussi ridiculement attirant qu'il s'était endormi. Et il souriait sur la photo. Il riait, peut-être. *Bon sang, il est magnifique.*

Lily sourit.

— Je vais prendre ça pour un oui. Je ne peux pas traquer ses tweets, cependant. Ils sont tous en russe.

— C'est sa langue maternelle.

— Oh, est-ce qu'il a un accent ?

— Ouais. C'est sexy à mort, surtout quand, eh bien. Tu sais.

— Conversation cochonne ?

— Je pense que oui. C'était le bon moment pour dire quelque chose d'obscène.

— Pendant que tu le baisais ?

— Dans l'autre sens.

— Vraiment ? s'étonna Lily en baissant le téléphone pour attraper son verre de Chablis. Tu ne le fais pas très souvent.

— Comment tu le sais ?

— Parce que tu me racontes tous les détails sordides que je demande.

— Tu ne me demandes pas toujours ça.

— Pas besoin. Sur la base des preuves passées, j'ai souvent raison quand je fais une supposition.

— Eh bien, rigola-t-il. Tu sais ce qu'on dit des suppositions.

— Je sais. Et je sais aussi ce que tu dis à propos de se faire baiser. Qu'est-ce que ce mec avait de différent ?

— Je ne sais pas. Je n'y ai pas vraiment pensé. C'est juste arrivé.

— Est-ce que ça va se reproduire ?

— Tu m'as déjà demandé et je ne connais toujours pas la réponse.

— Le compte Twitter russe n'a pas aidé ?

— Étonnamment non.

Il récupéra son téléphone et ferma l'application, résistant à l'envie de faire défiler les photos que Sacha avait postées. Ses likes et ses retweets. Tout indice sur qui il était réellement. Il se sentait mal sans le sourire sardonique de Sacha comme compagnie. De plus, sans le contexte de mots réels, quel était le but ?

— J'en doute fort, cependant. Il a été assez clair sur les seconds rendez-vous.

— Comme dans ?

— Ça n'arrive pas. C'est le genre de gars qui se contente d'une nuit.

— Mais ce n'était pas un vrai rendez-vous, pas officiellement, du moins. Il peut sûrement t'en accorder un autre ?

— C'est ce que tu penses que je devrais dire quand nos chemins se croiseront à nouveau ?

— Bien sûr, affirma Lily en sirotant son vin. Pourquoi pas ? Quel est le pire qui puisse arriver ?

— Il pourrait dire non, et alors un parfait coup d'un soir sera entaché par le rejet.

— Contre-proposition : il pourrait dire oui et alors un coup d'un soir se transformera en une longue série de parties de jambes en l'air d'enfer. Si tu penses que le jeu n'en vaut pas la chandelle, alors il n'était pas aussi bon au pieu que tu le prétends.

Jonah rit – il ne put s'en empêcher – puis il se pencha à nouveau.

— Il n'était pas bon au pieu, Lily, il était hors de la stratosphère.

— Alors retrouve-le et demande-lui de te baiser à nouveau. Sérieusement. Ce genre de sexe n'arrive pas si souvent que ça. Ne laisse pas tomber sans te battre.

— Je n'ai pas besoin de me battre pour lui. Nous ne sommes pas des amoureux maudits.

— Pas encore. Mais écoute-moi bien, mon beau. Les histoires d'amour de bureau deviennent super compliquées super rapidement.

— Ce n'est pas une histoire d'amour. Bon sang, c'était un coup d'un soir.

— Ouais. OK.

Lily lui lança le regard qu'elle lui réservait depuis qu'ils avaient douze ans et qu'elle avait décidé qu'il devait embrasser le fils de sa gouvernante, juste pour s'assurer qu'il voulait vraiment embrasser des garçons. Le regard qui lui faisait savoir qu'il était un idiot.

Mais elle n'avait pas toujours raison, et cette fois, elle avait tort. Sa nuit avec Sacha avait été une expérience unique dans sa vie. Une expérience magique, jamais répétée, qu'il n'oublierait jamais.

N'est-ce pas ?

La conversation passa à autre chose. Presque. Lily la ramena à Sacha plusieurs fois, mais il n'avait plus rien à partager. Finalement, elle laissa tomber.

Il était encore tôt quand il la mit dans un taxi. Il avait l'intention de rentrer chez lui, mais une rapide fouille de ses poches lui révéla qu'il avait laissé ses clés dans son bureau. *Merde*. Il n'avait jamais été doué pour faire un saut au bureau. Même une course de cinq minutes pour récupérer ses clés dans le tiroir lui aurait permis de trouver plus de travail à faire, et il n'était pas d'humeur. La semaine avait été longue, et on n'était que jeudi. Mais à moins qu'il ne veuille poursuivre Lily pour avoir son double de clés, il n'avait pas d'autre choix que de retourner chercher les siennes.

Soupirant, il fit le court trajet du bar au bureau. Bien qu'il ne soit pas tard, il l'était suffisamment pour que le côté Flash Gray soit désert. Il essaya de se rappeler s'ils avaient laissé quelque chose dans la salle de repos que Curtis aurait pu ramener à la maison pour ses enfants, mais la journée avait été un flou de réunions et de storyboards, et après deux heures de bière et de conversation sur le sexe, il était grillé.

Il attendit l'ascenseur dans un état second, essayant de ne pas penser à la dernière fois qu'il l'avait emprunté après les heures de bureau. Cette nuit grisante avec Sacha remontait à moins d'une semaine, mais il avait l'impression que cela faisait une éternité, sans compter que Sacha semblait être un fantôme. Sa photo était affichée sur le mur des célébrités de Blutecc, mais il n'avait pas encore aperçu l'homme lui-même. Sans compter sa photo d'identité renfrognée, il se serait demandé si toute la soirée n'avait pas été un rêve. Bordel, il s'était même réveillé le lendemain matin pour trouver la fenêtre nettoyée de toute preuve et tous les détritus dispersés dans son appartement ramassés et nettoyés. *Et si c'était arrivé dans ma tête ? Et si l'histoire que je viens de raconter à Lily n'était qu'un vœu pieux ?*

L'ascenseur arriva. Il leva les yeux, la moitié de son esprit s'interrogeant encore sur sa santé mentale lorsque les portes s'ouvrirent.

Au même moment, Sacha Ivanov releva le regard et, d'une certaine manière, tout se mit en place, du moins en ce qui concernait son existence réelle.

Mais Jonah le fixa quand même. En personne, Sacha était encore plus séduisant que dans son souvenir et il se retrouva figé sur place, pris dans le tourbillon de son regard assassin.

Sacha ne bougea pas non plus. Il le dévisagea lui aussi, jusqu'à ce que ses lèvres remontent en un sourire narquois dont Jonah se souvenait de ses rêves torrides qu'il faisait chaque nuit depuis leur faux rendez-vous.

— Jonah Gray, nous nous rencontrons à nouveau.

# Chapitre 5

Jonah décolla sa langue de son palais.

— Tu as l'air surpris, comme si ce n'était pas inévitable vu qu'on travaille au même étage.

— Si c'était inévitable, ça serait déjà arrivé, rétorqua Sacha. Tu es l'homme invisible.

— Ça veut dire que tu m'as cherché, et aussi que tu n'as pas bien cherché, car mon bureau est à vingt mètres du tien.

Le sourire de Sacha s'accentua.

— Je n'ai pas de bureau.

— Sémantique.

— Faits. J'ai passé toute la semaine dans un bocal à poissons rouges et je n'ai vu aucun signe de toi. J'ai pensé que c'était peut-être toi qui avais un faux badge de sécurité.

— Sérieusement ?

— Non. Tu avais raison la première fois. Je ne t'ai pas cherché tant que ça.

Jonah ne savait pas s'il devait être amusé ou offensé, et les portes de l'ascenseur commencèrent à se fermer avant qu'il puisse se décider.

Il tendit une main pour les arrêter et entra dans celui-ci, appuyant sur le bouton du treizième étage avant de se rendre compte que Sacha n'avait pas bougé.

Les portes se fermèrent et l'ascenseur commença à s'élever dans le bâtiment.

— Désolé, s'excusa Jonah. Tu veux que je te laisse sortir au prochain étage ?

Sacha haussa les épaules.

— Ça ne me dérange pas. J'ai de bons souvenirs dans cet ascenseur avec toi.

Le ventre de Jonah se réchauffa et il ne s'en soucia pas. L'irritation menaçait l'excitation d'être enfin à nouveau seul avec Sacha. Pourquoi devait-il dire ce genre de choses tout en montrant qu'il n'en avait rien à faire ? Tu parles de signaux contradictoires. Ou d'absence de signaux, en fait, car il y avait toutes les chances que Sacha fasse simplement la conversation maintenant que Jonah l'avait pris en otage dans l'ascenseur, et c'était tout aussi irritant.

*Alors arrête de tirer des conclusions. Agis comme une personne normale.*

Jonah soupira et secoua la tête.

Le regard vif de Sacha le transperça.

— Quelque chose ne va pas ?

— Hum ? Quoi ? Oh. Non. Juste une longue journée. Je pensais qu'elle était finie, mais j'ai oublié mes clés.

— Je ne t'ai pas vu partir.

— Pas étonnant quand tu dis que tu n'as pas vraiment fait attention.

— Peut-être que je mentais.

Jonah se força à affronter le sourire en coin de Sacha, celui qui était à la fois intense et amusé.

— Tu fais ça souvent ?

— Mentir ? répéta-t-il en se décollant de la paroi de l'ascenseur contre laquelle il était affalé. Non, pas vraiment. Je suis paresseux et la vérité est plus facile.

— Alors, c'est quoi ? Tu m'as cherché ou pas ?

— La vérité t'importe-t-elle ?

— Peut-être. Je ne suis pas sûr qu'elle le devrait, cependant.

Sacha fut soudainement assez proche pour que Jonah puisse le sentir, et son odeur propre et masculine le ramena au moment où il avait réalisé que Sacha voulait sérieusement rentrer à la maison avec lui. Comme à ce moment-là, son cœur fit un bond, et la frustration s'accumula dans ses tripes. Sacha jouait avec lui, mais pourquoi ? Il avait dit lui-même que la vérité était plus facile, alors pourquoi était-il encore dans l'ascenseur, bordel ?

Alors que sa pensée s'achevait, l'ascenseur s'arrêta. Jonah se détourna de Sacha, attendant que les portes s'ouvrent. Quand elles le firent, il sortit, levant la main d'un geste rapide.

— À bientôt alors. Merci pour la discussion.

Il partit sans se retourner. Les portes de l'ascenseur se fermèrent. Il se dirigea vers son bureau. Il avait des murs en verre, comme la plupart de l'étage, mais il avait fermé les stores avant de partir pour une réunion à l'heure du déjeuner. Il se réfugia dans l'espace sombre malgré le fait que Sacha soit déjà parti et incapable de le voir de toute façon.

Secouant la tête, il laissa échapper une longue et lente expiration et se frotta la poitrine, acceptant le trip corporel qu'il subissait apparemment chaque fois qu'il était en compagnie du Russe. C'était… quelque chose. C'était peut-être aussi bien qu'ils semblent destinés à s'éviter pendant les heures de bureau. Jonah avait trop de choses à faire pour avoir le temps de s'effondrer quotidiennement.

— Alors c'est ici que tu travailles.

Jonah sursauta, et son pouls qui ralentissait s'accéléra à nouveau.

— Tu m'as suivi, déclara-t-il brillamment.

— C'est exact, gloussa Sacha. Mais je ne sais pas pourquoi. Peut-être que j'ai aussi laissé quelque chose ici.

— Quoi ?

— Je ne sais pas. Je n'y ai pas encore pensé.

— Ça n'a aucun sens.

— Précisément.

Sacha fixa Jonah comme s'il était le mutant le plus stupide du monde.

Ce dernier combattit l'envie de se tortiller et fit le tour de son bureau, allumant son ordinateur pour trouver quelque chose à faire avant de se rappeler qu'il était venu chercher ses clés.

Il les sortit du tiroir alors que son iMac s'animait. L'écran se remplit des story-boards qu'il avait passé tout l'après-midi à présenter à son client le plus important, et sa frustration s'accentua. Le concept que Flash Gray avait créé était avant-gardiste et clair – il avait fait une croix sur assez d'heures de sommeil pour s'en assurer – mais le client avait à peine jeté un coup d'œil aux images qu'il avait apportées, et avait clairement indiqué qu'il avait signé avec FG à cause de son nom de famille. Après des mois de dur labeur, cela avait été un coup de pied au cul auquel il ne s'était pas préparé.

*Mort par népotisme ?*

Il secoua sa tête. Maudit sois-tu, Sacha Ivanov.

— Qu'est-ce que c'est ?

Jonah cligna des yeux. Sacha était à côté de lui, regardant l'écran de l'ordinateur.

— Des story-boards pour le prochain lancement de La Glo.

— Le parfum ?

— Oui. Leur parfum d'été.

Sacha plissa les yeux en se rapprochant de l'écran.

— C'est toi qui as conçu ça ?

— Pas entièrement. J'ai une équipe créative en place ces jours-ci. Mais…

— Tu as du mal à déléguer ?

— Comment tu le sais ?

— Parce que c'est le cœur de ce que tu fais ici, non ? Tu n'as pas fondé cette société pour t'asseoir derrière un bureau et regarder les dollars affluer. Tu aurais pu faire ça n'importe où.

— Ce sont des livres, mais oui, je comprends l'idée.

Jonah tourna le dos à l'écran et s'appuya contre son bureau.

— J'aime bien le côté artistique, continua-t-il. J'étais doué pour ça et j'aurais probablement préféré travailler pour quelqu'un d'autre et faire ça à plein temps.

— Alors pourquoi tu ne l'as pas fait ?

— Ce n'est pas comme ça qu'on fait les choses.

— Qui ?

— Ma famille. Nous ne travaillons pas pour d'autres personnes.

Sacha leva les yeux au ciel.

— Mais tu es esclave de leur attente. En quoi est-ce différent ?

— Ça ne l'est pas, mais au moins je peux choisir mes propres horaires.

— J'ai entendu une rumeur selon laquelle tu es toujours le dernier à partir, et pourtant ce n'était pas le cas aujourd'hui.

— Déjeuner d'affaires. Et sans vouloir être tatillon, je suis toujours là.

— *Nous* sommes toujours là.

Jonah rigola.

— Et c'est moi qui suis tatillon ? Tu as trouvé ce que tu as laissé ici ?

Sacha releva finalement son regard de l'ordinateur de Jonah. La lumière chaude qui s'échappait des planches de La Glo faisait briller ses yeux, comme un loup à la lueur du feu.

— Pas encore. Je pense que c'est peut-être quelque chose que j'ai négligé de faire.

— Tu n'as pas l'air d'être une personne distraite.

— Non ? De quoi ai-je l'air selon toi ?

*Canon. Tranchant. Mortel. Gentil.* Jonah n'arrivait pas à se décider jusqu'à ce qu'il choisisse un nouveau mot : *conflictuel.*

Il se lécha les lèvres, plus conscient que jamais de la proximité de Sacha.

— Tu m'as l'air efficace. Si tu n'as pas fait quelque chose avant de partir, c'était délibéré.

— Délibéré.

Sacha répéta le mot lentement, comme s'il le retournait dans son esprit pour voir s'il correspondait. Son expression était indéchiffrable, mais Jonah s'habituait à cela, même si ça lui faisait mal de réaliser qu'il n'avait pas vu le visage de Sacha quand ils baisaient. *J'aurais aimé le voir jouir.*

— Tu vas bien ? s'inquiéta Sacha en agitant une main devant son visage. Tu es tout rouge.

— Il fait chaud ici.

— Non, il ne fait pas chaud. Le chauffage s'arrête à six heures.

— Comment tu sais ça ?

— Parce qu'il y a un idiot dans mon bureau qui me dit que ça veut dire qu'il est temps de rentrer à la maison.

— Et il le fait ? Rentrer chez lui, je veux dire.

— Bien sûr. Il y a un trou dans la porte en forme d'idiot à six heures pile.

Une réelle irritation assombrit les traits de Sacha. C'était dangereux, et très sexy. Les doigts de Jonah avaient envie de tracer les lignes de froncement de sourcils sur le beau visage devant lui. Pour peut-être les effacer avec ses lèvres, puis glisser le long de sa mâchoire, et jusqu'à sa bouche. Ils ne s'étaient pas embrassés quand ils avaient baisé. Il y avait eu quelques moments où il avait pensé qu'ils pourraient le faire, mais à chaque fois Sacha s'était retiré et avait pressé ses lèvres ailleurs, le laissant dans l'attente et le désir.

Ça n'avait pas changé.

*Arrête. S'il avait voulu t'embrasser, il l'aurait déjà fait. Mets tes clés dans ta poche et rentre chez toi.*

Il ne bougea pas.

Sacha se redressa, mais ne s'éloigna pas non plus. Il s'enfonça dans sa chaise de bureau et la tripota jusqu'à ce qu'elle soit ajustée à son goût, une lueur provocatrice dans les yeux, comme s'il le défiait de l'arrêter.

Il ne le fit pas. C'était juste une chaise. Qui se souciait de savoir si Sacha avait modifié tous les éléments au point de les rendre méconnaissables ? Alors qu'il était si proche de lui ? Pas Jonah. C'était difficile de se soucier de quoi que ce soit d'autre que de son regard brûlant et son parfum addictif.

— Tu veux aller boire un verre ?

Les mots sortirent avant qu'il ne puisse les rattraper. *Merde*. Mais il ne put se résoudre à les regretter. Leur deuxième rencontre s'était avérée guindée et étrange, mais il ne voulait pas qu'elle se termine. Il voulait passer le reste de la soirée en compagnie de Sacha, à tel point qu'il se mit à rire lorsque celui-ci commença à secouer la tête.

— Allez, Ivanov. Ce n'est qu'un verre. Je ne te demande pas de m'épouser. Ou est-ce qu'une nuit de sexe signifie qu'on ne peut pas être amis ?

— Tu veux être mon ami, Jonah Gray ?

— Peut-être. Sauf si tu ne veux pas être le mien.

Un moment de silence s'étira entre eux. Il attendait que Sacha se retire et secoue la tête. Qu'il se lève et s'en aille vers l'endroit où il se dirigeait lorsque les portes de l'ascenseur s'étaient ouvertes en bas, mais Sacha ne secoua pas la tête. Il ne dit pas non.

Il s'avança, saisit son bureau et roula vers l'avant sur sa chaise jusqu'à ce qu'il soit parfaitement inséré entre les jambes de Jonah.

— Je n'ai pas beaucoup d'amis, expliqua-t-il lentement. Je n'en ai pas besoin et je n'en veux pas. Mais… toi et moi, avec des avantages, non ? Je ne pense pas pouvoir passer du temps avec toi sans te baiser à nouveau.

Les sourcils de Jonah se relevèrent. Il les sentit disparaître dans la racine de ses cheveux alors qu'il digérait les mots de Sacha.

Son pouls cognait contre ses tympans et son cerveau vacillait à cause de ce brusque changement de sujet, alors qu'il n'avait cessé de penser à Sacha en train de le baiser depuis que c'était arrivé la première fois.

— Tu veux encore me baiser ? Je pensais que tu ne faisais pas de second rendez-vous ?

— Je ne fais pas de rendez-vous en général. Mais on ne l'appellerait pas ainsi si tu étais mon ami. Nous serions juste en train de… traîner ? C'est la bonne expression ?

— C'est *une* expression, rétorqua Jonah.

— Une mauvaise ?

— Non. Pas du tout. C'est inattendu, c'est tout.

Sacha acquiesça.

— Pour moi aussi. Je ne dis jamais ça à personne d'autre.

— Qu'est-ce qui est différent chez moi ?

— Nous sommes issus de la même vie. Et tu as dit toi-même que tu ne voulais pas m'épouser, donc je n'ai pas à m'inquiéter que tu interprètes mal mes intentions. Tu saurais ce que nous sommes… Des connaissances qui font l'amour, oui ?

— Je n'ai pas dit…, commença Jonah en pinçant les lèvres, puis il prit une profonde inspiration. Connaissances. C'est ça. Tu veux dire que nous partageons une aversion pour les relations ? Et que je suis assez riche pour que tu n'aies pas à t'inquiéter que je sois après toi pour ton argent et ton statut ?

Sacha rit et son visage changea complètement. Ses traits s'adoucirent et ses yeux brillèrent.

— Je n'ai aucun statut dans ton monde, mais oui, j'imagine que c'est ce que je dis. Je me sens en sécurité avec toi, Jonah. Nous parlons le même langage.

— À propos du sexe ?

— À propos de beaucoup de choses. Je n'ai pas à me justifier auprès de toi. On peut se voir et faire l'amour. J'aimerais ça, et je pense que toi aussi.

Il n'avait pas tort. Jonah ne se voyait pas faire autre chose que passer son peu de temps libre en compagnie de Sacha, surtout s'ils baisaient à nouveau. Mais une inquiétude se développa dans ses tripes, une sensation de picotement qu'il n'avait jamais ressentie auparavant et qui le troubla. Il n'avait aucun doute sur le fait de recoucher avec Sacha – *grands dieux non* – mais l'idée d'une amitié qui n'irait nulle part et ne signifierait rien lui faisait grincer des dents.

— On n'est pas obligés de sortir ensemble, lâcha-t-il. On peut juste baiser et le dire clairement. Ne fais pas attention à ma sensibilité.

— Sensibilité ?

— La terminologie n'est pas importante. Et je ne t'ai pas proposé un verre parce que j'avais envie de baiser à nouveau.

Le sourcil de Sacha vacilla brièvement de confusion avant de se redresser, mais Jonah sentit tout de même les rouages de son cerveau tourner.

— Je ne comprends pas.

— Pourquoi ? rétorqua Jonah. C'est assez simple. J'ai apprécié ta compagnie l'autre soir et quatre-vingt-dix pour cent du temps, on ne baisait pas. Pourquoi ne voudrais-je pas le refaire ?

— J'ai des réponses à cette question, mais je suis bloqué sur la division de notre temps ensemble. Nous avons été au bal de tes parents pendant quatre heures et demie. J'ai quitté ton appartement à cinq heures le lendemain matin. Explique-moi comment le temps que nous y avons passé équivaut à un chiffre de dix pour cent.

C'était une demande, pas une question. Jonah faillit rire, mais l'expression de Sacha l'arrêta, et il leva les yeux au ciel à la place.

— Je faisais une remarque, je ne faisais pas de maths spécifiques.

— Sois précis. Ne fais pas de fausses déclarations.

— OK. Plus précisément, je veux prendre un verre avec toi. Et je veux recoucher avec toi. Je me moque de la combinaison particulière qui en résulte et je me moque de comment tu appelles ça. Oh, et j'aime que tu te sentes en sécurité avec moi. Tu devrais. Je ne ferais jamais rien pour te blesser.

— Je ne suis pas inquiet que tu me fasses du mal.

— Alors de quoi te sens-tu spécifiquement à l'abri quand tu es avec moi ?

Sacha fit un petit sourire.

— Rien… de spécifique. C'était un sentiment et je l'ai exprimé. Ça n'a pas besoin d'être tangible.

— Ça l'est si on baise. Où est le plaisir si tu ne le ressens pas ?

— Tu vas le sentir.

— Et toi ?

Sacha fit de nouveau rouler la chaise de bureau de Jonah, se collant presque à lui. Pendant un moment, on aurait dit qu'il allait s'étirer et l'embrasser. Puis il attrapa la boucle de ceinture de Jonah et commença à la défaire.

— Je me sens bien, sinon je ne voudrais pas recommencer.

Un flashback du vendredi précédent envahit le cerveau de Jonah. Les mains de Sacha sur sa queue, puis sa bouche alors qu'il le tenait contre le comptoir de la cuisine, le contenu de son frigo étalé autour d'eux. Il l'avait sucé jusqu'à ce qu'il soit à nouveau dur, puis il l'avait tourné et baisé une deuxième fois, rapidement et violemment, le martelant jusqu'à ce qu'il crie sa jouissance assez fort pour que le bloc d'appartements voisin l'entende. Il frissonna, et il lui fallut toute sa volonté pour immobiliser les mains de Sacha.

— Arrête. On ne peut pas faire ça ici.

— Pourquoi pas ?

— Parce que nous sommes dans mon bureau.

— Et alors ? Les stores sont fermés. Il n'y a personne ici.

— Curtis est là. Tout comme Samson en bas.

— L'agent de sécurité est endormi. Il ne se réveille pas pour sa ronde avant une heure.

— Comment tu sais ça ?

— J'ai travaillé tard cette semaine. Il a ses habitudes comme tu me l'avais dit quand on s'est rencontrés.

— Et Curtis ?

Sacha haussa les épaules.

— Il est moins prévisible. Je peux fermer la porte si tu veux.

Jonah ne souhaitait rien de plus que sentir les mains de Sacha sur lui à nouveau. La perspective que Curtis ou Samson le surprennent le pantalon baissé semblait une préoccupation lointaine, et il savait que son bureau n'était pas couvert par les caméras de surveillance. Seuls le palier et les ascenseurs l'étaient. Si personne ne venait, personne ne verrait. De plus, la suffisance dans le regard de Sacha était obscène. Jonah n'allait pas lui donner la satisfaction d'exiger qu'il ferme la porte.

— Laisse-la.

— Tu es sûr ?

— Je suis sûr.

L'amusement de Sacha diminua, remplacé par une intention claire qui le fit frissonner. Il tira encore sur sa ceinture. Elle se détacha de la boucle, centimètre par centimètre, et Sacha ne semblait pas pressé.

Il défit la ceinture et passa aux boutons du pantalon de Jonah avec une lenteur criminelle. Il avait des doigts habiles, élégants, mais il semblait les rendre maladroits exprès.

Jonah inspira, tremblant. Peut-être que Sacha lui donnait du temps pour réfléchir. Du temps pour faire marche arrière, même si c'est lui qui l'avait poussé dans cette voie. Et pour faire quoi ? Allaient-ils baiser ici, dans son bureau ? Sacha allait-il le pencher sur la table ? Ce n'était pas comme s'il n'avait pas montré son penchant pour cette position quand il l'avait baisé dans tout son appartement.

— Chut, ordonna Sacha.

Jonah baissa les yeux vers lui.

— Je n'ai rien dit.

— Tu n'as pas à le faire quand ta mâchoire tique comme ça.

Il s'efforça de détendre son visage.

— Peut-être que je suis excité, hésita-t-il. Ce n'est pas tous les jours que quelqu'un me suce dans mon bureau.

— Non ? Dommage.

— Vraiment ?

— Oui. Tout le monde devrait se faire sucer dans son bureau. Ça donne un sens au fait de venir travailler.

— Tu n'aimes pas ton travail ?

— Je l'adore. Mais peut-être que je l'aimerais encore plus si je pouvais te garder sous mon bureau.

— Charmant.

Les lèvres de Sacha se retroussèrent.

— J'essaie.

— Essaie encore.

— Quoi ? Je n'ai jamais dit que j'allais te sucer.

— Mais tu vas le faire.

Jonah sourit. Sacha lui rendit son sourire, sombre et mortel. Il se pencha en avant et défit la fermeture éclair du pantalon de Jonah, l'ouvrit, révélant le caleçon noir qu'il avait enfilé ce matin-là. Il était simple et cher, mais apparemment pas une barrière pour ce que Sacha voulait. Il le fit glisser vers le bas, et sa queue se libéra, déjà à moitié dure.

Et désireuse. Le simple regard de Sacha fut suffisant pour qu'il durcisse complètement, ses boules gonflant, l'anticipation lui donnant le vertige. Il pouvait à peine le supporter, mais il se força à rester silencieux et immobile. Sacha était un prédateur, et lui une proie, mais cela n'avait aucun sens de faire un repas de lui-même si rapidement. Il y avait une différence entre faire le mort et s'allonger pour mourir.

*Pourquoi penses-tu que c'est un lion qui te traque ? C'est ce que tu veux. Tu l'as pratiquement demandé.*

Vrai. Jonah n'avait pas de réponses à donner au diable sur son épaule. Juste une chaleur croissante dans ses veines, et des lèvres qui avaient envie d'être embrassées ; une autre pensée errante qu'il devait ignorer s'il voulait profiter de ce moment.

— Concentre-toi, murmura Sacha. Sur moi et ce que je vais te faire. Ne pense à rien d'autre, juste à ce qui est réel.

— Tu ne sais pas à quoi je pense.

— Je n'en ai pas besoin.

Sacha termina la conversation avec sa bouche sur la queue de Jonah, et toute pensée cohérente l'abandonna comme s'il n'en avait jamais eu.

Jamais.

Comme s'il en était dépourvu depuis le jour de sa naissance, et que son cerveau était vide. Un espace noir rempli uniquement par la sensation déstabilisante de Sacha se déchaînant sur sa queue.

Humide.

Chaud.

Dur.

Puis il changea de méthode et suça lentement de haut en bas le manche de Jonah, son regard moucheté d'or aussi aguicheur que sa langue.

Ce dernier gémit et ses mains s'envolèrent vers la tête de Sacha, ses doigts s'emmêlant dans ses cheveux parfaitement ébouriffés. C'était aussi soyeux qu'il l'avait imaginé, aucun produit ne les alourdissait. Il aurait été si facile d'y enfouir ses doigts, de se déhancher et de baiser sa bouche. Mais il ne le fit pas. Il garda ses mains libres et ses hanches immobiles, cédant le contrôle à l'homme accroupi entre ses jambes.

Il ne chercha pas à savoir pourquoi. Il ferma juste les yeux, ressentit et essaya de ne pas envisager la possibilité que Curtis ou Samson, ou tout autre employé ayant oublié quelque chose, puisse les surprendre à tout moment.

Ne pas penser devint plus facile alors que la pression dans son ventre augmentait. Le plaisir se déployait, battement par battement, lui faisant courber les orteils et lui coupant le souffle. Des halètements rudes s'échappaient de ses poumons, et des spasmes secouaient chacun de ses muscles tandis qu'il luttait pour rester immobile.

Sacha glissa sa main libre le long de sa jambe, agrippant sa cuisse. Jonah laissa la sienne dériver de la tête de son amant avant de se rattraper et de la remettre en place. *N'essaie pas de lui tenir la main. Il te suce dans ton bureau, il ne te déclare pas son amour éternel.*

La réalité de la situation le fit presque rire, mais il n'y avait rien de drôle dans ce que Sacha lui faisait. Il n'avait jamais rien ressenti de tel. Les frissons devinrent des secousses dans tout son corps. Les halètements devinrent des gémissements. Il renversa la tête en arrière et ferma les yeux, ne se souciant plus de savoir si le personnel du bâtiment l'entendait crier.

— Putain. Je vais jouir. Retire-toi si tu ne veux pas que ça descende dans ta gorge.

Sacha fredonna et resta où il était.

Jonah essaya de l'avertir à nouveau, mais son orgasme l'étouffa, traversant chaque partie de son corps dans un cri étranglé. Il se déversa dans la bouche chaude de Sacha, luttant toujours contre l'envie de se déhancher et d'enfoncer sa queue dans la gorge de son amant, et gagner la bataille était exquis. Son orgasme s'étira, retenu par les cordes de ses muscles tendus, et il vit des étoiles quand il s'éteignit finalement.

Sacha se retira, son sourire satisfait revenant de plein fouet.

Se lamentant sur la perte de ses doux cheveux, Jonah leva des yeux alourdis par le plaisir au ciel.

— Ne sois pas suffisant. Ça ne te va pas.

— Si, ça me va.

— OK, peut-être que oui, mais je n'aime pas ça.

— Et alors ?

— Alors…

Jonah jeta un coup d'œil autour de lui à la recherche de quelque chose à lui balancer, mais se contenta de remettre ses vêtements en place, se levant pour boucler sa ceinture avec des mains tremblantes.

Sacha l'aida.

— Merci, soupira Jonah en le regardant, le cœur battant toujours la chamade, au rythme qui semblait être le sien à chaque fois qu'ils étaient ensemble.

Sacha lui rendit son regard, ses lèvres rouges et humides. L'envie de se pencher et de l'embrasser lui donna un nouveau vertige. Il bascula sur ses talons. Sacha le rattrapa, se redressant pour qu'ils soient face à face à nouveau.

— Si le népotisme ne te tue pas, peut-être que les pipes le feront.

— Très drôle.

— Je le suis ?

— Non. Mais tu es dur. Je peux te rendre la pareille ?

Sacha le regarda fixement pendant un long moment, puis secoua la tête.

— Pas ce soir. Il est tard, nous devrions tous les deux rentrer chez nous.

Sa longueur pressant contre la cuisse de Jonah racontait une autre histoire. Il ouvrit la bouche pour protester, mais Sacha le fit taire d'un seul doigt sur ses lèvres. Il glissa une mèche humide de ses cheveux derrière son oreille.

— La prochaine fois, Jonah Gray.

*La prochaine fois.*

— Combien de temps vas-tu m'appeler par mon nom entier ?

— Jusqu'à ce que ça m'ennuie.

Jonah acquiesça et assimila les mots non dits : ce n'était pas seulement son nom qui était en sursis, mais Jonah lui-même aussi. N'empêche.

*La prochaine fois.*

# Chapitre 6

Sacha était une personne à l'écoute. Parfois il parlait, mais la plupart du temps, il préférait fusiller du regard les gens jusqu'à ce qu'ils le laissent tranquille définitivement. Le lundi matin avait commencé comme l'un de ces jours, mais au fur et à mesure qu'il passait, dans une brume de codage d'urgence et de réunions tendues, il se retrouva à désirer le genre de conversation qu'il n'avait eu de mémoire récente qu'avec une seule personne. Le genre qui était taquine et intense, faite d'ombres et de lumières.

Le genre de choses pour lesquelles il n'avait pas une seule minute à perdre en ce moment.

Il était fâcheusement ironique que depuis sa dernière rencontre avec Jonah au bureau de ce dernier, il le voyait à chaque fois qu'il levait les yeux. Ce qui était fréquent, vu que la compagnie qu'il avait dans son propre bureau était suffisamment irritante pour qu'il ait besoin d'une distraction.

— Est-ce que tu écoutes au moins ? se plaignit Helga. C'est toi qui as dit que c'était important.

Sacha arracha son regard de la lueur de cheveux cuivrés qu'il pouvait tout juste apercevoir dans les bureaux voisins.

— C'est important. L'application ne peut pas être lancée si le site web n'est pas assez solide pour la supporter.

— Donc nous devons engager une équipe pour le recoder ?

— Non, contredit Sacha en secouant la tête. On n'a pas le temps pour ça. Nous allons devoir le démonter nous-mêmes et le consolider. On pourra le reconstruire correctement après la mise en ligne dans quelques semaines.

— D'accord, mais qui va faire ce travail supplémentaire ? Nous n'avons pas assez de disponibilités dans notre équipe de développement web.

— Je vais le faire, déclara Sacha distraitement, son cerveau toujours fixé sur Jonah.

Il l'avait vu environ douze fois ce jour-là ; l'homme ne semblait jamais rester longtemps au même endroit. Il était constamment en mouvement, prenant des nouvelles de ses équipes, préparant du café pour tout le monde. À un moment donné, il était sorti et revenu avec assez de beignets pour tout l'étage, y compris les équipes de Blutecc.

Sacha avait ignoré les viennoiseries par principe, mais il n'avait pas été surpris d'apprendre que la générosité de Jonah était hebdomadaire. Il avait des yeux gentils qui n'avaient pas leur place dans le monde impitoyable de la publicité d'entreprise.

*L'est-il, cependant ? Ou est-ce la version de lui que tu as créée dans ta tête ? Tu connais à peine cet homme.*

Mais Sacha le voulait. Ce qui rendait le pacte bizarre qu'ils avaient conclu la semaine précédente encore plus difficile à avaler. Sacha avait rarement rencontré quelqu'un à qui il avait envie de parler autant qu'il avait envie de le baiser. Et il était encore plus rare qu'il ait envie de baiser quelqu'un plus d'une fois. Il avait une faible capacité d'attention quand il s'agissait des gens, parce que les gens étaient ennuyeux. Vides. Ternes. Ça l'irritait que Jonah Gray soit tout sauf ça.

*Je n'ai pas le temps pour ça.* Surtout pas s'il s'engageait à faire le travail supplémentaire de recodage des parties les plus faibles du site web supportant la maudite application de fitness, mais indépendamment de ses sentiments sur les relations personnelles, il appréciait les défis. Non. *Il aimait* les défis, et c'en était un auquel il ne pouvait pas résister.

La journée s'éternisa. Son offre de recoder le site web avait été approuvée lors d'une réunion de direction tendue, mais même s'il travaillait jour et nuit, il n'y avait toujours aucune garantie que le site web tienne. Et il n'avait pas l'intention de travailler jour et nuit. Il avait un ami-amant aux cheveux auburn qu'il voulait retrouver avant de commencer à se demander si leur rencontre de la semaine passée n'avait pas été une promesse vide.

Ils ne s'étaient pas reparlé depuis. Ce n'était pas intentionnel, mais ils avaient quitté le bâtiment cahin-caha cette nuit-là, trop hébétés pour échanger leurs numéros, et ils ne s'étaient pas recroisés en personne. *Et alors ? Va dans son bureau et ferme la porte. Ou demande-lui ce qu'il fait ce soir.*

Mais il ne fit ni l'un ni l'autre. Il resta où il était, blotti dans un coin des bureaux de Blutecc avec les quelques employés qu'il pouvait tolérer sans jeter des choses, et travailla comme un forcené jusqu'à ce que même Helga l'abandonne.

— Rentre chez toi, asséna-t-elle. On n'est que lundi.

— Qu'est-ce que ça peut faire ?

— Tu as toute la semaine devant toi. Ça ne sert à rien de t'épuiser maintenant.

Sacha leva les yeux au ciel.

— Je ne suis pas fatigué. Mais vas-y. Je te verrai demain.

— Tu es sûr ? Je peux rester si tu…

— Vas-y, insista Sacha. De toute façon, je ne peux pas parler quand je suis en train de coder, donc ce serait ennuyeux pour toi de rester.

Helga alla lui chercher plus de café puis elle partit. Il inhala l'infusion noire et forte et se leva pour s'en resservir. C'était sa sixième tasse de la journée, ce qu'il paierait s'il ne faisait pas attention, mais il avait besoin de cette stimulation pour garder ses yeux lourds aiguisés. Malgré ce qu'il avait dit à Helga, il était conscient de son manque de superpouvoirs.

Il était tard lorsqu'une lueur alarmante traversa sa vision. Un éclair de douleur qui aurait nécessité un bulldozer pour l'arrêter si Sacha ne l'avait pas pris à temps.

Il ouvrit le tiroir du bureau qu'il avait revendiqué comme sien et trouva le flacon de pilules caché au fond. Il était presque vide. Il en prit deux et nota mentalement de renouveler son ordonnance, puis remit le tube dans le tiroir.

La tentation de continuer à travailler était forte, mais il se connaissait assez bien pour savoir qu'il avait au moins besoin de la pause du voyage de retour. Il éteignit son ordinateur portable et le rangea dans son sac. Son manteau était de l'autre côté du bureau sans qu'il ne sache vraiment pourquoi.

Il le récupéra. La boîte de beignets de Jonah était près de la fontaine à eau. Sacha passa devant avec la ferme intention de se diriger directement vers les ascenseurs, mais, bien sûr, comme cela avait été le cas toute la journée, un simple aperçu des cheveux de cet homme lui fit perdre la tête.

Il fut à la porte du bureau de Jonah avant qu'il ait pu s'arrêter pour réfléchir à ce qu'il faisait.

— Tu brûles la chandelle, c'est ça ? C'est comme ça que vous le dites ?

Jonah leva les yeux de son ordinateur. Ses cheveux étaient en bataille et il avait l'air aussi fatigué que lui.

— Quelque chose comme ça. Pourquoi es-tu encore là ?

— Et toi ?

— Mon équipe a écrit un pitch épouvantable pour une réunion importante demain. Je dois le refaire ou nous allons droit à la catastrophe.

Sacha acquiesça. C'était un scénario qu'il connaissait bien, même si le contexte était différent de son propre travail.

— Où en es-tu ?

— Environ la moitié. Ça va me prendre toute la nuit, mais je vais le ramener à la maison pour pouvoir manger et prendre une douche.

— Alors ramène-le à la maison.

— Je vais le faire. J'attends qu'il soit transféré sur le cloud pour pouvoir y accéder à distance.

— Qu'est-ce que tu vas manger ?

Les premières lueurs du sourire de Jonah réchauffèrent son beau visage.

— Je ne sais pas. La même chose que j'ai commandée la dernière fois, j'imagine. Je n'ai pas le temps pour autre chose. Et toi ? Pourquoi es-tu encore là ? Ou bien tu me l'as déjà dit et je suis trop fatigué pour m'en souvenir ?

— Je ne te l'ai pas dit, mais c'est la même chose. Je dois faire quelque chose que personne d'autre ne peut faire en un court laps de temps.

— Combien de temps ?

— Combien de temps quoi ?

— Combien de temps as-tu ?

— Quelques semaines. Nous lançons l'application juste avant Noël et le site web n'est pas assez solide pour supporter l'afflux de visiteurs. Je dois le réparer.

Jonah fronça les sourcils.

— Je ne sais pas quel est ton vrai travail, mais la conception de sites web n'est-elle pas un peu en dessous de ton niveau de rémunération ?

— Il ne s'agit pas de design, mais de fonctionnalité. Le site web n'est pas attrayant à ce stade, mais il n'a pas besoin de l'être ; il doit juste fonctionner. C'est mon travail, faire en sorte que les choses fonctionnent.

— D'accord. C'est plus logique quand tu le dis comme ça. Je ne connais pas grand-chose aux sites web, à part les jolis trucs.

— C'est charmant, Jonah Gray, gloussa Sacha.

— Eh bien, merci. Tu pars ?

— Oui.

— Pour rentrer chez toi et continuer à travailler ?

— Oui.

Jonah tapa sur quelques touches de son ordinateur, puis l'éteignit avec la souris. Un silence s'étira entre eux. Sacha se demandait s'il devait partir, puis Jonah apparut devant lui, ses yeux auparavant fatigués larges et pleins d'attente.

— Allez, viens, déclara-t-il. Allons-y.

Sacha cligna des yeux.

— Aller où ?

— À la maison. Chez moi, je veux dire.

— Pour quoi faire ?

— Pour le travail. Le dîner. La convivialité, répondit Jonah, son sourire enfantin et doux. C'est ce que font les amis, Ivanov, à moins que tu n'aies une envie pressante d'être seul.

— Je n'en ai pas envie.

— Alors, allons-y.

***

Ils prirent un taxi jusqu'à l'immeuble de Jonah, puis montèrent dans l'ascenseur jusqu'à son appartement terrasse. En haut, Sacha se retrouva à nouveau attiré par la fenêtre, subjugué par les lumières de Noël qui s'étaient multipliées depuis sa dernière visite.

— Tu as un sapin dans ton appartement ?

— En fait, oui, révéla Jonah. Je n'avais pas l'intention de m'en occuper, mais Lily m'en a fait acheter un énorme.

— Lily ?

— Mon amie. Elle pense que mon appartement ressemble trop à une garçonnière.

— Qu'est-ce qu'il y a de mal à ça si tu es célibataire ?

— Il faudrait lui demander. Tu entres ?

Jonah déverrouilla sa porte et attendit. Sacha recula et le précéda à l'intérieur. Comme promis, un énorme arbre décoré occupait la majeure partie du couloir. Il était coloré et sentait la forêt. Sacha s'approcha et examina une babiole sur laquelle était imprimé le visage d'un bébé.

— C'est censé être Jésus ou toi ?

— Je préfère ne pas y penser, admit Jonah. Lily l'a eu de ma mère, donc ça pourrait être l'un ou l'autre.

— Et ça, c'est quoi ? interrogea Sacha en pointant du doigt la cime de l'arbre. Un ange ?

— Oui. Tu n'en as pas en Russie ?

— Des anges ? Si, mais ma famille n'avait pas d'arbres de Noël. Nous sommes… laïques, c'est ça ? Pas religieux.

— Oh. Alors vous ne fêtez pas Noël ?

— Si, mais pas avec des symboles religieux. Notre arbre est un *yolka*. Il célèbre la nouvelle année et nous ne le mettons en place qu'après la fin des fêtes.

Jonah se débarrassa de son manteau et fit signe à Sacha de faire de même. Il les prit tous les deux et les accrocha près de la porte, puis attrapa la sacoche de l'ordinateur portable de Sacha et la glissa sous son bras.

— Viens. Prenons un verre et commandons à manger avant de commencer à travailler.

Il disparut dans la pièce à vivre ouverte dont Sacha ne gardait le souvenir que du marbre frais et des murs lisses contre lesquels il avait appuyé ses mains lorsqu'il avait baisé Jonah encore et encore jusqu'à ce qu'il soit au bord de l'épuisement. Une image floue de lui en train de renverser Jonah sur son lit envahit son esprit. Il se rappelait la sensation des draps propres de son amant dans ses mains, quand il les avait enroulés autour de Jonah puis qu'il s'était éloigné, hanté par la tentation de s'installer à côté de lui et de s'endormir.

*Idiot.*

Il força ses jambes à se mettre en mouvement et suivit Jonah jusqu'au salon où ce dernier posa son sac d'ordinateur portable sur la table basse antique.

— Pourquoi ton arbre n'est pas là où tu peux le voir ?

Jonah releva les yeux.

— Parce que je ne passe pas beaucoup de temps ici. Je le vois mieux de ma chambre s'il est dans le couloir.

— Tu passes beaucoup de temps dans ta chambre ?

— Pas spécialement. C'est juste l'endroit où je suis le plus quand je suis à la maison.

— Et tu aimes ton arbre ? Même si tu n'en voulais pas ?

Le sourire de Jonah lui échauffa les sangs.

— Je l'aime bien, en fait. Ma famille n'est pas particulièrement religieuse non plus, mais il s'agit plus d'être ensemble qu'autre chose, et l'arbre me rappelle que je n'ai plus beaucoup de temps à attendre pour cela.

— C'est ce que ça devait signifier dans ma famille aussi… La partie être ensemble. Pour ceux qui suivent encore les fêtes soviétiques, elles sont un symbole de bonheur et de prospérité.

Jonah ôta sa veste de costume d'un mouvement d'épaules. Il la drapa sur le dossier du canapé et lui fit signe de s'asseoir. Sacha l'ignora et se dirigea vers une autre baie vitrée. Le diable en lui se demandait s'il pourrait faire jouir Jonah contre celle-ci aussi, mais son esprit luttait contre la lourdeur que les médicaments qu'il avait pris au bureau lui infligeaient souvent. Il était difficile de garder le fil d'une pensée alors qu'elle s'enchaînait à la suivante. Il voulait sentir la peau de Jonah glisser contre la sienne autant qu'il voulait le baiser à nouveau.

— Sacha ?

— Hum ?

Jonah apparut à côté de lui et passa la main devant son visage.

— J'ai du vin, mais je pense qu'on pourrait avoir besoin de café si on veut tenir toute la nuit.

Il fallut un moment à Sacha pour se rappeler qu'il parlait de travail. Il combattit les images cochonnes qui s'accumulaient dans son imagination et acquiesça.

— Oui. Du café. Ce serait bien.

— Je m'en occupe. Regarde ça et vois ce que tu veux.

Jonah pressa un iPad dans ses mains. Il était ouvert sur une application de livraison qu'il avait aidé à lancer quelques années plus tôt. L'interface avait changé, mais il la connaissait toujours comme sa poche.

— Tu ne devrais pas utiliser ça. La sécurité est faible.

— Comment tu sais ça ?

— Je leur ai dit quand ils l'ont élaborée. Ils s'en fichent. Utilise celle-là à la place, indiqua-t-il en glissant dans l'app store pour pointer un autre logo qu'il connaissait intimement.

Jonah leva un sourcil, mi-amusé, mi-perplexe, mais téléchargea tout de même l'application et le rendit à Sacha.

— Même demande. Regarde ce que tu veux.

Il disparut à nouveau.

Sacha emporta l'iPad jusqu'au canapé surdimensionné et s'assit. Les coussins faillirent l'engloutir tout entier. Ils étaient trop confortables même pour baiser.

*Arrête de penser à ça.*

Il renifla doucement. C'était beaucoup demander, même sans la présence envoûtante de Jonah. Sacha aimait le sexe. Beaucoup. Et le sexe avec Jonah ? Oui. Carrément. Ça ne ressemblait en rien à ce qu'il avait connu auparavant.

*Je veux le baiser à nouveau.* Ce n'était pas une nouvelle idée, mais elle était suffisamment solide pour qu'il la mette de côté et se concentre sur l'écran de l'iPad. Son œil gauche clignotait toujours, comme s'il avait de l'électricité statique dans sa rétine. Il le frotta, sachant que ça allait passer, mais redoutant ce qui se passerait si ce n'était pas le cas. *Pose l'écran.*

Il sélectionna rapidement la première option vaguement appétissante, puis chargea les détails de sa carte de crédit dans l'écran de paiement lorsque Jonah revint dans la pièce.

— Le café est en train de couler. Qu'est-ce que tu as pris ?

— Des nouilles. Du poulet et du riz. J'en ai pris beaucoup, mais j'ai laissé ouvert au cas où tu voudrais autre chose.

— Non. Ça a l'air bien. Passe-le-moi, je vais finaliser la commande.

Sacha poussa l'iPad vers Jonah.

— Ne paie pas. Je l'ai déjà fait.

— Pourquoi ?

— Pourquoi pas ?

— Je prendrai le prochain.

— Si tu le dis, Jonah Gray.

— Je le dis.

Jonah tapota l'iPad plusieurs fois puis le posa à côté d'un ordinateur portable que Sacha n'avait pas remarqué. C'était un MacBook protégé par un étui Deadpool. Il sourit quand il vit les sourcils de Sacha se lever.

— J'ai un millier de nièces et de neveux. Ils m'ont offert ça pour mon anniversaire et ont dit qu'ils pleureraient si je ne l'utilisais pas.

— Tu prends ça en réunion ?

— Bien sûr. Je n'ai aucun intérêt à être fade. Ce n'est pas une bonne image pour mon entreprise.

— Tu ne pourrais pas avoir l'air fade même si tu essayais.

— C'est gentil, déclara Jonah. Est-ce que c'est mal que je pense la même chose de toi en ce moment alors que tu es clairement à jeun et que tu as besoin d'une sieste ?

— Je n'ai pas besoin d'une sieste. J'ai besoin de café et de te voir nu à nouveau.

— Avant ou après le travail ?

— J'ai envie de dire avant, mais je pense que quand tu seras nu, j'oublierai que j'ai du travail.

Jonah secoua la tête.

— Toute cette discussion sur le fait que je sois nu. Es-tu entièrement vêtu dans ce scénario ?

— Peut-être, rétorqua Sacha, ignorant le désir de sentir la peau de Jonah contre la sienne pendant la fraction de seconde où il pouvait le supporter. Peut-être que je ne peux pas attendre assez longtemps pour me déshabiller.

— Comme si, renâcla Jonah. C'est moi qui n'ai pas pu attendre la dernière fois. Tu m'as rendu fou.

— Bien. J'aime les Anglais sauvages.

— Hum, souffla Jonah en se levant pour quitter brusquement la pièce.

Il revint avec deux mugs de café fort et en donna un à Sacha. Il posa l'autre près de son ordinateur portable Deadpool et Sacha comprit que la conversation était terminée.

Il prit son propre ordinateur et l'ouvrit. Le fouillis de code qu'il avait abandonné remplit l'écran et il attendit un moment pour voir si ses yeux allaient tenir le coup. Ce fut le cas, et il ne fallut pas longtemps pour qu'il soit à nouveau plongé dans son travail.

Le buzz de l'interphone de Jonah le fit sursauter un peu plus tard.

— C’est le dîner, supposa ce dernier en se levant. Je vais le chercher.

La soirée semblait être ponctuée par le départ de Jonah, Sacha s’ennuyant de lui, puis son retour avec quelque chose d’autre pour égayer sa vie. Cette fois, il ne s’agissait pas seulement de sa charmante personne, mais de boîtes en carton de nourriture cantonaise.

Il prit les baguettes que Jonah lui tendait et les plongea dans une boîte de nouilles au poulet salées, agrémentées de piment, de sauce soja et de gingembre. En face de lui, Jonah prit une fourchette en plastique et s’attaqua au riz cantonais.

Sacha ne put détourner le regard.

— Tu es sexy quand tu manges.

— Dixit celui qui utilise des baguettes comme un pro.

— Ce n’est pas difficile.

— Je suis sûr que non, mais je n’ai pas envie de jeter du riz sur mon ordinateur portable pendant que je le découvre.

— Je peux t’apprendre.

— Je préfère que tu manges et que tu finisses ton travail pour pouvoir me baiser plus tard.

Jonah avait une voix douce et grave. Elle était profonde, et masculine, mais il parlait si doucement que chaque mot enveloppait Sacha comme de la soie. Il porta la nourriture dans sa bouche, prenant un moment pour se reprendre. C’était rare qu’il se retrouve submergé comme il l’était avec Jonah, et il se demanda si ce dernier savait l’effet qu’il avait sur lui.

Il en doutait. Jonah était charismatique et chaleureux, mais modeste quand il s’agissait de la façon dont il se voyait.

Il voulait changer ça. Il voulait que Jonah sache à quel point il était beau.

C’était regrettable qu’il ait encore au moins une heure de travail à faire avant de pouvoir le lui montrer.

Ils terminèrent de manger et se remirent au travail. Jonah termina en premier et le laissa pour débarrasser les restes du dîner et prendre une douche.

Quand il revint, Sacha travaillait toujours, mais il était passé du canapé au sol.

Il se laissa tomber à côté de lui.

— Tu en as encore pour combien de temps ?

— Je dois faire le maximum, se désola Sacha en haussant les épaules. Tant que je ne suis pas trop fatigué pour continuer demain.

— C'est-à-dire ?

— Je ne sais pas. Je ne suis pas doué pour évaluer ça.

— As-tu besoin d'une intervention ?

— Comment ça ?

Jonah lui prit la main et l'éloigna de l'ordinateur portable. Comme il ne protestait pas, il fit de même avec l'autre.

— Je veux dire, as-tu besoin de quelqu'un pour te dire d'arrêter ?

— Toujours.

— Je parle de travail, Ivanov.

— Je sais, Jonah Gray.

— Pourquoi tu souris alors ?

— Parce que j'aime quand tu t'affirmes. C'est mignon.

— Mignon ?

— Oui. Et prometteur.

— Ça a l'air… intéressant.

Sacha rit et sentit les chaînes de son travail se desserrer un peu, prouvant peut-être la théorie de Jonah, même s'il ne voulait pas l'admettre. Il se libéra d'une main et ferma son ordinateur portable. Puis il accorda toute son attention à son amant.

— Je suis intéressant. Et intéressé.

— Par quoi ?

— Par toi.

— Que veux-tu savoir ? Demande-moi n'importe quoi, je te le dirai.

Il le crut. Le problème, c'était qu'il n'arrivait pas à trouver la question qu'il voulait poser en premier. Si c'était verbal, ou quelque chose qu'il voulait demander au corps fort et souple de Jonah.

Ils se tenaient toujours la main. Ça étonna un peu Sacha ; la tendresse et l'intimité n'étaient pas son style. Même pas un peu. Mais chaque moment avec Jonah, nu ou pas, semblait chargé d'imprévus. C'était un bras de fer avec ses mauvaises habitudes aseptisées.

Il serra les doigts de son amant, testant la théorie. Le loup solitaire en lui voulait arracher sa main, jeter Jonah à terre, et faire ce pour quoi il était venu ici. Mais l'homme qui tenait toujours la main de Jonah soutenait que ses motivations n'étaient pas spécifiques. Jonah voulait du sexe, mais il avait aussi mentionné un compagnon. Pouvait-il le faire ? Savait-il même comment ?

Jonah récupéra l'autre main de Sacha et se leva, l'entraînant avec lui. Il les emmena jusqu'à sa chambre où ils avaient couché ensemble la première fois. Cela faisait à peine deux semaines, mais il semblait qu'une éternité s'était écoulée depuis cette nuit-là. Et le grand bal d'hiver ? Il pouvait à peine s'en souvenir, sa mémoire étant submergée par ce qui s'était passé après, dans cette même pièce.

Le désir le parcourut. Il tira Jonah jusqu'à ce qu'il s'arrête et se plaqua dans son dos, moulant leurs corps l'un contre l'autre. Le cou d'albâtre de Jonah était une tentation qu'il ne pouvait ignorer. Il pressa ses lèvres sur sa peau pâle, ne sentant rien d'autre que son amant, et laissa une traînée de baisers bouche ouverte jusqu'à ce qu'il arrive au creux derrière son oreille. Puis il s'arrêta et prit une autre inspiration.

— Tu ne portes pas de parfum.

— Non.

— Moi non plus.

— Je sais. J'aime ça.

— Pourquoi ?

Jonah haussa les épaules.

— J'aime ton odeur sans ça.

— Comment est-elle ?

— Comme celle d'un homme.

Sacha se sentit sourire, bien que Jonah ne puisse pas le voir.

— C'est comme si tu étais dans ma tête. C'est ce que j'aurais dit si tu m'avais demandé.

— Vraiment ?

— Oui. J'aime aussi ton odeur.

Jonah se pencha en arrière, arquant son cou pour lui donner plus de peau à explorer.

— Qu'est-ce que tu aimes d'autre ?

— À propos de toi ?

— Peut-être. Ou en général. Ça ne me dérange pas. Dis-moi juste quelque chose.

Sacha se perdit dans la mâchoire de son amant pendant un moment, réfléchissant à sa réponse.

— J'aime nous regarder baiser dans le reflet de tes odieuses fenêtres.

Jonah prit une inspiration tremblante.

— Mes fenêtres ne sont pas odieuses. Comment des vitres peuvent-elles t'agacer autant ?

— Je ne suis pas agacé.

— Tu les as traitées d'odieuses.

— Elles le sont.

— Vraiment ? Ou veux-tu dire autre chose ?

— Je sais ce que je veux dire.

— Je n'en doute pas, Ivanov.

— Alors pourquoi me poses-tu ces questions ?

Jonah laissa échapper un rire que Sacha coupa volontiers en enfonçant ses dents dans la chair tendre de son cou. Il suça, pas assez fort pour laisser une marque, mais avec assez de force pour le faire gémir.

Le son enivrant enflamma Sacha. Il ne se soucia plus de la conversation et pressa une main sur la bouche de Jonah pour le lui dire.

Ce dernier se retourna dans ses bras, luttant contre lui. Il était aussi grand que Sacha, et tout aussi fort. Celui qui gagnerait serait celui qui le voulait le plus.

Et cet homme était Sacha. Il tint bon, gardant sa main où elle était jusqu'à ce qu'il soit sûr que Jonah ne parlerait pas.

Puis il descendit plus bas, déboutonnant sa chemise au fur et à mesure, se délectant du fait qu'ils étaient en sécurité dans l'appartement de son amant, et non pas terrés dans son bureau, limités par la menace du vieux garde de sécurité qui ronflait en bas.

Il débarrassa Jonah de la chemise qui lui allait si bien. Sa poitrine était aussi pâle que le reste de son corps. Il glissa une main dessus et vers le bas, traversant son abdomen défini.

Jonah frissonna.

— Tu aimes ça ? sourit Sacha.

— J'aime que tu me touches.

— Pourquoi ?

— Ça me donne envie de toi.

— Tu ne voulais pas de moi avant ?

Un autre frisson traversa Jonah.

— Arrête de parler pour ne rien dire. Tu sais que tu me fais bander.

— Je ne sais rien.

— Menteur. Tu as eu ma queue dans ta bouche.

Jonah avait une façon de dire des cochonneries qui lui faisait tourner la tête, le débarrassant de la migraine qu'il avait combattue toute la soirée. C'était magique, ou ça l'aurait été s'il avait cru en ces choses. Mais ce n'était pas le cas. Il croyait en la science, et en la réaction biologique de son corps avec Jonah. Dans la chaleur qui pulsait dans son sang et le léger tremblement de ses mains quand il retourna de nouveau Jonah et pressa ses lèvres sur sa nuque.

Ce n'était pas magique, c'était inévitable.

Sacha fit glisser ses lèvres le long de la colonne vertébrale de son amant, s'agrippant à sa hanche, le maintenant en place aussi longtemps que celui-ci le voudrait. C'est alors qu'il se rendit compte que sa conclusion sur leur lutte précédente était erronée. Ou du moins, biaisée. Il n'avait pas gagné juste parce qu'il le voulait ; Jonah le voulait aussi. Il avait voulu Sacha, avec sa poigne meurtrière et son baiser mordant. Son toucher brutal. Ses dents.

Sa queue.

Il eut encore plus chaud. Il défit le pantalon de son amant et le descendit le long de ses hanches, emportant avec lui son caleçon.

Jonah était dur, sa verge dépassait, droite et longue. Sacha le voulait dans sa bouche à nouveau, mais plus que ça, il avait envie d'être en lui, et sa patience caractéristique l'abandonna. Il taquinerait Jonah plus tard. Peut-être. S'ils remettaient ça. Mais s'ils ne le faisaient qu'une fois, il ne pouvait pas attendre. Il le voulait maintenant.

Il poussa Jonah sur le lit et déboutonna son propre pantalon pendant que son amant s'étirait jusqu'à la table de nuit. Du lubrifiant et des préservatifs apparurent à portée de sa main. Son pouls monta d'un cran. Il libéra sa queue et posa une main dans le dos de Jonah, l'attirant plus près.

— Attends, l'interrompit ce dernier.

Sacha s'immobilisa.

— Qu'est-ce qu'il y a ? Tu veux arrêter ?

— Non. Je veux te sentir.

— Qu'est-ce que tu veux dire ?

— Tes vêtements, Ivanov. Enlève-les.

Un lent sourire courba ses lèvres.

— Tu me veux nu ?

— Évidemment. Je ne me souviens pas d'avoir fait ça la dernière fois, mais je me souviens de t'avoir senti, et je le veux encore.

C'était probablement la chose la plus douce qu'un homme ou une femme ait jamais dite à Sacha. Il se souvenait aussi du désir sincère de Jonah de le voir cette nuit-là, et de la peur fugace dans son regard lorsqu'il l'avait fait attendre. Pour une raison quelconque, le fait qu'il l'ait baisé avec la plupart de ses vêtements encore sur lui avait atténué son sourire, et Sacha n'était pas là pour ça.

*Donne-lui ce qu'il veut. Si seulement tout était si facile dans la vie.*

Il se débarrassa de ses vêtements, prenant soin de jeter sa chemise là où Jonah pouvait la voir. Puis il glissa sur le lit derrière lui et fusionna leurs corps à nouveau, sa queue trouvant sa place dans la fente de Jonah comme s'ils étaient nés pour être ensemble de cette façon.

— C'est mieux ?

Jonah laissa échapper un faible ronronnement et baissa la tête.

— Beaucoup mieux. Désolé, je…

— Chut. Tu peux avoir ce que tu veux. Toujours. Je suis juste autoritaire.

— J'aime ça.

— Je sais. C'est pour ça que je le fais. Pas pour te faire taire.

— Tu m'as dit de me taire la dernière fois.

— Oui, et tu m'as demandé d'enlever mes vêtements, donc on a tous les deux ce qu'on veut, non ?

— Je ne vais pas me taire maintenant.

Sacha leva les yeux au ciel, sentant Jonah partout, de ses orteils au bout de ses doigts.

— Je ne t'ai pas demandé de le faire.

Cet échange aurait pu durer éternellement, et sans l'excitation brûlante qui embuait ses yeux, Sacha aurait pu le laisser faire. Mais son désir pour Jonah l'emporta. Il s'éloigna et frotta ses mains sur la peau pâle de son amant, laissant des marques qui firent naître un grognement possessif dans sa poitrine. Le lubrifiant était proche, mais il l'ignora et se mit à genoux derrière Jonah, pressant son visage contre son orifice.

Sa bouche entra en contact et Jonah sursauta, s'attendant peut-être à autre chose. Quelque chose de plus dur et de plus épais que le léger contact de ses lèvres et de sa langue.

— Putain.

Sacha sourit et glissa sa langue plus loin à l'intérieur, sondant, tournant autour, cherchant la cadence qui faisait trembler les cuisses fortes de son amant, et son propre membre palpita d'envie.

Les sons émis par cet homme étaient incroyables. Sacha était depuis longtemps accro à l'idée de cartographier les points sensibles des âmes avec lesquelles il partageait son lit, mais Jonah était une toute nouvelle sensation. Il n'avait jamais désiré quelqu'un à ce point. Il n'avait jamais tremblé de désir comme il le faisait en ce moment.

Ses propres gémissements lui échappèrent. Ça le choqua. *On n'est même pas encore en train de baiser.* Et ils n'y arriveraient jamais s'il ne pouvait pas s'empêcher de prendre Jonah comme ça. Il se demanda si ce dernier pourrait jouir de cette façon, juste avec sa langue en lui. Puis il se retourna la question à lui-même et réfléchit au niveau ridicule que son excitation avait déjà atteint. S'il ne l'avait pas combattue, il n'aurait pas fallu grand-chose pour le pousser à bout.

Inconsciemment, sa main dériva de la hanche de Jonah jusqu'à sa propre queue. Il se prit en main et serra, mais la montée du plaisir était trop forte. S'il voulait baiser Jonah, il devait s'arrêter. Genre, *tout de suite.* Encore une nouvelle sensation qu'il ne comprenait pas vraiment. Il s'était toujours vanté d'avoir de la retenue. Il pouvait baiser toute la nuit s'il le voulait, ne jouissant que dans les ultimes instants du rapport. Son self-control était absolu, son jeu sur le fil sans faille. Mais… C'était Jonah Gray. Apparemment, ses pouvoirs magiques allaient au-delà du fait qu'il l'avait amené à une troisième rencontre.

*Bien au-delà.*

Il se recula, laissant des baisers humides dans son sillage, pour remonter le long de la colonne vertébrale de Jonah.

Celui-ci trembla sous lui, une couche de sueur humidifiant sa peau.

La queue de Sacha lui faisait mal. Il attrapa les préservatifs d'une main maladroite. Il en arracha un de la bande et le déchira avec ses dents.

— Je vais te baiser maintenant. C'est d'accord ?

— Je te tuerais si tu ne le faisais pas.

Sacha rit, du plus profond de son ventre, comme il ne l'avait pas fait depuis très longtemps.

Jonah releva la tête et tourna son regard par-dessus son épaule, le prenant au piège de ses yeux vert forêt remplis de surprise.

— La rage meurtrière t'amuse ?

— Tu m'amuses, *luchik.*

— Ouais ? Quoi d'autre ?

— Que me fais-tu d'autre ?

— Oui. Dis-moi.

Sacha n'avait pas l'habitude de parler autant lorsqu'il baisait quelqu'un, mais donner à Jonah ce qu'il voulait était devenu si important que les mots lui échappaient sans réfléchir. Bruts. Non filtrés.

— Tu me fais penser moins et plus en même temps. C'est très étrange.

— Étrange comment ?

Il fit rouler le préservatif sur sa queue et prit finalement le lubrifiant.

— C'est étrange parce que je n'ai jamais ressenti de telles choses avant de te rencontrer, avoua-t-il, mais en russe, de sorte que Jonah ne puisse pas le comprendre.

— Ce n'est pas juste.

— Je sais, mais je ne sais pas toujours comment dire les choses dans ta langue.

— Alors tu triches.

— Non, je les dis quand même. Ce n'est pas ma faute si tu ne parles pas russe.

Jonah rit, aussi profondément et librement que lui. Ses yeux le fixèrent un moment de plus avant qu'il ne baisse la tête.

Cette connexion lui manqua, mais le sentiment fut bref alors que la pression montait à nouveau entre eux. Jonah l'appelait comme une sirène. Il saisit sa queue et la guida vers son amant, la faisant glisser lentement à l'intérieur, fermant les yeux alors que la chaleur de Jonah l'enveloppait.

C'était aussi dévorant que dans son souvenir, traversant chaque muscle et chaque nerf, effaçant toutes les pensées de son cerveau sauf le besoin irrésistible de bouger. D'aller et venir dans un rythme qui faisait gémir Jonah et lui faisait cambrer le dos.

Sacha le baisa par poussées régulières, l'intensité augmentant avec chaque mouvement de hanches. Il avait eu l'intention de faire durer le plaisir et de le baiser pendant des heures et des heures, jusqu'à ce que le soleil se lève et qu'il soit temps d'aller travailler, mais l'emprise de Jonah sur lui était totale.

Peut-être qu'il croyait à la magie après tout.

*Non. C'est de la science. C'est mon corps qui répond au sien. Nous sommes juste plus compatibles que tous ceux qui sont venus avant lui.*

Oui. La compatibilité. C'était ça. Sacha poussa Jonah pour que sa poitrine touche le lit et écarta ses jambes. Le changement d'angle l'amena plus loin. Jonah gémit, et cela attisa le brasier dans son sang. Il le baisa plus fort, cherchant à atteindre l'orgasme de Jonah pour pouvoir se battre avec le sien, mais il n'était toujours pas préparé à la sensation de cet homme se serrant plus fort autour de lui, ou au frisson de la chair chaude sous ses mains, ou au juron haletant de Jonah.

Sacha était plus près du précipice qu'il ne l'avait jamais imaginé. Il tomba, grognant en russe, les mots s'arrachant de sa gorge, et il jouit durement, sursautant sous l'impact.

Il ne put bouger pendant un long moment. Il resta recroquevillé sur Jonah, haletant, en contemplant leur reflet dans la fenêtre. Jonah avait enfoui son visage dans ses bras. Il le regretta. Il regretta de ne pas l'avoir retourné avant de le pénétrer pour qu'ils baisent face à face.

*La prochaine fois.*

Cette pensée fit battre son cœur. Ces deux semaines avaient été étranges depuis qu'il avait chamboulé sa vie pour accepter le poste chez Blutecc. Cette décision de dernière minute l'avait mené ici. À penser à un quatrième rendez-vous avec un homme qu'il appelait maintenant son ami. Un homme qui l'avait tellement ensorcelé dans ce putain d'ascenseur qu'il n'avait pas pu le lâcher depuis.

*Deux semaines. Tu es… grotesque.* C'était un de ses mots préférés. N'empêche. Deux semaines. Comment tant de choses avaient pu changer dans son cerveau depuis lors ? Il n'allait pas à plusieurs rendez-vous. Il n'avait pas beaucoup d'amis. Et il ne faisait certainement pas de câlins après le sexe comme c'était le cas maintenant.

Il se déplaça, relâchant sa prise mortelle autour de la taille de Jonah, et s'assit, le cœur battant la chamade. Se débarrasser du préservatif lui donna quelque chose à faire. Il se leva, le jeta, et se lava les mains dans la salle de bain de Jonah.

*Rentre chez toi.*

*Ramasse tes vêtements sur le sol et rentre chez toi.*

Il trouva une serviette propre sur l'étagère et l'humidifia avec de l'eau chaude.

*Rentre chez toi.*

Il la ramena dans la chambre. Jonah avait roulé sur le dos. Sa peau était rouge et brillante. Sacha le regarda un moment, fasciné, puis lui tendit le tissu.

— Merci.

Jonah se nettoya puis se déplaça sur le lit pour laisser tomber sa tête sur les oreillers. Les draps étaient en désordre. Sacha les rassembla et les fit glisser pour couvrir les jambes de son amant.

Ce dernier sourit.

— Tu nous bordes ?

— Je te borde.

— Tu t'en vas ?

— Oui.

Mais il ne bougea pas. Il resta immobile pendant que Jonah posait son regard doux sur lui, sans être gêné par sa nudité. Ça, il pouvait le faire toute la nuit. Et Jonah semblait le savoir. Il leva les yeux au ciel et tapota le matelas à côté de lui.

— Ne pars pas tout de suite. Allonge-toi un moment. Je te promets que je ne te sauterai plus dessus.

— Tu crois que ça me dérangerait ?

— Je ne sais pas ce qui te dérange, Ivanov. Tu ne dis pas grand-chose qui ait un sens.

— Ce n'est pas vrai.

— Alors, viens ici.

*Rentre à la maison.* Sacha s'allongea sur le lit, glissant ses jambes sous les draps froissés. Il s'étendit sur le dos et fit signe à Jonah de s'approcher.

— C'est ce que tu veux, n'est-ce pas ? Qu'on s'allonge l'un à côté de l'autre ?

— Qu'est-ce que *tu* veux, Sacha ?

*Dormir pendant douze heures puis me réveiller et te baiser encore une fois.*

— Je veux que mon ami soit heureux.

— C'est mignon.

— Je suis mignon. Viens ici.

Jonah sourit et suivit son instruction jusqu'à ce qu'ils soient enlacés, ce dernier sous le bras de Sacha, la tête sur sa poitrine. Il fit danser ses doigts sur son abdomen. C'était une distraction agréable au léger mal de tête qui se développait sous sa tempe. Il ferma les yeux, se laissant dériver. *Juste pour un moment. Ensuite, je partirai.*

# Chapitre 7

Jonah se réveilla en sursaut. Une sensation de déjà-vu le frappa de plein fouet et il sut avant que ses yeux ne s'ouvrent complètement qu'il était seul. Encore. C'était la deuxième fois que Sacha le laissait dans son lit avant l'aube, et la deuxième fois qu'il ne s'en souvenait pas vraiment. Mais cette fois, il n'avait pas bu d'alcool. Il s'était réveillé l'esprit clair, et il avait le sommeil léger, bon sang. Sacha se déplaçait-il dans son appartement comme un ninja ?

C'était la seule explication plausible pour expliquer comment il avait encore réussi à remettre en état les lieux sans qu'il n'entende rien. Il avait même lavé et rangé les tasses à café, et préparé la cafetière pour le matin. *C'est un fantôme.* Il aurait pu le croire s'il n'y avait pas eu les douleurs révélatrices d'une nuit sauvage.

Hébété, il s'activa, se préparant pour la journée, et contournant la machine à café avec le sentiment idiot qu'il ne voulait pas trop déranger l'endroit où Sacha s'était trouvé. Il s'habilla d'un costume sombre et d'une chemise blanche, et attacha des boutons de manchette Disney, un autre cadeau de sa nièce et de ses neveux, à ses poignets.

Pour ses cheveux, c'était sans espoir. Même la douche ne pouvait pas l'empêcher d'avoir l'air d'être tombé du lit.

*Je devrais les couper.* Mais il n'en avait ni le temps ni l'envie, alors il laissa tomber et quitta l'appartement, essayant de ne pas faire une fixation sur Sacha en regardant vers la fenêtre depuis le palier. Il allait enchaîner les réunions, en plus de sa charge de travail habituelle. La journée s'annonçait longue.

Habituellement, c'était le premier à arriver au bureau, FG et Blutecc confondus. Il suivit sa routine en mode pilote automatique, allumant les lumières et les ordinateurs. Démarrant la machine à café dans le coin salon que les deux compagnies partageaient. Mais ce matin-là, quelqu'un l'avait devancé. La carafe était pleine, et à côté d'elle se trouvaient deux boîtes de pâtisseries de Noël, une pour chaque entreprise.

Curieux, il remplit un mug de café qui avait été brassé comme du carburant pour fusée et avait un goût de Noël. Il le prit pour faire le tour du bureau, à la recherche de celui qui avait été si attentionné, mais il trouva le côté FG de l'étage toujours vide. Les seuls signes de vie venaient du côté de Blutecc, et il s'y aventurait rarement, sauf en cas de problème avec le bâtiment.

Serrant toujours son café parfumé à la cannelle, il fit glisser la porte de séparation et entra sur le territoire de Blutecc. C'était calme et sombre, aucune lumière n'avait été allumée, mais la lueur d'un ordinateur éclairait le coin arrière, et le *tap tap* d'un clavier le guida. Il contourna le mur de la petite alcôve. Sacha était là, vêtu d'un costume frais, les cheveux aussi ébouriffés que les siens.

Il cligna des yeux.

— C'est toi.

*Brillant, Gray. Vraiment brillant.*

Sacha le regarda, son beau visage ne laissant rien transparaître.

— C'est vrai, je suis moi. Bonjour.

— Euh. Bonjour. Tu n'as pas l'habitude de venir si tôt.

— Comment le sais-tu ?

— Parce que moi si, et que depuis deux semaines que tu travailles ici, je ne t'ai pas vu.

— Peut-être que tu n'as pas regardé.

— J'ai regardé.

— Pourquoi ?

— Parce que… non. Va te faire. Arrête de tourner autour du pot.

Sacha sourit légèrement.

— Je ne t'ai jamais entendu jurer en dehors de ta chambre.

— Ce n'est pas vrai, le contredit-il en jetant un coup d'œil par-dessus son épaule pour vérifier qu'ils étaient encore vraiment seuls. J'ai beaucoup dit « putain » quand tu m'as sucé à mon bureau.

Les yeux noisette de Sacha brillèrent.

— OK. Peut-être que je veux dire en dehors de ce genre de conversation.

Jonah se fichait pas mal de ce qu'il avait vraiment voulu dire. Il n'était pas encore assez caféiné pour un badinage compliqué.

— Bref. Je suis venu te remercier pour le café et les pâtisseries. Je suppose que c'était toi ?

— Effectivement.

Jonah hocha la tête. Il était tenté de demander pourquoi, mais il ne le fit pas. Les mots restèrent coincés dans sa gorge, comme si Sacha était un étranger, pas l'homme qui l'avait baisé la nuit dernière.

Pour trouver quelque chose à faire, il piqua la tasse vide de l'autre homme et retourna à la salle de repos. Il remplit son mug de café et le lui rapporta avec une des pâtisseries de la boîte de Blutecc.

Sacha n'était plus seul. Une femme aux cheveux platine qu'il avait déjà vue dans le coin était maintenant à ses côtés, penchée par-dessus son épaule, regardant l'écran de son ordinateur portable. Elle leva les yeux quand il s'arrêta dans l'embrasure de la porte, mais Sacha ne bougea pas. Il fronçait les sourcils d'un air ennuyé. Ce qui était sur l'écran l'irritait.

Jonah se força à poursuivre son chemin jusqu'au bureau. Il posa sa marchandise devant Sacha et sourit à la femme.

— Il y a du café, et Sacha a apporté des pâtisseries. Je peux vous apporter quelque chose ?

Une lueur d'amusement passa sur les traits de la femme.

— Non, merci, monsieur Gray, répondit-elle en secouant la tête. Ça ira.

— Très bien. Eh bien, passez une bonne journée.

Il fit marche arrière et quitta l'alcôve sans attendre de réponse, si tant est qu'il y en ait eu une à donner. Il traversa l'espace Blutecc en apnée jusqu'à ce qu'il soit de retour sur le territoire de FG. Carl, le directeur de son équipe créative, l'attendait, plus que perplexe.

— Que faisais-tu du côté obscur ?

— Je livrais le café qu'ils nous ont fait ce matin, rétorqua-t-il sèchement. Et arrête d'appeler ça le côté obscur. Je t'en ai déjà parlé.

Carl renifla doucement.

— Ouais, et je t'ai dit qu'ils évitaient la lumière du jour et mangeaient des chauves-souris au petit-déjeuner. Tu as dit que le surnom était juste après ça.

— J'étais ivre ?

— Un peu. C'était à la fête de Noël de la direction l'année dernière.

— Bon sang. Tu me tiens rigueur d'un truc que j'ai dit il y a un an dans cet horrible club où tu m'as traîné ?

— Seulement parce que c'est vrai. Ils sont tous bizarres là-bas. Même le nouveau.

— Quel nouveau ?

— Celui avec les pommettes taillées et qui fait tout le temps la gueule. Apparemment, c'est un…

— D'accord, d'accord.

S'il n'était pas assez caféiné pour faire face à de véritables conversations avec Sacha, il n'était certainement pas prêt à faire face aux ragots de seconde main de la salle de repos.

C'était un endroit qu'il évitait habituellement, étant donné qu'il s'attendait à ce que la moitié des commérages le concernent.

— Nous avons la réunion de Fairside à dix heures. J'ai fini la présentation. Tu es prêt à prendre le relais ?

— Tu ne vas pas le faire ?

Il secoua la tête. Aussi tentant que cela puisse être de présenter lui-même chaque projet, surtout les plus importants, il avait appris depuis longtemps que tout contrôler dans son entreprise ne fonctionnait pas, ni pour lui, ni pour son personnel, ni pour les résultats de la société. Il avait formé ses équipes pour qu'elles soient compétentes, et plus encore, les meilleures dans leur domaine. Il les payait bien, et à ce titre, il devait leur faire confiance pour faire leur travail.

D'ailleurs, il n'avait pas le temps d'assister à la réunion de Fairside. Il avait un engagement bien plus ennuyeux à endurer avec son directeur des opérations financières. *Tuez-moi*. Il ne plaisantait pas lorsqu'il avait dit à Sacha qu'il préférait les aspects artistiques de son boulot au point de préférer travailler pour quelqu'un d'autre, et cela ne lui apparaissait jamais aussi clairement que lorsqu'il devait passer du temps dans les griffes des hommes d'argent. Y avait-il quelque chose de plus ennuyeux ?

Il ne le pensait pas.

Avec Carl sur ses talons, il se rendit jusqu'à son bureau et ouvrit le pitch qu'il avait vomi la veille au soir avec la moitié de son esprit concentré sur l'énigmatique Russe sur le canapé d'en face. Une vie semblait s'être écoulée depuis que Jonah l'avait regardé pour la dernière fois. Il se souvenait à peine de l'avoir assemblé, et les mots sur l'écran semblaient appartenir à quelqu'un d'autre.

— Wow. C'est bon, affirma Carl.

— Vraiment ? J'étais un peu distrait quand je l'ai rédigé. Je ne m'attendais pas à devoir l'écrire moi-même.

— Ouais. Désolé pour ça. Je pensais sincèrement que les gars pouvaient s'en occuper. Ils s'étaient si bien débrouillés sur la présentation Nestlé.

— Ne t'excuse pas. C'est important que tu puisses venir me voir si quelque chose ne va pas afin que nous puissions le régler. C'est bien mieux que de se présenter à la réunion avec les débilités qu'on avait sur la table hier.

Jonah parlait distraitement, lisant la présentation géniale qu'il avait négligé de relire la nuit précédente. Ou bien était-ce aux premières heures du matin ? Bon sang, il ne s'en souvenait pas. Sacha Ivanov était incroyable au lit, mais il faisait des ravages pour ses fonctions cognitives.

Heureusement, il écrivait bien. Ses mots avaient un sens, même s'il ne se rappelait pas vraiment les avoir tapés. Si Carl était en forme, la présentation était dans la poche.

Ils la parcoururent ensemble tout en sirotant le café épicé que Sacha avait préparé, accompagné de pâtisseries. Elles étaient remplies de fruits secs et de pommes et ne ressemblaient à rien de ce qu'il avait mangé auparavant. Il en dévora deux et lécha le sucre glace de ses doigts pendant que Carl ajoutait des notes à la présentation. À neuf heures et demie, ils étaient prêts. Il transféra le pitch sur le cloud de l'entreprise et quitta son bureau pour aller à sa réunion financière.

C'était une belle journée ; froide, mais lumineuse. Il renonça à son habituelle course en taxi noir et traversa le pont Waterloo à pied. L'air frais lui permit de se libérer l'esprit de la brume que la fin de soirée avec Sacha lui avait laissée. Il n'était toujours pas d'humeur à faire des calculs, mais tout le soleil du monde n'y changerait rien.

Appréciant la brise vivifiante sur son visage, il laissa son esprit dériver vers Sacha et les quelques heures tranquilles qu'ils avaient passées à travailler côte à côte avant qu'il ne l'entraîne loin de son ordinateur portable. Le travail de Sacha était un mystère pour lui, mais il était clair qu'il était aussi dévoué que lui. Peut-être même plus. En dehors des présentations imminentes, Jonah avait rarement du mal à déconnecter le soir, un état d'esprit qu'il s'était battu pour avoir après de nombreuses erreurs. Sacha Ivanov avait l'air d'un homme qui n'avait pas ce luxe, et il se demandait pourquoi. Blutecc était-il si important pour lui ? Ou souffrait-il des mauvaises habitudes qu'il avait lui-même durement combattues ?

Dans tous les cas…

Son téléphone sonna. Il fouilla dans la poche de son manteau et le sortit à temps pour manquer l'appel provenant du poste de Carl au bureau.

— Merde.

Il rappela directement, mais personne ne répondit, et l'accueil ne décrocha pas non plus. Après quelques essais, les appels cessèrent de se connecter. Jonah appela le téléphone personnel de Carl. La messagerie vocale automatique se déclencha.

Perplexe, il reprit sa marche sur le pont et vérifia ses messages. Il en avait trois de Carl, tous envoyés dans les vingt minutes depuis qu'il avait quitté le bureau, et dans lesquels la panique augmentait à chaque fois.

*« Où as-tu enregistré le pitch et les notes ? Je ne les trouve pas dans le dossier habituel. »*

*« Sérieusement. Où sont-ils ? L'équipe de Fairside vient d'arriver et je dois y aller. Tu l'as sauvegardé sur ton ordinateur portable au lieu de le mettre dans le cloud ? Y a-t-il une autre copie sur ton bureau ? »*

*« JONAH. Appelle-moi dès que tu seras sorti de ce point noir près du pont. J'ai besoin du pitch et de mes notes ou nous allons nous planter en beauté. »*

Alarmé, il consulta la liste de ses appels. Il n'y en avait aucun dans la dernière demi-heure, à part les appels sans réponse qu'il avait lui-même passés. Mais la marche à travers le pont l'avait mené dans une zone connue pour ne pas avoir de couverture réseau ou de signal d'appel, et le temps qu'il en sorte, les lignes du bureau avaient aussi cessé de se connecter. *Quel beau bordel.*

Jonah tourna les talons et repartit dans la direction opposée, traversant le point noir jusqu'à ce que ses bureaux soient de nouveau en vue. Il se précipita dans le bâtiment et monta dans l'ascenseur, maudissant les arrêts à chaque étage jusqu'à ce qu'il arrive au palier FG/Blutecc.

Son ordinateur portable était dans le sac qu'il portait en bandoulière. Il le récupéra au moment où l'ascenseur s'arrêta, et tapa sur le cloud, sans pouvoir y accéder. La connexion WiFi était en panne.

— Merde, s'exclama-t-il, heureux que l'ascenseur soit vide.

Sacha avait eu raison de noter qu'il jurait rarement en général ; seulement pendant les rapports sexuels et dans les situations de grand stress, ce qui s'avérait être le cas ici.

Les portes de l'ascenseur mirent un temps fou à s'ouvrir. Elles firent un bruit sourd à mi-chemin. Il les poussa jusqu'au bout et trébucha sur le palier. Le bureau d'accueil de FG était vide. Côté Blutecc, les réceptionnistes lui jetèrent de brefs regards avant de retourner respectueusement à leur travail.

Il contourna l'accueil de FG et entra dans les bureaux. Au début, rien ne lui parut sortir de l'ordinaire, puis il vit les smartphones en équilibre sur chaque table, et les froncements de sourcils tendus de tous les visages en vue.

— Où est Carl ? demanda-t-il à la salle. Et qu'est-ce qui se passe, bon sang ?

— Le WiFi est en panne, déplora quelqu'un. Et le cloud a aussi planté. On pensait qu'il avait été effacé, mais le nouveau voisin l'a rétabli à temps pour que Carl récupère le pitch de Fairside. Il travaille encore sur le reste.

L'afflux d'informations lui fit tourner la tête. Il s'en imprégnait, morceau par morceau, luttant pour établir des priorités. Il avait besoin de savoir ce qu'ils avaient perdu, à la fois en temps, en contenu et en données personnelles, et d'élaborer un plan de récupération, mais alors qu'il ouvrait la bouche, la question la moins importante lui monta à la gorge.

— Quel nouveau ?

— Le Russe avec les yeux perçants.

— Les yeux perçants ?

— Apparemment oui.

La voix de l'autre côté de la pièce se trouva être celle de Nico, son informaticien. Le stress sur son visage reflétait le sien, mais il y avait aussi de l'humour. Ses yeux avaient le pétillement de quelqu'un qui avait survécu à une crise.

— Je ne les ai pas vus moi-même, continua-t-il. J'étais trop occupé à chier dans mon froc parce qu'on ne pouvait pas accéder au cloud.

— Mais tu y as accès maintenant ?

— Oui. Il a piraté mon portail et a accédé à tout à distance en utilisant le réseau de Blutecc. Il manque encore des trucs, mais il a dit qu'il reviendrait plus tard si on ne se reconnectait pas avant et qu'il verrait ce qu'il peut faire.

— Wow, souffla Jonah. On dirait qu'on lui doit un verre.

— Et même plus, acquiesça Nico. Carl a presque eu une crise cardiaque quand les gens de Fairside sont arrivés. Comme nous tous. Je ne sais pas comment ils n'ont pas remarqué.

— Ça n'a pas d'importance. Ce qui compte, c'est ce qui se passe dans cette pièce, affirma-t-il en désignant la salle de conférence, les fenêtres obscurcies par les mêmes stores que ceux qu'il avait dans son bureau.

— Rien ne s'y passerait sans le pitch écrit, souligna Nico. Carl est un présentateur visuel. Il aurait échoué lamentablement s'il avait dû improviser.

Jonah était enclin à être d'accord, mais il se tut et se retira dans son bureau pour respirer profondément et manger une autre des pâtisseries que Sacha avait offertes ce matin-là. Il l'avala en trois bouchées avant de se lécher les doigts – une fois de plus – et passer le reste de la journée à servir de médiateur entre Nico et les fournisseurs informatique qui semblaient vouloir se détruire mutuellement.

Il était tard quand il prit finalement l'air. Il avait manqué toutes les réunions qu'il avait prévues et ajouté un million de tâches à sa liste de choses à faire. Pire encore, le seul aperçu qu'il avait eu de Sacha avait été lorsque ce dernier avait quitté le bâtiment à l'heure du déjeuner.

Il n'était pas revenu – il le savait parce qu'il avait levé les yeux toutes les dix secondes pour vérifier, se donnant mal au cou – et quand il arriva le lendemain matin, il n'y avait toujours aucun signe de lui, même dans l'alcôve cachée où Sacha, selon les ragots, passait la plupart de son temps.

Ce fut à l'heure du déjeuner, vendredi, que Jonah sentit enfin sa présence. L'équipe de Blutecc était réunie dans son espace principal, les épaules voûtées et tendues alors que Sacha s'adressait à eux.

Il avait l'air crispé aussi, mais il tournait le dos aux fenêtres de FG, ce qui empêchait Jonah de voir son visage, un état de fait qui le frustra suffisamment pour qu'il se renverse du café chaud sur la main.

— Putain.

Il glissa la carafe vide sous la machine et se dirigea vers l'évier pour se rincer.

Carl lui jeta un regard curieux.

— Tout va bien ?

— Pourquoi tu me demandes ça ?

— Parce que tu as dévisagé tout et tout le monde toute la journée et ce n'est pas du tout ton style. Si ça l'était, je travaillerais pour Saatchi & Saatchi et je gagnerais beaucoup d'argent.

— Je te paie très cher.

— Ouais, mais je pourrais en gagner plus si je voulais me réveiller tous les matins et me mettre la tête dans le cul.

— Charmant.

— J'essaie, sourit Carl, puis ses traits redevinrent sérieux, dans l'expectative.

Jonah secoua la tête.

— Je vais bien. La semaine a été longue, c'est tout. Je suis désolé si j'ai été pénible. Dis à tout le monde que je leur offre un verre en face après le travail, d'accord ?

— Ce n'était pas ce que je voulais dire, mais d'accord. Je ferai savoir à la foule que c'est open bar.

— Un verre, rétorqua Jonah en cherchant une expression sévère à plaquer sur son visage. Tu ne me traîneras plus dans ce pub de gin. Je n'ai pas le temps pour ce genre de gueule de bois.

— Mais c'est Noël, patron.

— Un verre.

Carl grogna et s'éloigna pour annoncer la bonne nouvelle à l'équipe.

Jonah le regarda partir, partagé entre l'amusement et l'irritation de ne toujours pas voir le visage de Sacha. Il bricola encore un peu la machine à café, changeant le filtre et la préparant pour celui qui viendrait ensuite avec le café de Noël que Sacha avait ramené le matin même. Il venait d'un magasin spécialisé de Chelsea, près de l'appartement de Jonah. Il se demandait si Sacha y vivait aussi – il ne l'avait jamais dit et Jonah n'avait pas eu le temps de lui demander. En fait, il ne savait pas grand-chose de Sacha, si ce n'est qu'il appelait un sapin de Noël un *yolka*.

La réunion de Blutecc se termina. Les gens retournèrent à leurs bureaux. Sacha migra vers le fond et Jonah put enfin apercevoir son visage, ses traits taillés en lignes sévères. Il ouvrit un tiroir et y prit quelque chose. Son froncement de sourcils s'accentua, il referma le tiroir avec plus de force que nécessaire et disparut dans l'alcôve voisine, lui laissant la nette impression qu'il aurait bien besoin d'un verre.

*Je peux arranger ça.*

Il retourna à son bureau et le ferma pour la journée. Il rangea son ordinateur portable dans son sac, passa son manteau sur son bras et se dirigea vers la sortie, ralentissant seulement lorsqu'il atteignit la porte coulissante donnant sur le côté Blutecc. Il tendit la main vers la poignée, mais Carl réapparut avant qu'il n'y arrive, et lui tapa sur l'épaule.

— Prêt ?

— Je pense, oui. Mais vas-y sans moi. Je dois juste vérifier que j'ai éteint la machine à café.

Carl le regarda comme s'il avait fait pousser une antenne sur sa tête.

— Depuis quand tu fais ça ?

— Depuis maintenant. Vas-y.

Il donna une légère poussée à Carl. Il était suffisamment proche de lui, et peut-être de Nico, pour les considérer comme des amis, mais jusqu'à ce qu'ils quittent le bureau, il était leur patron, et Carl le savait.

Il partit. Jonah considéra la porte de Blutecc, puis les membres de l'équipe encore courbés sur leurs bureaux, manifestement en train de gérer une crise. Qu'était-il sur le point de faire ? Marcher au milieu d'eux et demander à leur patron de prendre un verre ?

*Laisse-le. Il te trouvera s'il le veut.*

Mais le ferait-il ? Jonah essaya d'imaginer Sacha se présentant à son appartement à l'improviste avec une pizza et une bouteille de vin, mais il n'y arrivait pas. La solution la plus simple serait de récupérer les coordonnées de Sacha sur le mur des célébrités de Blutecc, mais ça ne lui semblait pas correct non plus. Si Sacha avait voulu qu'il ait cette information, il la lui aurait déjà donnée… non ?

Il n'en avait aucune idée. Sacha n'était pas un homme ordinaire, et s'il ne voulait pas que Carl revienne le chercher, il n'avait pas le temps de s'en inquiéter.

L'esprit décidé, en quelque sorte, il retourna vers la machine à café et posa sa carte de visite contre elle, près des mugs, en espérant que Curtis ne la trouve pas en premier et la jette. Puis il partit, se forçant à garder son regard pour lui et à ne pas balayer une dernière fois les bureaux de Blutecc. Il n'y avait que deux possibilités à venir : Sacha appellerait ou n'appellerait pas, et il se résigna à passer le reste de la nuit à réfléchir à cette issue.

Il était à six mètres du bureau quand son téléphone sonna.

Numéro inconnu *: à plus tard, Jonah Gray.*

# Chapitre 8

— Tu es sûr que tu ne veux pas venir avec nous ? demanda à nouveau Helga à Sacha. Cet endroit a la meilleure vodka de la ville, du moins celle que je peux me permettre, et tu n'as cessé de dire que tu en avais besoin toute la journée.

Il secoua la tête, n'écoutant qu'à moitié alors qu'il pianotait sur son téléphone en descendant au rez-de-chaussée.

— J'ai de la vodka à la maison. Je n'ai pas besoin de gaspiller mon argent dans l'opinion de quelqu'un d'autre sur ce qui est bon.

— Alors viens pour faire mieux connaissance avec tout le monde. Ton imitation de la Faucheuse traumatiserait peut-être moins aux réunions équipes.

Sacha soupira et rangea son téléphone, attendant toujours que Jonah envoie sa position actuelle.

— Traumatisant pour qui ? Je ne suis pas traumatisé.

— Je voulais dire le reste d'entre nous. Tout le monde a peur d'être licencié avant Noël.

— Ils le seront si nous ne respectons pas notre délai. Et ils devraient avoir peur. Si ce n'est pas le cas, ils devraient travailler ailleurs.

Il en avait marre de le dire. En fait, aujourd'hui, il en avait marre de sa propre voix, surtout que personne ne semblait l'écouter. *Pourquoi voudrais-je passer plus de temps avec ces gens ?* Helga mise à part, il s'en tenait à sa première impression. *Ce sont tous des idiots.*

— Je ne peux pas venir avec toi, déclara-t-il. Même si je le voulais, j'ai d'autres projets.

— Avec qui ?

— Ça t'intéresse, Helga ?

— Non, contredit-elle, son regard plein d'humour, tout le contraire des beaux traits sévères qu'elle avait d'habitude. Je suis juste curieuse de savoir qui te donne envie de ressortir ton téléphone. Je ne t'ai jamais vu envoyer de SMS et sourire en même temps.

— Tu ne me connais que depuis quelques semaines. Il y a beaucoup de choses que tu ne m'as jamais vu faire.

— Sacha.

— Helga. Qu'attends-tu de moi ?

— Je veux me soûler avec toi.

— Pourquoi ?

— Parce que…, commença-t-elle en glissant un regard sournois vers sa poche. Je veux voir combien de temps tu peux tenir avant de nous lâcher pour la personne qui fait exploser ton téléphone.

— Ce temps-là.

Les portes de l'ascenseur s'ouvrirent. Il sortit et se dirigea vers les portes tournantes qui le mèneraient à l'extérieur.

Helga le suivit et la galanterie l'obligea à attendre et à l'accompagner de l'autre côté de la rue jusqu'au pub où l'équipe de Blutecc avait décampé après cette journée d'enfer.

— Juste un verre, insista-t-elle.

— Non, refusa-t-il en secouant la tête. Merci. Tu as ma carte de crédit, n'est-ce pas ? Utilise-la pour payer les boissons et je te vois lundi.

— Mais…

— Bonne nuit.

Sacha la poussa dans le pub, tira la porte derrière elle et s'en alla. Helga s'était révélée une alliée indéfectible ces derniers jours, et il était heureux de la connaître, mais il n'avait aucun intérêt à confirmer que ses soupçons sur son téléphone étaient exacts.

Il marcha jusqu'à la station de métro avant de s'autoriser à regarder.

JG : *Viens à Farringdon. Castle Inn, près de la sandwicherie.*

Il navigua dans la station de métro très fréquentée jusqu'à la bonne ligne et prit le train suivant. C'était bondé, et il se serra dans un espace au bout du wagon. Les corps se pressaient contre lui, les coudes et les genoux s'enfonçaient. La mine renfrognée, il redressa ses épaules, revendiquant l'espace autour de lui, et parcourut à nouveau le fil des messages entre lui et Jonah. Malgré tout ce qu'il avait dit à Helga, il ne pouvait s'empêcher de se demander s'il était sain d'esprit de laisser tomber les verres du vendredi soir de sa propre équipe pour se joindre à ce que l'équipe de Flash Gray appelait de l'amusement. Cela en disait long sur les pouvoirs d'envoûtement de Jonah, sans parler du fait qu'il était déjà à mi-chemin de Farringdon.

Sacha : *À plus tard, Jonah Gray.*

JG : *Vu que tu utilises mon nom complet, je peux supposer que c'est toi, Ivanov ?*

Sacha : *Tu peux supposer ce que tu veux.*

JG : *Je peux t'offrir un verre aussi ?*

Sacha : *Peut-être. Je pensais que tu étais sorti avec ton équipe*

JG : *C'est le cas… pour l'instant. Et je pense qu'ils veulent aussi t'offrir un verre, surtout Carl et Nico.*

Sacha : *Je ne connais pas ces gens.*

JG : *Et pourtant tu leur as sauvé la mise ce matin. Laisse-les dépenser de l'argent pour toi.*

Sacha : *Et puis quoi ?*

JG : *Ensuite je crois que ton… ami te doit un dîner.*

Sacha : *Je crois que oui.*

JG : *Viens à Farringdon. Castle Inn, à côté de la sandwicherie.*

Il n'avait pas répondu pour confirmer qu'il était en route. Ses doigts survolèrent les boutons, mais l'hésitation les arrêta. L'inquiétude. Le doute. Traverser la ville pour un rendez-vous improvisé était aussi ridicule que d'être rentré avec Jonah la nuit précédente, et cette fois, ils auraient un public, une perspective qui lui donnait la chair de poule. *Alors va chez toi. Personne ne t'oblige à y aller.* Mais il resta dans le train. Il arriva à Farringdon et émergea de terre avec une concentration laser sur le pub de l'autre côté de la rue.

*C'est peut-être toi qui es un idiot.*

Il n'avait pas de réponse à ça. Il traversa la route et entra dans le pub, absorbant le mur de bruit de la foule animée du week-end et connaissant suffisamment l'équipe de FG pour croire qu'il les repérerait assez facilement, mais alors qu'il scrutait les visages autour de lui, essayant de faire abstraction de la musique de Noël trop forte, il n'en reconnut aucun, pas même celui de Jonah.

Le bar l'appelait. Il commanda la vodka dont il avait eu envie toute la journée, avec des glaçons, et sortit son portefeuille pour payer.

— Non, pas la peine.

La chaleur s'installa dans ses os avant même qu'il ne tourne la tête. Un corps se pressa contre lui et repoussa la main qui tenait son portefeuille.

— C'est pour moi, rétorqua Jonah. Ne t'oppose pas à moi.

— Ou quoi ?

— Tu vas perdre.

Sacha laissa faire. Jonah se commanda un rhum glaçons et paya les deux boissons en glissant une carte noire. Puis il se retourna avec le sourire dont Sacha rêvait quand son esprit n'était pas rempli de codes de sites Internet, de bande passante désastreuse et d'interfaces maladroites qui avaient échoué dès le départ.

— Je n'étais pas sûr que tu viendrais, avoua Jonah.

Sacha haussa les épaules et prit son verre.

— Tu as laissé ta carte là où je la verrais pour une raison, non ? Peut-être que je veux la connaître.

— C'est le cas.

— Dis-le.

Jonah jeta un coup d'œil autour de lui, puis se pencha plus près.

— Nous sommes amis. C'est une raison suffisante. Et je voulais te remercier d'avoir aidé mon équipe aujourd'hui. C'est fou ce qui peut arriver quand on quitte le bureau pendant une heure.

— Ça n'aurait rien changé que tu sois là. Le problème aurait été le même.

Sacha n'ajouta pas qu'il aurait probablement quitté son poste bien plus vite que les dix minutes qu'il lui avait fallu pour décider d'intervenir ce matin-là pour lui venir en aide. Ou qu'il ne l'avait fait que parce qu'Helga lui avait dit que FG était sur le point de torpiller le pitch que Jonah avait passé toute la nuit à écrire. Il n'ajouta rien du tout. Il suivit simplement la bouche de Jonah alors qu'il sirotait son verre. Il regarda sa langue quand elle sortit pour lécher ses lèvres pulpeuses.

— Quoi qu'il en soit, reprit Jonah. Merci. Cette présentation était importante pour moi, pour nous.

— Je sais. Je t'ai vu transpirer dessus toute la nuit.

— Je n'ai pas transpiré.

— Si, tu l'as fait.

— Ça n'avait rien à voir avec le pitch.

— Je le sais aussi, Jonah Gray. Tu es si facile à énerver.

— Vraiment ? interrogea Jonah en se rapprochant, envahissant l'espace personnel de Sacha.

Ce dernier prit une lente gorgée de sa vodka glacée et jeta un coup d'œil au-dessus de Jonah vers le reste du pub. Il ne voyait toujours personne qu'il reconnaissait.

— Oui. Tu l'es. Mais peu importe. Où est ton équipe ? J'ai entendu dire qu'ils voulaient me payer de la vodka aussi.

Jonah bouda pendant quelques secondes, puis se retira dans sa propre bulle.

— Ils sont à côté, dans le bar des étudiants.

— Pourquoi tu n'y es pas ?

— Le karaoké de Noël et les shoots en technicolor, c'est pas mon style. Je suis seulement venu leur offrir quelques verres pour leur dur labeur du jour. J'étais content de les voir partir.

Cela plut à Sacha plus qu'il n'était prêt à l'admettre d'avoir cet homme rien que pour lui, qu'ils soient seuls, même dans ce bar bondé. Il termina sa vodka et en commanda une autre, ainsi qu'un rhum pour Jonah.

— Asseyons-nous. La journée a été longue.

Sacha prit le bras de Jonah et le guida à travers le bar. Cela lui rappela le bal et la nuit où ils s'étaient rencontrés, mais c'était Farringdon, pas Mayfair, et une foule tout à fait différente. Le pub était sombre et poisseux, décoré de plastique de mauvais goût pour les fêtes de fin d'année, loin des dorures royales du Dorchester, et Sacha l'aimait tout autant. Seul le grognement de son ventre lui donnait envie d'autre chose.

Ils trouvèrent un canapé dans un coin tranquille et se serrèrent l'un contre l'autre par nécessité, ce qu'il apprécia. La jambe de Jonah se pressait contre la sienne et ils étaient suffisamment proches pour qu'un centimètre de plus signifie un baiser.

Ses lèvres picotèrent. Il accusa la vodka, en but davantage et posa à Jonah des questions banales sur son travail dont aucun d'eux ne se souciait.

Pendant un moment, ce dernier sembla jouer le jeu, mais le bout de ses doigts errant sur la cuisse de Sacha disaient autre chose en dansant, laissant du feu dans leur sillage.

Il combattit la brûlure et se concentra sur l'anecdote de Jonah concernant la star de télé-réalité que FG avait utilisée dans la campagne qu'ils avaient créée pour une entreprise de préservatifs arc-en-ciel.

— C'était grossier, vraiment, raconta ce dernier. Mais si tu avais compris ça, tu n'étais pas le public cible.

— Tu visais des gens stupides ?

— Non, plutôt ceux qui sont facilement influencés par les images brillantes des réseaux sociaux.

— Et quel était le point de vue de ta « célébrité » sur ce genre de choses ?

Jonah rit, doucement et bas.

— Je ne suis pas tout à fait sûr. Il était trop occupé à draguer Nico.

— Nico ? L'informaticien avec les tatouages sur le cou ?

— C'est lui. Je pense qu'il ferait un meilleur mannequin que tous ceux que nous avons engagés, mais il est trop timide pour ce genre de choses. Il préférerait littéralement mourir.

— Je croyais qu'il était hétéro, avoua Sacha distraitement, sans prendre la peine de nier qu'il avait remarqué à quel point le grand geek était séduisant lorsqu'il s'était retrouvé penché sur son ordinateur portable ce matin-là, en train de pirater le portail sécurisé de FG.

Jonah grimaça.

— Eh bien, tu sais ce qu'on dit, n'est-ce pas ? Est-on vraiment quelqu'un avant d'avoir rencontré sa moitié ?

— Tu penses qu'il y a une personne pour tout le monde ?

— Peut-être. Demande-moi un autre jour. Tout ce dont je suis sûr pour l'instant, c'est que tu as été une sorte d'ange pour moi.

— Un ange ?

— Oui. J'ai une dette envers toi. Que veux-tu, Ivanov ? Que puis-je faire pour toi ?

Sacha regarda les longs doigts élégants qui traçaient encore des motifs sur sa jambe. *Tu le fais déjà, luchik.*

— J'ai faim, affirma-t-il. J'ai mangé quatre tranches de *krendel* ce matin, mais ce n'est pas suffisant pour ce que j'ai en tête pour toi plus tard.

Jonah sourit.

— OK, examinons ça. Qu'est-ce qu'un *krendel* ? Est-ce que je le dis bien ?

— Non. Pas du tout, mais pour répondre à ta question, c'est le pain aux fruits que je t'ai vu manger ce matin. C'est une pâtisserie de Noël russe.

— C'est divin.

— Je sais. C'est la seule chose que ma mère ait jamais cuisinée.

— Elle est mauvaise cuisinière ? Je peux comprendre ça.

Sacha secoua la tête.

— Elle n'était pas mauvaise, mais la mère de mon père était meilleure, alors elle n'a jamais eu sa chance.

— Tu en parles au passé. Elle est morte ?

— Oui. Depuis longtemps.

— Je suis désolé. Sans le rhum, je l'aurais peut-être mieux formulé.

— Quel intérêt ? rétorqua Sacha en vidant son verre avant de le poser sur une table voisine. Elle serait toujours morte.

Jonah tressaillit.

— Oui, mais j'aurais peut-être pu demander plus gentiment.

— Mon argument tient toujours.

— Seulement si tu le veux.

— Qu'est-ce que ça veut dire ?

— Ce que tu veux.

Jonah termina son verre aussi. Il se pencha, mais s'arrêta à un cheveu d'embrasser Sacha, l'incertitude vacillant dans son regard chaleureux.

*Il veut m'embrasser.*

*Je veux l'embrasser.*

Sacha avait son point de vue sur les démonstrations publiques d'affection, mais avec Jonah si proche, il oublia tous les sentiments qui lui avaient traversé l'esprit. Il oublia tout sauf ce qu'il pourrait ressentir en prenant le cou de cet homme pour presser leurs lèvres les unes contre les autres.

Après tout, il avait embrassé Jonah partout ailleurs.

Les yeux de Sacha devinrent lourds, comme si un brouillard de désir s'était installé sur lui. Il inspira, se pencha, et…

— Jonah !

Sacha bondit en arrière, faisant sursauter son amant autant que la personne qui avait crié son nom. Il s'agrippa à son épaule, le maintenant en place, cherchant la source. Il n'y eut rien pendant un moment, et il craignit qu'ils ne l'aient imaginé. Que leurs subconscients combinés s'étaient opposés à ce que Sacha savait déjà être le meilleur baiser de sa vie.

Puis son regard se posa sur un membre de l'équipe de FG aux yeux fous qui était devenu la meilleure source de ragots d'Helga. Elle s'appelait Winona ? Peut-être ? Il n'arrivait pas à s'en souvenir.

— Jonah ! appela-t-elle encore.

Celui-ci se leva de son siège, prenant déjà son manteau.

— Qu'est-ce qui se passe ?

— C'est Carl, s'exclama-t-elle. Il s'est fait frapper.

# Chapitre 9

Jonah se fraya un chemin à travers la foule qui se pressait entre le pub tranquille et le bar bruyant d'à côté. Dans le chaos, il perdit de vue Winona et ses cheveux corbeau, et la panique s'empara de lui. Il était plus jeune que certains de ses employés, que beaucoup d'entre eux, en réalité, mais il se sentait quand même responsable d'eux, ce qui lui serrait l'estomac.

Et Carl était parmi les rares qu'il considérait comme des amis. L'idée qu'il soit blessé lui donnait envie de vomir.

Désorienté, il se dressa sur la pointe des pieds, luttant pour voir par-dessus la foule, mais cela ne servit à rien. Il ne voyait rien, l'agitation du vendredi soir étant trop dense et il bascula en arrière en titubant.

Des mains fortes le rattrapèrent, le stabilisant. Sacha attrapa ses épaules et l'utilisa comme levier pour mener son propre repérage des environs.

— Par là, déclara-t-il. Allez, viens.

Il l'entraîna sans attendre de réponse, jouant des coudes à travers la foule jusqu'à ce qu'ils arrivent à une zone dégagée où ils trouvèrent Carl appuyé contre un lampadaire, du sang coulant d'une méchante entaille sur son cuir chevelu.

Jonah s'accroupit à côté de lui.

— Que s'est-il passé ?

— Un trou du cul a mis une main au cul à Winona. Je l'ai repoussé et il m'a envoyé une bouteille à la tête.

— Une bouteille ? Seigneur, s'exclama Jonah en posant avec précaution ses mains sur le visage de Carl, inclinant sa tête pour inspecter la blessure malpropre. Qui a fait ça ? Où sont-ils ? pressa-t-il.

Carl désigna, au-dessus de Jonah, un autre corps qu'il n'avait pas remarqué dans un groupe sur le trottoir. Nico se tenait à proximité, les bras croisés, la mine renfrognée alors que les agents de sécurité tentaient de le plaquer contre un mur.

Jonah le connaissait assez bien pour comprendre ce qui s'était passé.

— Wow. Peut-être que tu aurais dû laisser Nico s'en occuper dès le début.

Carl lui offrit un faible sourire.

— Peut-être, mais il n'était pas là, et le mec était déjà en train d'agresser Winona, alors je n'ai pas réfléchi.

Jonah frissonna, troublé à la fois par le sang qui suintait de la tête de Carl et par la vision de ce qui les avait amenés à ce moment. Il chercha Winona et la trouva en train de pleurer contre la poitrine de Sacha. Le manteau de ce dernier, très cher, était drapé autour de ses épaules, tandis qu'il lui parlait trop doucement pour qu'il puisse entendre ce qu'il disait.

Il ne pouvait pas non plus voir son visage, et c'était aussi frustrant maintenant que ça l'avait été au bureau. Ou peut-être était-ce autre chose. Jonah se força à se concentrer sur Winona, sur son visage baigné de larmes et ses épaules tremblantes. Il se sentait malade, mais il n'avait pas le temps de s'attarder là-dessus. Carl saignait toujours et il n'y avait aucun signe des ambulanciers qu'un passant avait appelés.

Il se débarrassa de son manteau et de sa veste de costume, déboutonna sa chemise pour révéler le T-shirt ajusté qu'il portait en dessous.

Il le retira, se laissant brièvement torse nu et exposé à l'air frais de la nuit. Des sifflets perçants lui parvinrent, mais il les ignora, concentré sur Carl, et il plia le T-shirt pour le presser sur la blessure sur sa tête.

Carl tressaillit, mais saisit le pansement de fortune pendant que Jonah remettait ses vêtements.

Lorsque ce dernier l'observa à nouveau, son regard douloureux était encore amusé.

— Quoi ?

Carl haussa un sourcil ensanglanté.

— Rien. J'intègre juste le fait que l'informaticien russe t'a dévisagé comme s'il voulait te manger.

Jonah se força à rester immobile et à ne pas se retourner pour vérifier ce que Sacha faisait pour que le visage de Carl s'illumine.

— Je ne connais pas d'informaticiens, donc ce que tu as cru voir est probablement le résultat d'une commotion.

— Ah oui, alors pourquoi est-il là ? Je ne vois pas d'autres dingos de chez Blutecc dans les parages.

— Ne les appelle pas dingos. Sacha a sauvé ta peau ce matin. Sans son intervention, tu serais allé à cette réunion à l'aveuglette.

— Sacha maintenant, c'est ça ?

— Stop, coupa Jonah en remplaçant la main de Carl sur son T-shirt en boule par la sienne. À moins que tu ne parles pour te distraire de la douleur, dans ce cas continue, mais change au moins de sujet.

— OK, monsieur Rationnel. Je pense toujours qu'il te regardait, cependant.

Des lumières bleues les interrompirent avant qu'il puisse formuler une réponse. La police et les ambulanciers arrivèrent sur les lieux, les séparant rapidement. Jonah se retrouva interrogé par un officier de police costaud, mais n'avait pas grand-chose à dire.

— Je n'ai rien vu. Je sortais du pub d'à côté quand Winona est venue me chercher.

— Quelle est votre relation avec ces personnes ? s'enquit le policier en faisant un geste vers Carl, Nico et Winona dont le visage était encore strié de larmes.

— Je suis leur employeur, expliqua-t-il en sortant une carte d'identité de son portefeuille. Nous sommes sortis prendre un verre après une bonne journée au bureau.

— C'est réussi, ironisa l'officier discrètement. Et pour lui ?

Jonah suivit la tête du policier jusqu'à Sacha, qui jeta un coup d'œil dans sa direction. Leurs regards se croisèrent. La foule s'estompa, et pendant une fraction de seconde, le cœur battant, il n'y avait qu'eux. Jonah sourit un peu.

— C'est mon ami.

Sacha sourit aussi.

***

Il fallut une éternité pour démêler le carnage de ce qui était supposé être un verre tranquille après le travail. L'assaillant que Nico avait mis à terre n'était pas sérieusement blessé. Il avait été arrêté et emmené, tout comme Carl, à l'arrière d'une ambulance avec un autre membre de l'équipe FG pour l'accompagner.

Jonah était resté sur place pour plaider au nom de Nico tandis que Sacha était resté avec Winona pendant qu'elle livrait son récit à la police.

Une heure s'était écoulée lorsque Nico fut libre de quitter les lieux, la police croyant les garanties de Jonah qu'ils pourraient tous les trouver, Nico compris, à FG s'ils avaient besoin de plus d'informations.

— Merci, patron, soupira Nico. Je pensais qu'ils allaient m'arrêter.

— Ils l'auraient probablement fait si les videurs ne t'avaient pas soutenu. Ils n'ont pas fait attention à moi.

Nico secoua la tête et leva les yeux au ciel.

— Tu ne te rends vraiment pas compte, n'est-ce pas ?

— De quoi ?

— Peu importe. Je suis fatigué. Je vais rentrer à la maison. Tu peux t'assurer que Winona va bien ?

— Bien sûr. Tu as de l'argent pour le taxi ?

— Oui, Jonah. Je n'ai pas douze ans.

Nico s'éloigna, le laissant aller retrouver Sacha et Winona qui s'étaient installés sur un banc de l'autre côté de la rue.

Sacha le regarda, ses yeux dorés exprimant quelque chose qu'il était trop fatigué pour déchiffrer.

— J'ai appelé une voiture pour Winona, l'informa Sacha. On va avec elle, OK ? On la ramène chez elle ?

— Bien sûr, acquiesça-t-il en se laissant tomber sur le banc pour enrouler un bras platonique autour de Winona. Je suis désolé de ce qui t'est arrivé, avoua-t-il. Et que Carl et Nico se soient emportés en essayant d'aider. J'aurais dû être là.

Winona renifla.

— Pourquoi ? Nous ne sommes pas tes enfants. Ce genre de choses arrive tout le temps.

— Eh bien, ça ne devrait pas. Ce n'est pas normal que des ivrognes posent leurs mains sur toi.

— Je le sais, mais le fait que tu sois là n'aurait rien empêché, et ça aurait pu être toi qui aurais pris une bouteille sur la tête au lieu de Carl.

Sacha émit un faible bruit et se leva, s'éloignant d'eux. Il traversa la route pour acheter une pizza au stand près du pub.

Winona le regarda partir.

— Il est plus gentil que je ne le pensais.

— Pourquoi pensais-tu qu'il ne serait pas gentil ?

— Je ne sais pas. Il a l'air un peu lunatique quand je le croise au bureau, et je ne l'ai jamais vu sourire.

— Il sourit souvent.

Carl lui aurait demandé comment il le savait. Il aurait vu clair dans la réponse à la connerie que son cerveau fatigué, mais connecté avait sortie. Mais Winona ne commenta pas. Elle posa sa tête sur son épaule et regarda dans le vide jusqu'à ce que Sacha revienne avec des parts de pizza et des canettes de limonade.

Les glucides et le sucre dégrisèrent Jonah au point qu'il pouvait à peine se souvenir des quatre verres qu'il avait bus avant que Sacha ne le rejoigne. La secousse dans son ventre quand il était entré dans le pub semblait être arrivée à quelqu'un d'autre.

Winona arrêta de trembler aussi. Elle reprit contenance et marcha jusqu'à la voiture quand elle arriva quelques instants plus tard, ses jambes stables.

Ils la ramenèrent chez elle.

Jonah l'escorta dans son immeuble pendant que Sacha attendait dans la voiture. Winona vivait avec son frère. Jonah lui expliqua la tournure qu'avait prise la soirée, puis s'échappa de la tempête de rage fraternelle qui se préparait et dévala les escaliers. En bas, sa main trembla sur la poignée de la porte. Il prit une inspiration et la retira, la fourrant dans sa poche en reculant jusqu'à la dernière marche.

Il s'affaissa. La nausée envahit le creux de son estomac, et l'obscurité menaça sa vision. Il se pencha en avant, se recroquevillant sur ses genoux, n'étant qu'à moitié conscient de l'ouverture de la porte et de la lumière de la rue qui éclairait le sombre couloir.

— Jonah.

Sacha se laissa tomber à côté de lui et pressa une main chaude entre ses omoplates. Il n'ajouta rien ; il frotta juste des cercles apaisants dans son dos alors qu'ils étaient assis dans ce couloir inconnu, enveloppés dans un silence dont il ne savait pas qu'il avait besoin jusqu'à ce moment.

— Je suis désolé, s'excusa-t-il après un instant. Clairement, je ne tiens pas l'alcool.

Sacha ricana doucement.

— Je t'ai vu boire plus et être bien. Peut-être que c'est de voir tes amis se faire attaquer qui t'a ébranlé.

— Je ne suis pas secoué.

— Alors tu es un menteur.

Sacha parla sans malice, mais sa main sur le dos de Jonah s'immobilisa, comme si le petit bobard l'avait trop offensé pour continuer à bouger.

La chaleur de son contact lui manqua et il soupira.

— Oui. OK. Je suis secoué. Pas à cause des garçons, Carl et Nico peuvent se débrouiller seuls. C'est ce qui est arrivé à Winona qui me dérange. Pourquoi les gens pensent-ils que c'est normal de violer les femmes comme ça ?

— Je ne peux pas expliquer pourquoi le monde fonctionne comme il le fait, reconnut Sacha. Mais ce n'est pas normal. Ça ne le sera jamais.

— Merci d'avoir été gentil avec elle.

— Ce n'était pas difficile. C'est une brave fille.

— Je sais, j'ai juste…

— Quoi ?

Jonah souhaita qu'il y ait un mur derrière lui contre lequel il pourrait se frapper la tête.

— Je ne pouvais pas la regarder.

— Je sais.

— Vraiment ?

— Oui, Jonah. Je le sais.

Comment le pourrait-il ? Sacha l'avait interrogé sur « l'homme aux cheveux indescriptibles », mais il ne lui avait jamais répondu. Comment était-ce possible que Sacha ait regardé les événements se dérouler ce soir et les ait vus se refléter dans un incident insignifiant, vieux de plusieurs années, qu'il avait passé la majeure partie de sa vie d'adulte à essayer d'oublier ?

Ce n'était *pas possible*. Et *le penser* était ridicule. *Il* était ridicule, tremblant contre un homme qu'il avait à peine…

— Jonah.

— Quoi ?

Sacha lui saisit le menton avec des doigts insistants, le forçant à se tourner vers lui avec le plus léger des contacts. Son regard semblait s'être assombri lorsqu'ils s'étaient serrés l'un contre l'autre dans les escaliers, et l'or de ses yeux brillait comme les lumières de Noël criardes que quelqu'un aurait enroulées autour du pire sapin de Noël du monde. La chaleur et le conflit se battaient pour l'emporter en lui, et c'était un combat égal. Pas de gagnant. Pas de perdant. Juste Sacha se rapprochant de plus en plus tandis que le pouls de Jonah martelait ses tympans.

*Il va m'embrasser.*

Les lèvres de Sacha sur les siennes le surprirent quand même. Un choc stupéfiant qui alluma un nouveau feu dans le brasier de désir qu'il éprouvait déjà pour cet homme.

Les lèvres de Sacha étaient douces et lisses, contrastant avec les poils de sa mâchoire mal rasée. Son baiser était vertigineux. Même assis, Jonah se balança sous l'effet du léger impact, son sang s'emballant, les veines brûlantes de plaisir. Dans les coulisses, son cerveau fonctionnait toujours à mille à l'heure, mais le bruit était étouffé, éteint par les lèvres de cet homme.

Jonah recula, reprenant son souffle. Puis ses facultés lui revinrent et il embrassa Sacha en retour, se déplaçant sur la pierre froide jusqu'à ce qu'ils se fassent face.

Sa main trouva son chemin vers la nuque de Sacha. Le changement d'angle approfondit le baiser. Il ouvrit la bouche, la langue de celui-ci se glissa entre ses lèvres et son étourdissement atteignit de nouveaux sommets.

Un doux gémissement perça l'air calme. Sacha ou lui ? Bon sang, il n'en avait aucune idée. Tout ce qu'il savait, c'est qu'ils s'embrassaient dans les escaliers d'un immeuble où aucun d'eux ne vivait, loin d'un endroit où les baisers pouvaient devenir autre chose.

Quelque chose de magique.

Il se recula. Sacha le fixa, sans ciller, comme s'il était figé dans le temps.

Jonah l'embrassa à nouveau, doucement et gentiment.

— Il fait froid, chuchota-t-il. Tu veux venir à la maison avec moi ?

— Pourquoi ?

— Tu sais pourquoi.

— Sois précis. J'aime ça.

— Très bien. Parce que tu as été un ange ce soir et je ne veux pas te laisser partir.

— Je ne suis pas un ange, Jonah Gray.

Il embrassa les lèvres de Sacha à nouveau, puis sa mâchoire, et sa joue. Ce dernier sourit un peu, le genre de sourire qui changeait tout son visage. Il adoucissait ses traits masculins et sa mâchoire dure, et Jonah dut prendre sur lui pour ne pas l'embrasser à nouveau.

Ils se levèrent d'un bond ; lui du moins. Sacha se déplaça avec une grâce et un aplomb qu'il n'avait jamais eus et s'esquiva dans la voiture qui les attendait. Elle les emmena jusqu'à l'appartement de Jonah, puis repartit dans le trafic urbain aussi discrètement qu'elle était arrivée.

Le trajet en ascenseur fut calme. Sur le palier, Sacha fut, comme toujours, fasciné par la vue. Jonah n'osa pas le déranger, même pas pour un autre baiser. Il ouvrit sa porte et attendit. Finalement, Sacha entra.

— J'aime bien être ici, avoua-t-il.

— Je sais.

— Vraiment ?

— Oui. Je vois les lumières dans tes yeux chaque fois que tu les regardes. La vue… Elle te plaît.

— Tu me plais aussi. Tu crois que je pourrais utiliser ta douche avant que je te montre à quel point ? Ça a été une longue journée.

Jonah déglutit bruyamment et ouvrit sa porte un peu plus.

— Bien sûr.

Sacha le précéda à l'intérieur. Il le suivit, le cœur battant tandis qu'ils enlevaient leurs manteaux et leurs chaussures, puis traversaient l'appartement jusqu'à sa chambre.

Après un bref moment où il sembla enchanté par son sapin de Noël, Sacha disparut dans la salle de bain. Jonah s'assit sur le bord du lit et se déshabilla jusqu'à ses sous-vêtements, heureux de ne pas avoir récupéré le T-shirt ensanglanté qu'il avait pressé sur la tête de Carl. Un autre frisson le parcourut, mais pas à cause du froid, et seul le bruit de la douche se mettant en marche lui permit de rester présent.

*Idiot. Ça fait des années, et il n'est même pas là. Sacha l'est. Concentre-toi sur lui.*

Jonah se déplaça et s'allongea sur le lit, le regard fixé au plafond tandis qu'il écoutait l'autre homme se déplacer dans la salle de bain. C'était à la fois familier et tout nouveau. Presque réconfortant.

Fermant les yeux, il chassa tous les sons, du gémissement des tuyaux au fredonnement de Sacha. Son corps bourdonnait d'anticipation, aspirant à la sauvagerie que cet homme faisait naître entre eux chaque fois qu'il tenait ses promesses obscènes.

C'était agréable d'être à cet endroit, et il se força à y rester.

*Je ne suis pas un ange, Jonah Gray*, avait dit Sacha.

*Tu l'es ce soir.*

# Chapitre 10

C'était un accident de se réveiller dans le lit de Jonah, un qui avait commencé quand Sacha s'était endormi. Il n'en avait pas eu l'intention. En fait, il n'avait pas du tout eu l'intention de se retrouver dans le lit de Jonah, du moins pas pour dormir. Mais en revenant de la salle de bain, il l'avait trouvé déjà assoupi, et il s'était glissé sous les couvertures à côté de lui avant de comprendre ce qu'il faisait.

Maintenant c'était le matin ; tôt, juste avant l'aube. Jonah dormait encore, et il était toujours dans son lit. Et ils n'étaient même pas nus. *Comment en suis-je arrivé là ?*

Il savait comment. Parce qu'il avait été tellement perturbé par l'inquiétude dans le regard habituellement ensoleillé de Jonah qu'il n'avait pas pu le quitter. Il ne pouvait toujours pas, malgré le fait qu'il n'avait eu aucun problème à le laisser dans son lit auparavant. N'était-ce pas étrange ?

Aussi étrange que de passer la majeure partie de sa journée à calmer des employés agités de FG qu'il ne connaissait pas et dont il ne se souciait pas, parce qu'il ne pouvait pas supporter de voir des rides de stress, imaginaires ou réelles, sur le beau visage de Jonah.

*Tu es trop fatigué. Ça te rend émotif.*

Il ne pouvait pas dire le contraire, mais comme il n'y avait aucun moyen d'alléger sa charge de travail à venir, les papillons dans sa poitrine chaque fois que Jonah était près de lui n'allaient pas disparaître.

Et lui non plus, apparemment.

Il se rallongea dans le lit confortable de Jonah. Il y avait beaucoup d'espace pour eux, mais d'une manière ou d'une autre, ils avaient fini par dormir presque collés, plus à certains endroits, comme leurs pieds qui étaient pressés les uns contre les autres.

Ce contact le réchauffait. Avant Jonah, il avait eu de nombreux partenaires sexuels, mais jamais de nuits complètes. Cela faisait des années, et il ne se souvenait pas clairement d'un moment où il avait simplement dormi avec un homme. Partagé son lit et la chaleur de son corps. Compté ses respirations et l'avoir regardé rêver.

En fait, il n'avait jamais fait ça avec *personne.*

*Tu es trop fatigué. Ça te rend émotif.*

Il ferma les yeux et se rendormit.

***

Il ne s'était pas écoulé beaucoup de temps quand il se réveilla, mais il faisait jour. Le soleil avait percé les nuages d'hiver et filtrait par l'interstice des rideaux. Jonah avait roulé sur le côté. Son dos était tourné vers Sacha, exposant la large étendue de sa peau crémeuse.

C'était irrésistible. Trop exquis pour être ignoré.

Sacha plaça sa paume entre les omoplates de Jonah et la fit glisser vers le bas, se faufilant sur son flanc jusqu'à l'élastique de son caleçon. Ses doigts s'enroulèrent autour de sa hanche, se glissèrent sur son abdomen, et son corps prit vie… s'il s'était vraiment calmé depuis la nuit précédente.

Les cheveux de Jonah étaient assez indisciplinés pour couvrir son cou. Sacha les écarta et déposa un baiser timide sur le point sensible en dessous.

Un fredonnement doux fut sa récompense. Puis un ricanement grave alors que Jonah se déplaçait sous son contact.

— Je suis réveillé ou je rêve d'un monde où tu ne t'es pas enfui au milieu de la nuit ?

— Je n'ai jamais couru nulle part au milieu de la nuit. Je marche, de manière ordonnée, pendant que tu dors comme un bébé.

Jonah rit de nouveau.

— Mais pas la nuit dernière. Tu es toujours là.

— Je suis là, reconnut Sacha, autant pour lui-même que pour Jonah. Ton lit est sympa. Je l'aime bien.

— Qu'est-ce que tu aimes d'autre ?

— Ceci.

Sacha saisit les épaules de Jonah et les fit rouler, chevauchant la taille de celui-ci avant qu'aucun d'eux ne puisse cligner des yeux.

L'érection matinale de Jonah était sous lui. Sacha se délecta de cette sensation pendant un moment avant de reculer et de se pencher en avant pour prendre son mamelon dans sa bouche.

— Putain, gémit Jonah, son corps s'arquant du lit. OK. Maintenant je suis réveillé.

Sacha le relâcha.

— Tu étais déjà réveillé. Tu me parlais.

— Je pensais que je rêvais, tu te souviens ?

— Et maintenant ?

— Maintenant je le sais.

Avec un sourire en coin, Sacha parcourut le corps de Jonah, profitant de la lueur du jour pour l'explorer. Il était magnifique sous n'importe quelle lumière, mais comme ça, avec ses cheveux ébouriffés et ses paupières lourdes, il était plus beau que jamais. Sa verge était dure et attendait la bouche de Sacha, mais d'abord, sa poitrine, ses abdominaux et les os fins de ses hanches demandaient de l'attention qu'il ne put s'empêcher de donner.

Sous lui, Jonah haleta, et son sexe tressauta.

— Tu es méchant.

Le sourire de Sacha s'élargit.

— Je sais.

— J'ai cru que tu étais un ange hier soir. J'ai changé d'a… Putain !

Son deuxième juron fut interrompu quand Sacha l'avala tout entier. Il n'avait pas souvent envie d'avoir le membre d'un homme enfoncé dans sa gorge, mais depuis la première fois avec Jonah, c'était une chose à laquelle il pensait même quand ils n'étaient pas ensemble. Les sons qu'il émettait étaient addictifs, et Sacha fit durer son orgasme, poussant Jonah aussi loin qu'il le pouvait, juste pour entendre ses gémissements et ses soupirs profonds.

— Tu me tues, lâcha ce dernier.

Sacha se demanda si Jonah savait que ça le tuait aussi.

Il tint ses cuisses tremblantes et le travailla plus fort, taquinant sa verge avec sa langue.

Jonah se crispa, étouffa un avertissement, puis il jouit fort, tremblant dans la prise de Sacha, et son cri de pur plaisir alla directement vers l'entrejambe de ce dernier.

Il avala tout ce que Jonah avait à donner, puis se leva et le chevaucha à nouveau, se prenant en main.

Jonah haletait, les yeux mouillés par son orgasme.

— Je veux te regarder.

— Me regarder quoi ?

— Jouir. Je veux te regarder jouir.

— Je peux faire ça.

Sacha se branla avec la ferme intention d'y aller doucement, mais s'occuper de Jonah l'avait excité au possible. Il était si dur que ça lui faisait mal et seule la pression de son poing serré le soulageait.

Sa respiration s'accélérait, et son pouls battait dans ses oreilles. La sueur recouvrait sa peau et il ne put empêcher le gémissement bas qui lui échappa.

S'approchant de l'orgasme, il tomba en avant, s'appuyant sur une main tandis que l'autre montait et descendait sur sa longueur. Il fixa ses yeux sur Jonah et une autre montée de chaleur le secoua.

— Où veux-tu que je vienne ? Dans ta bouche ? Sur ta poitrine ?

Jonah se lécha les lèvres, le désir brûlant dans son regard.

— Reste où tu es. Je veux te voir.

— Comme tu veux.

Les muscles de Sacha commencèrent à se contracter, fibre par fibre. Il pompa plus fort, le plaisir le traversant durement et rapidement. L'idée de se répandre sur le torse de Jonah ne l'avait pas effleuré avant ce moment, mais maintenant il ne pensait plus qu'à ça, la seule raison pour laquelle il était bel et bien dans le lit de Jonah.

Sa vision s'assombrit et sa main libre se transforma en poing. L'orgasme s'abattit sur ses sens, de ses orteils au sommet de sa tête, et il jouit dans un dernier gémissement rauque.

Le sperme gicla sur la peau blanche de Jonah, ses épaules, sa poitrine, sa gorge. Il y en avait partout, comme s'ils étaient deux adolescents pris dans leur tout premier moment. Respirant difficilement, Sacha se relâcha. Jonah l'entoura de ses bras, serrés et enveloppants, et pendant de longues secondes, il n'y eut rien d'autre que son étreinte.

Mais le bazar collant entre eux ne put pas être ignoré longtemps. À contrecœur, Sacha se recula, se détachant de l'emprise de son amant.

— Puis-je encore utiliser ta douche ?

— Bien sûr. Je vais venir avec toi.

C'était un compromis équitable. Sacha grimpa sur Jonah et glissa sur le lit. Il se dirigea directement vers la salle de bain, ne s'arrêtant que pour allumer les lumières du sapin de Noël, son échine frissonnant à la sensation de l'homme juste derrière lui, malgré le fait que prendre une douche ensemble pour la deuxième fois seulement depuis leur rencontre lui semblait remarquablement normal. Si tant est qu'on pouvait qualifier le fait d'être nu avec Jonah Gray normal.

Il alluma la douche, embrassant le froid tandis que Jonah restait en retrait avec sa brosse à dents dans la bouche, attendant que l'eau chauffe avant de le rejoindre sous le jet.

— Comment fais-tu ça sans te ratatiner et mourir ?

Il fit rouler sa nuque et ses épaules, laissant l'eau glacée parcourir sa colonne vertébrale.

— L'habitude. Le conditionnement. Je viens d'une famille riche, mais j'ai fréquenté une école qui croyait à la punition comme moyen de développement personnel. Pas d'eau chaude pour les garçons, même en hiver.

— C'est barbare.

— C'est différent. Et je vais bien. J'aime le froid, ça me rappelle de vivre.

— Est-ce que tu oublies ?

— Oublie quoi ?

— De vivre ?

— Non. C'est une façon de parler.

Jonah passa sous le jet chauffant, sa seule présence suffisant à faire monter la température du sang de Sacha. Il semblait avoir plus à dire, mais il prit le shampoing à la place et se lava les cheveux.

Sacha regarda la mousse qui coulait sur son corps musclé. S'ils avaient été dans une vraie relation à long terme, il aurait été si facile de prendre l'huile sur l'étagère au-dessus du lavabo, de se lubrifier et de pousser Jonah contre le mur carrelé, mais rien que d'y penser lui semblait trop intime.

*Trop intime pour quoi ? Tu l'as déjà embrassé et tu as dormi dans son lit…*

Sacha noya son subconscient en tournant son visage vers le jet chaud. La douche de Jonah était puissante, et elle écrasa ses sens de chaleur et de bruit. Il pouvait presque prétendre être seul, jusqu'à ce que des doigts doux effleurent son cou et son cuir chevelu, et l'odeur du shampoing de Jonah revint.

*Il me lave les cheveux.*

Il perdit un peu l'équilibre.

— Du calme. Je te tiens, gloussa Jonah en le stabilisant.

Des mots simples. Sacha les aima. Son corps se tendit pour s'adosser à Jonah, pour absorber sa chaleur robuste, mais son cerveau lui dit non, comme si la sensation des doigts de Jonah passant dans ses cheveux était déjà trop.

*Trop pour quoi ?*

Il avait oublié la réponse.

Jonah lui rinça les cheveux, puis frotta sa peau avec un gel douche au même parfum. Sa verge était à moitié dure et pressée contre sa cuisse, mais il ne réagit pas. Il ne pouvait pas, sinon ils resteraient sous la douche toute la journée.

*Et alors ? Tu n'as nulle part où aller.*

Ce n'était pas tout à fait vrai. Il avait laissé son ordinateur portable au bureau, et il avait une journée entière de codage à faire avant le lundi matin ; codage qu'il avait prévu d'avoir déjà à moitié terminé. Il n'avait pas le temps de se taper Jonah sous la douche. Il n'avait pas le temps de se tourner pour se mettre à genoux. Il n'avait pas le temps d'embrasser Jonah à nouveau, mais *mon Dieu*, comme il le voulait.

Il le voulait plus que tout.

Jonah éteignit la douche. Il fit glisser ses mains sur les hanches de Sacha et le retourna. Ses lèvres étaient roses et pleines, et il mordit celle du bas, la malmenant avec ses dents blanches et droites.

Sacha la fixa, se penchant vers elle, puis le son odieux d'une sonnerie de téléphone fit bondir Jonah d'un kilomètre et le moment s'envola.

— C'est ma mère. Merde. Attends.

Il quitta la douche et se précipita, nu, hors de la salle de bain. Secouant la tête pour s'ébrouer, Sacha sortit aussi et ouvrit le meuble sous-évier, cherchant une brosse à dents de rechange ; Jonah semblait être du genre à en avoir une. Ou vingt.

Ou trois, de toute évidence.

Il en prit une et la déballa, jetant la boîte dans la poubelle sous le lavabo. Il se sécha les cheveux tout en se brossant les dents et essaya de ne pas écouter la conversation qui filtrait de la chambre.

Tout se passait bien jusqu'à ce qu'il entende son propre nom, piquant sa curiosité.

*Laisse tomber. Tu n'as aucune raison de faire irruption là-dedans et d'envahir sa vie.*

Mais il n'avait jamais écouté personne, encore moins lui-même.

Il termina ses ablutions, enroula une serviette autour de sa taille et se dirigea en silence vers la chambre.

Jonah était sur le lit, vêtu d'un bas de pyjama à cordon anthracite qui faisait briller son torse. Il tenait son téléphone en l'air et faisait des gestes à son interlocuteur ; sa mère, sans doute un appel vidéo.

Sacha chercha ses vêtements, mais il les avait laissés dans la salle de bain la veille.

Jonah se leva et ouvrit un tiroir. Il y avait d'autres bas de pyjama. Il en sortit un noir et lui le tendit avec un clin d'œil.

— À qui fais-tu un clin d'œil ? demanda immédiatement la voix d'Eleanor. C'est Sacha ?

Les joues de Jonah rougirent.

— Maman, arrête. Tu n'as pas le droit d'interroger tous ceux qui sont entrés chez moi.

— Je ne veux pas l'interroger. Je veux le voir. Tu l'as à peine mentionné depuis le bal. C'est comme s'il n'existait pas, et c'est grossier, Jonah. Nous avons beaucoup aimé Sacha quand nous l'avons rencontré. Pourquoi tu nous le cacherais ?

Jonah leva les yeux au ciel et recula sur le lit, laissant à Sacha l'espace nécessaire pour laisser tomber sa serviette et remonter le bas de son pyjama sur ses jambes. Il lui allait parfaitement et cela résonnait tellement avec les pensées de Sacha que ça le laissa pantois.

Eleanor parla encore.

Jonah avait l'air de vouloir que le lit l'avale.

— Tu veux que je parle ? proposa Sacha en pointant le téléphone.

Jonah éloigna ce dernier de son visage et le mit en sourdine.

— Tu n'as pas à faire ça. Elle est toujours comme ça.

— Parce qu'elle craint que tu te sentes seul.

— Je ne suis pas seul.

— Je sais. Parce que je suis là, non ?

Sacha grimpa sur le lit et s'installa à côté de Jonah. Il lui arracha le téléphone des mains et réactiva le son, avant de tourner l'appareil sur lui-même.

— Bonjour, Eleanor. Je suis désolé de vous avoir fait attendre. J'étais sous la douche.

La surprise agrandit les yeux de celle-ci.

— C'est vraiment vous. Je commençais à penser que mon fils vous avait inventé.

— Comment serait-ce possible alors que vous m'avez rencontré vous-même ?

— C'était une sacrée nuit après tout ce champagne, mon cher, et vous étiez si beau au bras de mon fils, j'étais convaincue que je vous avais rêvé.

Sacha sourit. À sa manière, Eleanor était aussi adorable que son costaud de fils.

— Que puis-je faire pour vous convaincre que je suis réel ?

— Vous devriez venir à la maison avec Jonah pour Noël. Il n'a jamais amené personne et il est grand temps que ça change.

— C'est vrai ?

— Oui, affirma Eleanor. C'est un homme maintenant, pas un adolescent.

— Oh mon Dieu.

Jonah roula du lit et quitta la pièce. Sacha rigola.

— Je pense que vous l'embarrassez.

— Mon fils est ridicule, rétorqua Eleanor. Ce n'est pas une question déraisonnable pour le seul homme qu'il nous a présenté.

— Peut-être qu'il n'est pas prêt à être aussi sérieux avec moi.

— J'en doute fort. Il rougit chaque fois que je parle de vous.

Sacha sentit la chaleur monter à ses propres joues, mais d'une manière différente. Jonah était un homme bon, mortifié d'être pris en flagrant délit de mensonge, et cette conversation ne faisait que le prolonger, mais Sacha aimait bien Eleanor. Sa curiosité lui rappelait sa propre mère, et il ne semblait pas pouvoir la laisser partir.

Donc il ne le fit pas. Il laissa Eleanor le questionner et lui donna des réponses basées sur la vérité. Ils travaillaient dur tous les deux, et prenaient soin l'un de l'autre quand ils le pouvaient. Oui, Jonah dormait suffisamment et se souvenait de manger pendant la journée. Et non, il ne travaillait pas tout le week-end.

Jonah revint dans la pièce au moment où Sacha faisait cette promesse. Il agita un mug de café sous son nez et réapparut sur l'écran.

— Maman, je vais le récupérer. Je te parlerai plus tard.

Eleanor feignit une déception théâtrale, mais fit tout de même ses adieux.

— Tenez-moi au courant pour Noël, Sacha. Nous serions ravis de vous avoir.

— Je le ferai, promit-il.

Puis elle partit, laissant Jonah jeter son téléphone sur le lit en gémissant.

— Je suis vraiment désolé. Elle est obsédée par toi. Mais pour sa défense, tu es merveilleusement charmant.

— Oh vraiment ?

— Oui. Ne fais pas comme si tu ne le savais pas.

Sacha renifla et sirota son café. Le silence menaçait, mais son estomac grogna, perçant le calme.

Jonah rigola.

— J'ai la solution pour ça.

— Tu as de la nourriture ?

— Bien sûr. Tu crois que je ne te connais pas maintenant ?

La question était rhétorique, et Jonah se leva et quitta la pièce avant que Sacha ne puisse répondre, mais elle resta gravée dans son esprit.

*Tu crois que je ne te connais pas maintenant ?*

C'était une question stupide. Jonah ne connaissait pas Sacha et inversement. Quelques semaines de sexe occasionnel, de brèves rencontres sur le lieu de travail et douze textos ne vous disaient pas qui était un homme et ce qui l'avait rendu ainsi. C'était superficiel. Sans signification.

Facile de s'en éloigner.

Sacha s'assit pour chercher ses vrais vêtements. Ses pieds touchèrent le sol, mais il n'alla nulle part. Un conflit qu'il ne comprenait pas faisait rage sous sa peau. Les instincts qui lui avaient permis de vivre un heureux célibat étaient forts et lui disaient de s'habiller, de rentrer chez lui et de retourner au travail, mais il avait beau les entendre, il ne pouvait pas se décider à bouger.

*Jonah était bouleversé la nuit dernière. Reste encore un peu. Assure-toi qu'il va bien.*

— Tu vas bien ?

L'écho dans la tête de Sacha le fit sursauter. Il leva le regard du sol pour trouver Jonah devant lui, serrant un sac en papier de sa boulangerie russe préférée. L'odeur de la *kolbasa* lui parvint.

— Tu as acheté un petit-déjeuner russe ?

Jonah sourit, bien que l'inquiétude colorât encore son regard brillant.

— Pour toi. Je ne connaissais pas, alors j'ai pris des œufs et du bacon sur le mien.

— Montre-moi.

— Pousse-toi alors, à moins que tu ailles quelque part ?

— Non.

Une pause s'étira pendant que Jonah attendait. Sacha cligna des yeux et se reprit. D'une certaine manière, se glisser dans le lit de Jonah était plus facile qu'il ne l'avait pensé.

Ce dernier vida le sac. Il avait commandé des sandwichs ouverts avec des tranches d'œufs et une saucisse *kolbasa* pour Sacha, et des œufs et du bacon pour lui-même, garnis de tomates et d'aneth. Corrompu par les Anglais, ce n'était pas une conversion exacte du simple *zavtrak* qu'il mangeait enfant, mais c'était suffisamment proche pour que son cœur subisse une autre petite contraction.

— Pourquoi as-tu choisi *Karaway* pour ton petit-déjeuner, Jonah Gray ?

— C'est comme ça que ça s'appelle ? s'enquit-il en prenant son sandwich pour le poser sur ses genoux. J'ai juste cherché sur Google les endroits qui livrent des petits-déjeuners russes. Je ne sais même pas d'où ça vient, mais ça n'a pas pris longtemps, donc ça ne doit pas être loin.

— C'est à dix minutes d'ici, informa Sacha. Marche vers le sud et tourne à droite.

Jonah le regarda du coin de l'œil.

— Tu habites pas loin ?

— De quoi ? Toi, ou la boulangerie ?

— Les deux.

— Oui, c'est ma réponse.

— Tu ne veux pas que je sache où tu habites ?

— Ce n'est pas ce que j'ai dit. J'ai répondu à ta question.

— Je sais. Mais on dirait que tu fais exprès d'être mystérieux.

Sacha déballa son sandwich, se mordant la lèvre pour contenir son sourire. Jonah ne le savait probablement pas, mais il était comme sa mère. Une personne sociable.

— Je ne suis pas mystérieux. C'est très clair. D'ici, marche vers le sud et tourne à droite, et tu trouveras ma maison.

— Tu vis seul ?

— Bien sûr. Ai-je l'air de quelqu'un qui partagerait son espace ?

Jonah ne répondit pas pendant un moment. Il mordit dans son casse-croûte et mâcha pensivement.

— Honnêtement ? Quand je vois ton air renfrogné au bureau, non, je ne t'imagine pas vivre avec quelqu'un. Mais tu n'es pas toujours comme ça. Tu as l'air assez heureux quand tu es ici.

— C'est avec toi, rétorqua-t-il sans réfléchir. Je ne passe pas ce temps avec quelqu'un d'autre.

— Pourquoi moi ?

Sacha haussa les épaules, cherchant une nonchalance qui n'existait pas.

— Pourquoi pas ?

— Tu vois ? Mystérieux.

Jonah laissa tomber et termina son petit-déjeuner. Puis il laissa Sacha seul pendant qu'il refaisait du café.

*Vas-y. Pars. Tu es resté assez longtemps.*

Mais Sacha ne partit pas. Il but plus de café et s'enfonça davantage dans le lit de Jonah avec lui. Ils regardèrent des navets à la télé dans sa chambre et enlevèrent leurs vêtements. Il baisa Jonah dans son lit, le faisant rouler sur le ventre pour le prendre durement et brutalement, comme ils aimaient tous les deux. Jonah commanda plus de nourriture. Ils dormirent et se douchèrent, puis dormirent à nouveau.

Sacha ne rentra pas chez lui avant le dimanche soir.

# Chapitre 11

Le lundi matin marqua le retour d'aperçus fugaces de Sacha à travers des parois de verre, tandis que Jonah se battait contre la charge de travail qui l'accaparait avant les vacances de Noël. La bonne nouvelle était venue sous la forme d'un contrat pour le projet La Glo. Les mauvaises nouvelles venaient de Carl, qui ne travaillerait pas pendant une semaine, et de Nico, qui était en train de ramper sous son bureau, essayant de réparer la connexion Internet chancelante.

— Je ne sais pas ce qui ne va pas, expliqua-t-il d'un endroit proche des pieds de Jonah. Ce Russe a dit que c'était le VPN, mais j'ai tout vérifié. Ça n'a aucun sens.

— Ce Russe a un nom, lâcha-t-il distraitement, plongé dans la documentation juridique du projet La Glo. Et pourquoi as-tu besoin qu'il te dise ce qui ne va pas de toute façon ? *C'est toi* l'informaticien ici.

— Pas par choix. Je suis directeur du contenu numérique. Je te rends un service là, tu te souviens ? Parce que nous n'avons plus de budget pour quelqu'un qui sait vraiment de quoi il parle.

*Merde.* Nico avait raison, mais ses informations avaient deux ans de retard. FG pouvait très bien se permettre de recruter pour s'occuper du domaine dans lequel Nico pataugeait ; Jonah avait simplement oublié de s'en occuper.

— OK, oublie tout ce que je viens de dire. Tu fais un boulot incroyable étant donné que ce n'est pas ton travail. Je vais envoyer une demande d'embauche à Rochelle cet après-midi. Je suis désolé, Nico.

— Qu'est-ce qui se passe entre toi et le Russe d'ailleurs ? grogna ce dernier.

— Sacha.

— Quoi ?

— Sacha. C'est son prénom.

— OK. Sacha alors. J'ai entendu dire qu'il était lunatique, mais il avait l'air plutôt calme quand il était avec toi.

— Vraiment ?

— Ouais. Je veux dire, il a toujours le regard d'un tueur en série, mais je n'ai pas eu l'impression qu'il voulait vraiment tuer quelqu'un.

Les contrats oubliés, Jonah repoussa sa chaise et se baissa pour regarder les genoux pliés de Nico.

— Il ne fusille pas du regard.

Nico grogna.

— Si tu le dis, patron. Je ne demanderai pas comment tu le sais.

— Ne le fais pas.

Jonah se fichait pas mal que Nico ait fait le rapprochement. Il y avait un grand nombre d'employés de FG qui auraient pu le voir avec Sacha quand ils étaient venus en aide à Carl. Mais il ne pouvait parler que pour lui-même, et il n'avait aucune idée de la position de Sacha à ce sujet.

Jonah ne savait pas grand-chose de lui.

*Ce n'est pas vrai. Tu sais qu'il boit du café noir et aime les douches froides. Qu'il enlève les olives sur sa pizza et boit de la vodka avec de la glace.* Et d'autres choses aussi; qu'il aimait le sucer et le baiser par-derrière. Qu'il gémissait profondément et frissonnait quand il jouissait.

Rien d'important, si ce n'était que sa mère était morte et qu'il n'aimait pas la plupart des gens.

Jonah se redressa et sortit son téléphone de sa poche. Ça faisait quatorze heures que Sacha avait quitté son

appartement, et il avait résisté à l'envie de le joindre, respectant le fait que Sacha préférait parfois sa propre compagnie, mais le silence le rongeait.

Jonah : *c'était pour de vrai, tu sais… l'invitation chez mes parents pour Noël.*

Ce n'était pas ce qu'il avait eu l'intention de taper, mais il l'envoya quand même, le lançant dans l'éther avant qu'il ne puisse le reprendre.

Peut-être que Sacha ne répondrait pas, surtout s'il était aussi occupé que le reste de l'équipe Blutecc semblait l'être. Même si FG aimait les critiquer, personne ne pouvait leur reprocher leur éthique de travail.

Son téléphone sonna, le ramenant dans le présent.

Ivanov : *Je sais que c'était pour de vrai. Ta mère me l'a dit.*

Jonah : *Je ne parlais pas d'elle.*

Ivanov : *Que voulais-tu dire ?*

Maintenant il y avait une question. Comment étaient-ils passés d'une rencontre bizarre dans un ascenseur à une fausse relation qu'il imaginait maintenant être réelle ?

*Ce n'est pas réel. Et il ne veut pas que ça le soit. C'est juste du sexe.*

Du sexe incroyable. Époustouflant. Le genre qui reste avec soi longtemps après.

Il laissa ses pouces voler librement sur l'écran de son téléphone à nouveau.

Jonah : *Elle pense que tu es mon petit ami*

Ivanov : *Je le sais. Nous le lui avons dit ensemble.*

Jonah : *Alors…*

Ivanov : *Alors quoi ? Tu veux que je vienne, Jonah Gray ?*

Jonah : *Je veux savoir ce que tu feras si tu ne viens pas.*

Ivanov : *Pourquoi ?*

Jonah : *Je ne sais pas.*

Sacha ne répondit pas tout de suite. Étourdi, Jonah laissa tomber son téléphone dans un tiroir et sortit de son bureau, le regard errant comme toujours à la recherche de son amant.

Et comme presque toujours, il n'était nulle part en vue. Mais définitivement proche. Il pouvait le sentir.

*Idiot. Tu ne peux pas ressentir une telle chose.*

Il remplit sa tasse de café et se servit un *flapjack* aux épices de Noël dans la boîte qui était apparue le matin même ; un indice réel et tangible que Sacha était dans le bâtiment.

Il le ramena dans son bureau et ouvrit le tiroir dans lequel il avait jeté son téléphone. Un message s'afficha sur l'écran, trop long pour que l'aperçu ait un sens.

Il l'ouvrit.

Ivanov : *Si je ne suis pas avec toi, je serai là où je suis toujours, à la maison.*

Jonah : *Seul ?*

Ivanov : *Oui.*

Jonah : *Pourquoi ?*

Ivanov : *Parce que c'est comme ça que je vis.*

Jonah : *Mais c'est Noël*

Ivanov : *Je suis au courant. Ça tombe le même jour chaque année, non ?*

Jonah : *Tu ne devrais pas être seul.*

Ivanov : *Ça n'a pas la même signification pour moi que pour toi.*

Jonah : *Je ne te crois pas. Tu aimes mon arbre. Tu le regardes tout le temps. Je t'ai vu.*

Ivanov : *Oui, c'est ton sapin de Noël que j'ai regardé tout le week-end.*

Jonah : *Tu es sarcastique ?*

Ivanov : *Peut-être.*

Jonah n'arrivait pas à trouver une réponse qui n'impliquait pas de pousser Sacha à faire quelque chose qu'il ne voulait clairement pas faire, mais il ne croyait pas à son détachement apparent. Il était trop fasciné par la vue étincelante de son immeuble pour que ça ne veuille rien dire.

N'est-ce pas ?

En vérité, il n'en avait aucune idée, et il n'était pas près de le savoir lorsque la fin d'une très longue journée arriva.

Il fut le dernier employé de FG à partir. Blutecc travaillait toujours et ne semblait pas près de finir. Par habitude, il chercha Sacha dans la mer d'épaules voûtées et de froncements de sourcils, et pour une fois son regard se posa sur le visage qu'il voulait tant voir.

Sacha était penché sur un bureau, l'air renfrogné, tapotant sur un clavier tout en parlant au téléphone. Il avait un crayon derrière l'oreille et une collection de tasses vides autour de lui.

Des tasses de café.

Faisant demi-tour, Jonah retourna à la salle de repos et débarrassa les détritus de la journée. Il lava les tasses dans l'évier, les empila, prêtes pour un prochain usage, et il chargea la machine à café au maximum de sa capacité.

Il la mit à couler, puis se posa sur le bras d'un canapé et consulta son application de livraison sur son téléphone. FG avait un compte à la pizzeria au feu de bois la plus proche. Il en commanda une quantité ridicule pour tout le personnel de Blutecc encore en activité, et en ajouta deux autres pour Samson et Curtis.

C'était un petit geste, mais en tant qu'homme rentrant chez lui avec le luxe de ne pas vérifier ses emails avant le lendemain matin, c'était le moins qu'il puisse faire.

Avec un dernier regard pour Sacha, il partit en faisant savoir à Samson qu'il devait s'attendre à une camionnette remplie de pizzas.

La nuit était humide et froide. Il prit un taxi pour rentrer chez lui et se dépêcha d'entrer lorsqu'il atteignit son immeuble, s'arrêtant seulement pour observer par la fenêtre du palier qui ne l'avait guère attiré jusqu'à ce qu'il rencontre Sacha.

Cachées par la brume, les lumières étaient plus difficiles à voir ce soir-là. Il força sur ses yeux et feignit de voir le bâtiment où se trouvait son amant, visualisant le froncement de sourcils qu'il arborait encore lorsqu'il était parti. Ils avaient partagé le même espace de travail pendant à peine un mois, mais d'une certaine manière, le laisser là ne semblait pas correct. Comme si son cœur mièvre croyait qu'il aurait été utile à Sacha s'il était resté.

*Idiot. Tu as oublié de remplacer ton responsable informatique. Quelle utilité aurais-tu pour une équipe de développement ?*

Aucune, évidemment. C'était une pensée stupide qui n'avait aucun sens. Il le savait. Comme il savait qu'il faisait froid dans son appartement chic sans Sacha pour lui tenir compagnie. Que malgré le fait qu'il ait vécu heureux en solitaire pendant des années, il se sentait seul.

*Appelle Lily.*

Il ne le fit pas. Il prit une douche et se prépara un sandwich pour le dîner, qu'il mangea sur le canapé devant une émission originale de Netflix sur les avocats et les procès pour meurtre. Eleanor envoya son message quotidien, demandant – encore une fois – des nouvelles de Sacha et de Noël. Il laissa échapper un rire étranglé et s'affala sur le canapé, un poids s'installant sur sa poitrine. *Leçon apprise. Ne pas dire de mensonges.* Sacha semblait trouver tout cela amusant, mais pour lui, tout le côté drôle dans la situation s'était estompé depuis longtemps, laissant derrière lui une dure dose de réalité ; il avait un faux petit ami accidentel qu'il devait libérer.

Le problème étant qu'il ne voulait pas libérer Sacha. Il voulait le garder, pour Noël, et au-delà.

*Oups.*

Cette prise de conscience, bien que pas totalement nouvelle, le poussa à s'enfoncer plus profondément dans le canapé. C'était très bien de décider qu'il voulait avoir Sacha pour lui, mais qu'en était-il de ce dernier ? Qu'est-ce qu'il voulait ?

À part du sexe époustouflant, il n'en avait aucune idée.

*Alors demande-lui.*

Mais il ne le fit pas non plus. Il s'assoupit sur le canapé jusqu'à ce que son téléphone sonne un peu plus tard.

Ivanov : *Peut-être que c'est toi l'ange, Jonah Gray.*

Dans l'obscurité, il sourit. Le poids sur sa poitrine s'allégea un peu, et il alla se coucher, laissant sa réponse non envoyée.

*Seulement pour toi, Sacha. Seulement pour toi.*

***

Sacha était assis sur le sol de sa salle de bain, codant d'une main et se frottant la tempe de l'autre, souhaitant que la nausée induite par la migraine avec laquelle il était rentré en titubant s'estompe. C'était le troisième jour d'affilée qu'il oubliait d'apporter son ordonnance renouvelée au bureau pour la ranger dans un tiroir, et le troisième jour qu'il en payait le prix fort.

*Ne vomis pas. Tu sais comment ça marche. Digère les pilules.*

Plus facile à dire qu'à faire, bien qu'il y soit parvenu les deux derniers jours, peut-être aidé par le fait qu'il n'avait pas eu le temps de manger grand-chose depuis que Jonah avait commandé un approvisionnement à vie de pizzas à livrer au bureau. Une bonne pizza, sans olives.

*Comment l'a-t-il su ?*

Il connaissait la réponse à cette question. Jonah Gray était observateur. Empathique. Gentil. Et il ne faisait pas de discrimination non plus, pas comme lui qui choisissait avec qui partager sa tendresse limitée.

*Sacha avait regardé la pile de boîtes de pizza sur la table. Il y en avait trop pour les compter.*

*— Prenez-en pour vous, avait-il dit à Samson et au concierge qui étaient entrés en titubant dans le bureau avec eux.*

*— Pas besoin, avait répondu Samson joyeusement. Monsieur Gray prend toujours soin de nous.*

Toujours. Bien sûr qu'il le faisait. Même les deux nuits où ils avaient dormi côte à côte, Jonah avait régulièrement agité une main dans son sommeil, la posant un instant sur la poitrine de Sacha, comme pour vérifier que son cœur cynique battait encore.

Il sourit à ce souvenir, les pilules dans son ventre atténuant finalement la douleur aiguë dans sa tempe. Il n'avait pas remarqué que Jonah avait quitté le bureau le soir de la livraison de pizza, et la déception de savoir qu'il l'avait manqué avait été… désarmante, jusqu'à ce que Samson arrive chargé de cartons. C'était stupide, vraiment. Un simple au revoir aurait été plus tangible, même s'il aurait été brusque et guindé devant un public.

Rien de ce que Jonah lui faisait ressentir n'était simple.

*Je l'aime bien.*

Et alors, qui ne l'aimait pas ? Sacha ne participait pas aux ragots de bureau, mais il écoutait, et il en avait assez entendu pour savoir que les employés de Jonah l'adoraient. Qu'il était le patron le plus doux et le plus gentil possible tout en dirigeant une agence de publicité naissante.

Sacha ? Il pouvait vider une pièce d'un seul regard et il aimait ça, mais il ne pouvait pas nier le sort que Jonah lui avait jeté. Ou à quel point les trois derniers jours avaient semblé longs sans lui, ce qui n'avait aucun sens vu qu'il avait passé une vie entière sans la compagnie de Jonah, et seulement une poignée de moments avec lui.

*Tu es trop fatigué. Ça te rend émotif.*

Bon sang, il n'en pouvait plus de ce mantra, malgré le fait qu'il était plus vrai aujourd'hui qu'au moment où il était entré dans le même ascenseur défectueux que Jonah Gray.

Finalement, la tempête dans son cerveau passa, suffisamment atténuée par les médicaments pour qu'il puisse l'ignorer et continuer son travail.

Une autre nuit blanche se profilait devant lui. Après quatre heures de codage sans interruption et toutes les conneries qui en découlaient, il ouvrit enfin ses emails. La plupart étaient pertinents pour le projet en cours qui était au bord du désastre. L'un d'eux venait de son cousin qui lui faisait savoir que son père ne serait probablement plus en vie à la fin de l'année.

Il supprima l'email sans répondre, l'engourdissement s'insinuant dans l'irritation qu'il portait avec lui quatre-vingt-dix pour cent du temps, sauf quand il était avec Jonah. La nausée revint. Il la repoussa. Il prit son téléphone et ouvrit le fil de messages qu'il avait avec son amant. Ils ne s'étaient pas parlé depuis l'échange sur Noël, une conversation qu'il avait semblé observer de loin, regardant ses doigts taper des messages qu'il ne reconnaissait pas comme venant de son propre cerveau.

L'idée d'accompagner Jonah dans sa famille pour Noël était absurde, et pourtant… Il irait si Jonah le voulait.

*J'aimerais qu'il soit là maintenant.*

Cette pensée errante le prit au dépourvu. Il s'était habitué au désir dans son ventre qui s'intensifiait après chaque rencontre sexuelle qu'ils partageaient, mais la douleur dans sa poitrine était nouvelle.

*Je ne veux pas seulement le baiser. Je veux…*

Son téléphone vibra.

Jonah : *Tu es réveillé ?*

Il tapa une réponse sans réfléchir.

Sacha : *Oui. Et toi ?*

Jonah : *Ce serait difficile de t'envoyer ce message sinon.*

Il avait raison, mais le cerveau de Sacha ne fonctionnait pas aussi bien que d'habitude. La fatigue et le brouillard des médicaments s'en étaient chargés.

Sacha : *OK. Je vais plutôt demander pourquoi tu es réveillé. Il est tard.*

Jonah : *Il est tôt, en fait. Je viens juste de me lever.*

Sacha cligna des yeux et regarda l'heure. Effectivement, il était quatre heures et demie du matin, une heure avant son lever habituel lors d'une journée de travail normale, et il avait raté son créneau pour aller se coucher.

Sacha : *Peut-être qu'il est tard pour moi.*

Jonah : *Tu dis des choses étranges.*

Sacha : *Je suis d'accord.*

Jonah : *Je m'en serais douté. Tu veux prendre un petit-déjeuner ?*

Sacha : *Avec toi ?*

Jonah : *Non. En général.*

Sacha : *Je pense que c'est toi qui es peut-être sarcastique maintenant.*

Jonah : *Possible. Quoi qu'il en soit, je serai chez Rosa dans une demi-heure si tu changes d'avis.*

Sacha : *Je n'avais même pas encore d'avis.*

Jonah ne répondit pas. Sacha pensa à le laisser tranquille et à s'endormir pendant les quelques heures dont il disposait avant d'être attendu au bureau, mais ses yeux irrités ne représentaient rien par rapport au remue-ménage dans ses tripes à l'idée de manquer un moment seul avec Jonah.

*Vous ne serez pas seul. C'est un café dans une rue animée, même à cette heure-ci.*

Il prit une douche et se rhabilla, puis il franchit la porte avec dix minutes d'avance.

Le café était à cinq minutes à pied du loft où il vivait. Il s'attendait à arriver le premier, mais Jonah était déjà là, assis sur une banquette près de la fenêtre avec deux cafés en face de lui.

— Tu es présomptueux, Jonah Gray, grommela-t-il en guise de salutation, puis il glissa sur le siège d'en face.

Jonah leva les yeux de son téléphone. Un demi-sourire réchauffait son joli visage.

— Tu aimes le café, manger, et moi, peut-être dans cet ordre. Pourquoi tu ne viendrais pas ?

— L'ordre de mes préférences devrait t'inquiéter. Je pourrais prendre mon café et partir.

— Tu oublies la nourriture. Attends au moins qu'elle arrive.

— Pourquoi ?

— Parce que tu as faim.

— Comment tu le sais ?

— J'écoute, Ivanov.

Sacha s'installa dans son siège et prit sa tasse.

— Je ne devrais pas aimer que tu m'appelles par le nom de mon père.

— Ah non ? Pourquoi ça ? Je peux arrêter si ça te blesse vraiment.

— Ce n'est pas le cas. C'est ce que je veux dire.

— OK…, souffla Jonah en sirotant son café tout en le regardant par-dessus sa tasse. D'où vient la possibilité que ça puisse arriver ? Tu n'aimes pas ton père ?

— Je ne me soucie pas assez de mon père pour le détester.

— Pourquoi ça ?

— C'est un vieil ivrogne amer.

— Je suis désolé.

— Pourquoi ? Ce n'est pas ta faute.

— Je voulais dire que je suis désolé que ta relation avec ton père soit comme ça. Je ne parle pas beaucoup au mien, mais je l'aime. Je le respecte. Et je suis sûr que c'est réciproque. Je ne peux pas imaginer ma vie sans ça.

— Eh bien, je ne l'ai jamais eu, donc ton expérience me semble bizarre.

— C'est triste.

— C'est vrai. Il n'y a pas besoin d'être sentimental à ce sujet.

— Nous y voilà, soupira Jonah en levant les yeux au ciel. Est-ce que tu répètes ce discours pour tout ?

— Quel discours ?

— Que tu t'en fiches.

— Je ne me soucie pas de mon père. Tu projettes tes propres émotions sur moi.

— Si seulement, ricana Jonah. Mais je ne parlais pas seulement de ton père. Je voulais dire tout. Pourquoi tu prétends être cet androïde insensible et sans émotions ? Je sais que tu ne l'es pas.

— Comment sais-tu ça ?

— Un mélange d'instinct et de preuves.

Sacha secoua légèrement la tête, autant pour clarifier ses idées que pour exprimer son désaccord. Il ne s'était pas préparé à une conversation aussi compliquée.

— Tes instincts sont erronés, et tes preuves basées sur quoi ? Le peu de temps que tu as passé avec moi comparé à toute une vie à me connaître moi-même ?

— Tu aides les gens, rétorqua Jonah. Je t'ai vu.

— Peut-être pour mon propre bénéfice. Rien n'est jamais vraiment altruiste, si ?

Un serveur arriva à leur table avec des assiettes d'œufs pochés, de bacon croustillant, de tomates et d'avocat frais. Sur le côté, il y avait du pain de seigle presque assez foncé pour être russe. Sacha sourit et perdit le contrôle de sa jambe qui s'accrocha à celle de Jonah sous la table, entrelaçant leurs chevilles.

— C'est comme si tu savais ce dont j'ai besoin avant moi, remarqua-t-il doucement.

Jonah fit glisser les couverts sur la table.

— Ou peut-être que je suis assez gourmand pour manger le tien si tu n'en veux pas.

— Gourmand ? Toi ? Non.

Sacha referma ses doigts autour de son couteau et de sa fourchette, utilisant le métal froid pour s'ancrer, pour s'attacher au monde quand le simple contact de la jambe de Jonah contre la sienne suffisait à le faire virevolter hors de son orbite.

— Tu écoutes, Jonah Gray, même quand les autres ne parlent pas.

Ce dernier laissa tomber. Ils mangèrent dans un silence agréable que Sacha appréciait énormément quand il n'était pas d'humeur à parler. La nourriture était bonne, juste le bon équilibre entre mauvais et nourrissant. *C'est un parallèle. De ton amitié avec lui. Tu veux le baiser, mais tu veux ça aussi – manger avec lui pendant qu'il te regarde et essaie de te comprendre.*

Il avala la dernière bouchée de son petit-déjeuner et pinça les lèvres. L'idée que Jonah le comprenne un jour était risible. Il avait un QI de 140 et vingt-huit ans d'efforts, et il n'était toujours pas près de comprendre la nature contradictoire de son cerveau.

« *Tu es un homme froid*, lui avait dit un jour une petite amie. *Tu prends l'intimité pour te sentir bien, mais tu ne me donnes rien en retour.* »

Il avait abandonné les relations après ça, et ne l'avait jamais regretté. S'éloigner de la tendresse était facile. Du moins, ça l'était jusqu'à maintenant.

Dans sa tête, il récupéra sa jambe et la ramena sous la table. Il repoussa son assiette et se pencha en arrière. Il remercia Jonah pour le petit-déjeuner et partit avec la résolution de ne plus perdre de temps à attendre que des éclairs auburn à travers le bureau rendent sa journée plus supportable. En réalité, il poussa son assiette de côté et se pencha en avant, souriant lorsque Jonah le rencontra au milieu.

— Merci, lâcha-t-il. Au cas où je n'aurais pas été clair.

Jonah esquissa un sourire aussi, plus doux que celui de Sacha, tout en mettant sa propre assiette de côté.

— Tu as été clair. J'entends ce que tu ne dis pas, tu te souviens ?

— Je me souviens.

Un autre silence s'étira entre eux, chargé cette fois, chaud et lourd. Les lèvres de Jonah appelaient Sacha, douces et roses. Il voulait les mordre, et les sentir sur chaque partie de son corps. Il était plus fatigué qu'il ne l'avait été depuis longtemps, mais avec Jonah si proche, les liens de la fatigue se relâchaient. Une nouvelle énergie surgit dans ses veines. Une énergie addictive. Était-ce ainsi que les amitiés améliorées fonctionnaient ? Ou leur amitié était-elle brouillée par le fait qu'ils avaient commencé par prétendre être quelque chose de plus ?

Sacha n'avait pas le temps pour comprendre cette situation compliquée, mais le sentiment qu'il était trop impliqué le frappa comme une vague froide et rampante qui contredisait la chaleur qui émanait de l'endroit où sa jambe touchait celle de Jonah.

*Tu es trop fatigué. Ça te rend émotif.*

Sacha grogna et s'affaissa sur son siège. Le sourcil clair de Jonah tilta.

— Tu vas bien ?

— Oui. Pourquoi tu me demandes ça ?

— Parce que tu as l'air fatigué et que je suis ton ami.

— Tu n'es pas mon ami. Nous couchons ensemble. C'est tout.

— D'aaaaaccord, fit Jonah en se penchant en arrière lui aussi, élargissant la distance nécessaire entre eux. Si c'est ce que tu ressens, je devrais probablement me mettre au travail, mais…

— Mais quoi ? s'exclama Sacha, se détestant déjà. Va travailler, Jonah.

Ce dernier le fixa du regard, les deux sourcils haussés, la douleur colorant l'irritation inhabituelle dans son regard émeraude. La surprise aussi. Ses mots durs l'avaient choqué autant qu'ils l'avaient choqué lui-même.

— Est-ce que tu… ?

Sacha lui lança un regard furieux.

Jonah secoua la tête.

— Oublie ça. J'ai compris le message. Passe une bonne journée, Ivanov.

Il partit, mettant fin à leur rencontre de manière si abrupte qu'il fallut à Sacha un moment pour se rappeler que tout était sa faute. Que le coup de vent glacial qui avait soufflé à travers la porte du café dans le sillage de Jonah n'était pas un accident. Il en était à l'origine. Il l'avait forcé. Et maintenant il était à nouveau seul et tout était censé être plus facile.

Ce n'était pas le cas. Et il avait du mal à se rappeler comment, pourquoi et quand il en était arrivé à la conclusion que ça le serait. Son cerveau semblait avoir un problème. Comme s'il avait court-circuité et envoyé les conséquences à Jonah trop vite pour que son cœur puisse les rattraper. Ou bien il avait rêvé de tout ça et il était sur le point de se réveiller sur son canapé avec le clavier de son ordinateur portable imprimé sur sa joue.

Il rêvait souvent de Jonah.

# Chapitre 12

— Décroche, décroche, décroche.

Jonah faisait les cent pas dans son bureau, le téléphone collé à l'oreille, priant pour que Lily réponde enfin à son téléphone. Il l'avait appelée trois fois et sa boîte vocale, aussi mignonne soit-elle, commençait à l'irriter au plus haut point.

— Salut, étranger.

— Enfin, lâcha-t-il. Tu étais où toute la matinée ?

— Euh, je ne sais pas. Endormie ? C'est encore le milieu de la nuit en Californie.

— Mince. Je suis désolé. J'ai oublié que tu étais partie hier. Je pensais que c'était demain.

— Ce n'est pas grave. Mon emploi du temps change si souvent que j'ai moi aussi du mal à m'en souvenir. Quoi de neuf, mon chou ? Tu as l'air stressé.

— Je ne suis pas stressé.

— Tu me harcèles au téléphone un jour de semaine pour discuter ? Que s'est-il passé ? Il y a une grève du métro ou quoi ?

— Je n'utilise pas le métro.

— Eh bien, tu devrais. Comme ça, tu pourrais voir tout ton travail dans la vraie vie. J'ai vu tes panneaux d'affichage *Superdry* dans chaque station de Kensington à Hampstead pendant que j'étais à la maison.

— Je n'ai pas besoin de prendre le métro pour voir mes panneaux d'affichage. Je me déplace aussi à pied.

— Non, tu ne le fais pas. Tu utilises le gymnase de ton immeuble et tu prends des taxis tout le temps. Ne me mens pas, Jonah. Je te connais trop bien.

Il n'était pas d'humeur à faire remarquer que Lily était assez rarement à la maison ces jours-ci pour savoir quelles étaient ses véritables habitudes. Il avait appelé pour parler de Sacha, pas pour se chamailler sur son podomètre à zéro.

— Quand est-ce que tu reviens ?

— La veille de Noël. Pourquoi ? Je te manque ?

— Tu sais bien que oui.

— Alors tu devrais répondre à tes appels Skype. Je t'ai appelé deux fois cette semaine.

— Je suis désolé. C'est la folie au travail.

— Et ?

— Et quoi ?

— *Jonah*, souffla Lily. C'est l'heure des poules par ici. Je t'en supplie, ne me dis pas que tu as vraiment appelé juste pour parler de la météo. Quel est le problème ?

— Il n'y a aucun problème.

— Menteur.

Jonah soupira et passa une main dans ses cheveux indisciplinés. Il devait les couper, mais il n'avait pas l'enthousiasme nécessaire pour aller chez le coiffeur.

— Tu avais raison à propos des romances au bureau.

— Ah ah ! Je le savais. Donc ce n'était pas un coup d'un soir ?

— Plutôt un coup de trois soirs, ou quatre… Je ne me souviens plus.

— Tu es amoureux de lui ?

— Quoi ? Non. Bien sûr que non. J'ai juste…

*Quoi ? Comment vas-tu expliquer ça ?*

Il n'en avait aucune idée, alors il revint au début et détailla toutes ses rencontres avec Sacha jusqu'à ce qu'il sorte en trombe du café.

Lily siffla.

— Waouh. Ça a l'air dramatique.

— Ça ne l'était vraiment pas. Je suis parti au travail, il a suivi une demi-heure plus tard.

— Comment tu sais ça ?

— Quoi ? Qu'il m'a suivi ? C'est logique puisque nous travaillons dans le même immeuble.

— Je parlais du fait que tu saches exactement combien de temps ça lui a pris. Est-ce que tu l'espionnes au bureau ? Parce que je dois avouer que même si les choses se passaient bien, c'est effrayant. Laisse cet homme vivre.

— Je ne l'espionne pas. Je me trouvais juste près de la porte quand il l'a franchie.

— Je ne suis pas convaincue.

— Je m'en fiche.

— Ah oui ? Alors dis-moi quelque chose. Pourquoi tu me harcèles au téléphone au milieu de la nuit ?

— Je t'ai dit pourquoi.

— Tu m'as dit ce qui s'était passé. Pas pourquoi ça t'a tant bouleversé.

*Je ne suis pas bouleversé.* Mais son cœur refusait de le laisser prononcer ces mots, parce qu'ils n'étaient pas vrais.

— Je crois que je suis juste… confus. Ça devait être une amitié améliorée, mais la partie amitié semble le faire paniquer.

— Quelle partie ? Précisément ?

— Je ne sais pas. Je n'ai pas réalisé que ça le mettait mal à l'aise avant ce matin.

— Quand tu lui as demandé s'il allait bien ?

— Ouais, je veux dire, je n'essayais pas de le disséquer ou quoi que ce soit.

Il s'approcha de la fenêtre et regarda la ville, remarquant les lumières de Noël plus qu'il ne l'avait jamais fait avant de rencontrer Sacha.

— On aurait dit qu'il n'avait pas dormi de la semaine, alors je lui ai demandé s'il allait bien.

Lily soupira.

— Tu es trop gentil, chou. Ça t'attire toujours des ennuis.

— Ce n'est pas le cas. Nous n'avons jamais eu cette conversation avant.

— Pas exactement, mais tu ne resteras jamais dans une pièce avec quelqu'un à qui tu tiens sans le lui faire savoir. Véridique. Donc si Sacha n'aime pas ce genre d'attention, vous serez toujours en conflit.

— Alors qu'est-ce que je fais ? J'ignore le fait qu'il ressemble à une merde ?

— Oui, si tu veux respecter ses limites et continuer à faire ce que tu fais avec lui. D'autant plus s'il veut oublier la partie amitié et redevenir un coup d'un soir.

— Il n'a jamais été un coup d'un soir. C'était mon faux petit ami pour le bal d'hiver de mes parents.

*Mon Dieu, ne dis plus jamais ça à voix haute. Genre, jamais.* Ce fut son tour de soupirer.

— Je comprends ce que tu veux dire, avoua-t-il. Je suis juste perturbé par tout ça. Je n'ai jamais voulu le mettre mal à l'aise, mais je ne lui ai rien dit de plus qu'à un ami que je ne baise pas. Sacha…

— Monsieur Gray ?

Jonah se retourna. Un cadre de Blutecc qu'il reconnaissait vaguement planait dans l'embrasure de la porte. *Seigneur.*

— Je dois y aller, balança-t-il dans le téléphone avant de raccrocher.

Son téléphone vibra immédiatement avec un SMS furieux de Lily.

Lily : *ne t'avise pas de me raccrocher au nez !!!*

Trop tard. Mais il pouvait gérer son indignation. Il espéra juste que le mec en costume de chez Blutecc s'était pointé dans son bureau avec l'esprit ailleurs, ou il serait plus que jamais dans le collimateur de Sacha.

***

— Vous plaisantez, n'est-ce pas ?

Jonah jeta un coup d'œil à la fenêtre de son bureau puis au cadre de Blutecc qui occupait ce dernier. Ce n'était pas Sacha, mais d'une manière ou d'une autre, l'homme aux manières douces s'avéra tout aussi frustrant que le reste de sa matinée.

— Vous me demandez de trouver de la place dans nos plannings pour concevoir une campagne pour votre produit dans les trois prochains mois. Vous avez perdu la tête ?

— Probablement, reconnut le cadre. Mais en toute honnêteté, nous nous attendions à ce que le développement explose, ou du moins soit tellement retardé que nous n'aurions pas de lancement en place avant l'automne prochain. Notre équipe nous a pris de court avec ses progrès.

— Votre équipe ? Ou la personne que vous avez engagée pour sauver ce projet ?

*La personne ? C'est comme ça que tu l'appelles ?* Bon sang. Ça faisait trois heures qu'il avait laissé Sacha dans le café et il n'était toujours pas près de comprendre ce qui s'était passé pour faire complètement dérailler leur petit-déjeuner. Et maintenant, il avait le directeur marketing de Blutecc dans son bureau, suppliant pour quelque chose qu'il ne pouvait pas comprendre, et encore moins fournir. Cette journée n'allait qu'en s'arrangeant.

— Oui, d'accord, soupira le cadre. Sacha Ivanov s'est montré plus efficace que nous n'aurions pu l'envisager. L'application est presque prête, et l'infrastructure de soutien n'est pas loin derrière, grâce à sa capacité à remplir plusieurs rôles à la fois à temps plein. C'est l'équipe marketing qui n'est pas prête, et je viens vous demander de l'aide.

— Vous n'avez pas déjà une agence de publicité sous contrat ?

— Si. Mais ils sont au maximum de leur capacité. Comme je l'ai dit, personne n'était préparé à autre chose qu'à l'échec.

— C'est un triste point de départ pour votre entreprise. Vos réunions équipes doivent être amusantes.

— Oh, elles le sont. Monsieur Ivanov est assez… divertissant, dans ses tentatives pour les motiver.

— Et efficace aussi, semble-t-il.

— En effet.

Le cadre se pencha vers l'avant, signalant que leur échange de banalités était terminé.

— Écoutez, je comprends que c'est une demande osée, mais je sais que vous n'avez pas obtenu le contrat Lucozade pour lequel vous avez proposé un projet le mois dernier. Que vous avez du matériel dans votre arsenal pour une campagne basée sur le sport.

— Vous voulez que j'adapte un pitch pour une boisson énergétique à votre application de fitness à moitié finie ?

— Oui. Je l'enjoliverais bien, mais franchement, je n'ai pas le temps. Si cette conversation porte sur les finances, soyez assurés que nous avons les ressources pour couvrir vos frais.

— Je n'en doute pas. Ma mère a représenté votre PDG dans son divorce.

Le directeur de Blutecc grimaça, mais garda son regard fixé sur lui. Suppliant. Implorant. Tout cela sans mots.

Jonah soupira et se laissa tomber dans sa chaise de bureau. Il n'y avait aucune chance qu'il accepte de recycler un concept d'une présentation ratée en quelque chose de nouveau, mais il se trouvait que, grâce à un retard dans la campagne de La Glo, il y avait une marge de manœuvre dans son agenda. Son équipe de conception était principalement occupée à d'autres projets, mais il pouvait aider s'il le souhaitait.

— Bien, accepta-t-il en poussant un gros soupir. Rassemblez tout ce que vous avez et je le soumettrai à mon équipe créative dans la matinée. Donnez-nous une journée pour faire un pitch visuel. Si vous l'aimez, nous la ferons. Sinon, vous pouvez trouver quelqu'un d'autre. Ou vous rétamer. Celle des deux options qui se produira en premier. Ça vous semble honnête ?

Le cadre acquiesça et tendit la main.

— Parfaitement. Je demanderai à monsieur Ivanov de vous briefer avant la fin de la journée.

Jonah ferma les yeux. *Merveilleux.*

***

La journée avait été longue. Pendant la majeure partie de celle-ci, il était resté persuadé que Sacha ne se montrerait pas. Que le directeur marketing de Blutecc avait repris ses esprits avant d'approcher Sacha et que ce plan ridicule n'était plus d'actualité. Mais il avait quand même briefé son équipe, un jour entier avant ce qu'il avait promis, et avait envoyé des associés à côté pour plus d'informations.

Ils étaient revenus avec une interface sommaire et des graphiques ressemblant à ceux que Jonah dessinait au collège.

— Qu'est-ce que c'est que ça ? s'exclama-t-il en les parcourant. Ils ont fait ça sur Microsoft Paint ?

Winona haussa les épaules.

— Je ne sais pas. Sacha a dit que c'étaient tous des idiots. Mais je ne pense pas qu'il s'incluait ou qu'il incluait Helga.

— Helga ?

— La blonde. Je crois que je l'aime.

Jonah se pinça l'arête du nez.

— Bon. Commençons par ce que nous savons. C'est une application de fitness pour les femmes ? Elle génère des séances d'entraînement et des plans de repas, mais elle ne compte pas les calories et ne surveille pas la perte de poids ?

— Je crois, oui. Personne ne semble vraiment savoir.

— Qui a lancé l'application en premier lieu ? Qui a développé le concept ?

— Aucune idée. Blutecc l'a acheté à une start-up en faillite. Je ne pense pas qu'ils se soucient de ce que c'est censé représenter.

— Et qu'est-ce que c'est ?

Winona se pencha par-dessus son épaule et tapota sur les séances d'entraînement déjà téléchargées sur le prototype de l'application.

— Que les femmes sont fortes et sexy, quels que soient leur poids et leur forme.

— La réalité contre la perception ?

— La confiance, affirma Winona. Et la positivité. J'emmerde Instagram, en gros. C'est du vrai.

Jonah sourit.

— OK. Quand tu jures, je sais que c'est important. Je ne comprends juste pas pourquoi personne chez Blutecc ne s'en soucie. Comment ont-ils pu aller aussi loin dans le développement sans avoir une image claire de ce qu'ils font ?

— Je suppose que c'est parce que rien de tout cela n'avait d'importance quand ils n'avaient pas l'infrastructure adéquate. Tu ne peux pas mettre du joli papier peint sur une maison sans fondations, Jonah. C'est toi qui me l'as appris.

— C'est gentil, mais je n'y connais rien en développement d'applications. Ça n'a aucun sens pour moi.

— Est-ce que c'est nécessaire ?

— Peut-être.

— Tu es bizarre, s'étonna Winona en se redressant. Tu ne l'es jamais normalement. C'est à cause de Sacha ? Les choses ne marchent pas entre vous ?

— Les choses ?

— Je vous ai vus quitter mon immeuble ensemble. Il avait son bras autour de toi.

— Il devait me soutenir. J'avais beaucoup bu. Peut-on se remettre au travail et ne pas spéculer sur ma vie privée ?

— Je suis désolée, s'excusa Winona en rougissant. Je ne voulais pas être impolie.

— Tu n'es pas impolie. Rappelle-toi juste où nous sommes, d'accord ? On n'est pas au lycée.

Winona comprit l'allusion et se remit à analyser les maigres informations que Blutecc avait fournies. Ce n'était pas grand-chose, mais d'une certaine manière, c'était une bénédiction. Ils n'avaient pas d'idées propres pouvant rivaliser avec celles de FG. Faute de mieux, cela réduisait la possibilité d'un conflit créatif.

— Rassemble quelques logos, commanda Jonah distraitement. Les story-boards peuvent venir plus tard. Pour l'instant, nous devons construire une présence en ligne qui suscite l'enthousiasme des gens.

— Enthousiasmés par quoi, en revanche ? Il n'y a même pas de site web vers lequel les renvoyer.

— Oui, mais si nous pouvons créer un profil pour l'app store, nous pouvons rediriger leur trafic de médias sociaux vers le lien de précommande de l'application.

— Ils ont toujours besoin de leur site web pour fonctionner, par contre.

— Il fonctionnera.

La voix vint de l'entrée.

Jonah leva les yeux et vit Sacha pour la première fois depuis qu'ils s'étaient séparés ce matin-là. Son souffle se coupa, mais il tenta de l'ignorer. Les taches sombres sous les yeux de Sacha ne le concernaient pas. Elles ne pouvaient pas s'ils n'étaient même pas amis.

*Il n'a pas nié que vous couchiez ensemble cependant. Au présent. Il le veut toujours.*

Mais pas lui. Pas sans le bénéfice de l'amitié. Il ne l'avait pas réalisé avant que Sacha ne le lui retire, ou peut-être pas avant qu'il n'apparaisse à l'instant dans son bureau, mais c'était la dure réalité.

*Je ne peux pas juste coucher avec lui. J'ai besoin de plus.*

*Et lui aussi.*

Sacha s'éclaircit la gorge.

Jonah se surprit à le fixer et ramena son regard sur l'écran de son ordinateur.

— Ton patron a dit que tu nous brieferais, mais à moins que tu aies plus que ce que nous avons obtenu de votre équipe de développement, ce n'est probablement pas la peine.

— Qui est mon patron, d'après toi ?

— Le responsable qui est venu me voir ce matin, peut-être ?

— Ce n'est pas mon patron, déclara Sacha en s'aventurant plus loin dans son bureau. C'est un commercial sans cerveau.

— Qu'est-ce qui t'amène à cette conclusion ?

— Il a annulé le planning avec l'agence habituelle. Il pensait que nous ne serions jamais prêts avant même que j'arrive.

Jonah se força à relever la tête.

— Et toi ? Qu'en penses-tu ?

Sacha haussa les épaules, balayant Winona du regard comme s'il regrettait qu'elle soit là.

— Je pense que nous pouvons être prêts si nous ne perdons pas de temps sur d'autres choses. Le site web est construit. Il tiendra si l'application fonctionne suffisamment bien pour gérer la plupart des visites via la plateforme hôte.

— Et le fera-t-elle ?

— Peut-être. J'ai besoin de plus de temps.

— Combien de temps ?

— Deux semaines.

— À partir d'aujourd'hui ?

— Si tu le dis, Jonah Gray.

Oubliant la présence silencieuse de Winona à ses côtés, Jonah fronça les sourcils. *Ne m'appelle pas par mon nom complet si nous ne sommes pas amis. Tu n'as pas le droit de faire ça.*

Sacha croisa son regard avec des yeux vides.

— Blutecc ferme la veille de Noël. J'aurai une application fonctionnelle d'ici là que nous pourrons lancer et mettre en ligne en précommande via une page produit.

— Nous pouvons la construire pour vous en quelques jours. Nous avons juste besoin que votre patron, qui que ce soit, signe les maquettes. Si nous vous donnons quelques concepts d'ici la fin de la semaine, ça ira ?

— Bien sûr. Nous ne sommes pas en position de faire les difficiles.

— Je suis sûr que ça ne t'arrêterait pas, rétorqua Jonah, avant de le regretter aussitôt.

Il ne s'agissait pas d'eux – peu importe ce qu'ils étaient – et Sacha avait le droit de travailler en paix sans recevoir de piques passives agressives.

— Bref, laissez-nous faire. Nous ferons de notre mieux pour créer quelque chose qui reflète ce que vous avez mis dans ce projet.

— Tu veux dire la vodka et du café noir ? Ce n'est peut-être pas une bonne idée.

Sacha recula et disparut avant qu'il ne puisse répondre, caché par les stores fermés des fenêtres de son bureau.

Il soupira, regrettant de ne pouvoir le suivre à l'étage et voir où il allait, sans autre raison que de le voir le plus longtemps possible.

*Il avait tort à mon sujet. Je suis avide.*

*Avide de lui.*

*Je n'en ai jamais assez.*

Vu comment leur journée avait mal commencé, c'était une pensée effrayante.

# Chapitre 13

Sacha avait reçu l'email du bureau de Jonah en même temps que le reste de son équipe. Il était arrivé pendant leur réunion du matin, quatre heures plus tôt que prévu.

Un silence s'installa dans la salle alors que ceux qui avaient des appareils à portée de main faisaient défiler le contenu.

Il avait un iPad. Il se retira dans l'alcôve avec ce dernier, se cachant dans le seul endroit où il était sûr que Jonah ne pourrait pas le voir depuis le côté FG de l'étage.

Non pas qu'il ait déjà surpris Jonah en train de regarder dans sa direction. Non. Il n'y avait que lui pour passer toute la journée à fixer la vitre comme un idiot.

Il ouvrit l'email de Flash Gray. Il était signé par Winona. Le nom de Jonah n'apparaissait nulle part. Mais d'une certaine manière, Sacha entendait sa voix dans chaque mot qu'il lisait, et voyait son visage dans chaque dessin net et soigné qui remplissait son écran. Noir et rose. Audacieux. Sexy. Fort. Ils étaient parfaits. En les faisant défiler, il se rappela pourquoi il avait signé chez Blutecc en premier lieu : pour préserver l'héritage sérieux de la start-up qui n'avait pas survécu.

*C'est comme ça que ça devait se passer.*

La réunion qu'il avait quittée était toujours en cours. Il revint pour trouver Helga en train de se battre pour une augmentation de budget afin de repositionner l'image de marque de toute l'opération en utilisant le concept que FG avait créé. Il y avait suffisamment de contenu unique pour l'ensemble de l'application, le site web et une campagne de médias sociaux.

Mais le département des finances secoua la tête.

— Nous ne pouvons pas injecter plus d'argent dans ce projet tant que nous ne savons pas s'il peut tenir ses promesses. Nous avons couvert les frais de conception. Tant que nous n'aurons pas une interface éprouvée, soutenue par un site web fonctionnel, nous ne pourrons pas autoriser d'autres fonds.

Sacha avait déjà été payé pour ses services. C'était une stipulation sur laquelle il avait insisté avant son arrivée, pour éviter que des réunions comme celle-ci ne tournent autour de sa propre rémunération. Le fait que le projet soit hors budget n'aurait pas dû l'inquiéter, il aurait terminé son boulot de toute façon. Mais l'idée de laisser des œuvres d'art inutilisées sur le bord de la route semblait si mauvaise qu'il ne pouvait pas l'accepter.

Il rencontra le regard d'Helga à travers la table de conférence.

— Plus tard, articula-t-il à voix basse.

Elle lui lança un regard noir.

Il détourna la tête. Il s'excusa et quitta la réunion, avec l'envie d'un café et d'une dose de Jonah Gray qu'il attendait depuis longtemps. Au lieu de cela, il trouva une salle de repos vide et une machine à café qui n'avait pas été remplie depuis qu'il l'avait fait lui-même à l'aube.

Il n'y avait pas non plus de petites douceurs. Il pensa à s'éclipser pour rectifier le tir, mais il avait trop à faire. S'il devait justifier l'argent supplémentaire que Blutecc paierait à FG, il n'y avait pas un instant à perdre.

Il regarda l'eau s'écouler dans la machine à café, fasciné par les gargouillis, tandis que son esprit s'égarait dans le travail qu'il avait abandonné pour assister à une réunion qui n'avait finalement abouti à rien.

L'équipe d'Helga avait repris le site web, mais la structure était encore suffisamment bancale pour que Sacha doive la vérifier à chaque étape.

L'application elle-même n'était pas beaucoup mieux. Rien que d'y penser, il avait mal à la tête. Même si les maquettes de FG avaient aidé. Pendant des semaines, ils avaient travaillé sans une vision d'ensemble pour les guider. Maintenant, ils en avaient une.

— Hé.

Il cligna des yeux pour revenir au présent. Winona était à côté de lui, se servant un café dont il n'avait pas remarqué la fin de la préparation.

— Salut.

— Tu as reçu mon email ?

— Je l'ai eu. Nous étions en réunion quand il est arrivé, donc tous ceux qui devaient le voir l'ont vu en même temps.

— Et ?

Il contourna Winona et prit la dernière tasse propre.

— Nous aimons ce que vous avez fait. La totalité. Je n'en attendais pas tant.

Winona siffla.

— C'est ce qui arrive quand Jonah s'implique dans l'équipe créative. Il n'a pas l'occasion de le faire souvent, alors il surproduit. Je ne t'ai même pas tout envoyé. Il y en a encore.

— Encore ? Comment est-ce possible ?

— C'est un génie frustré.

Il pouvait le croire sans peine. Dans les rares moments où il avait eu la chance d'apercevoir Jonah à travers l'espace ouvert de travail, il faisait souvent du surplace autour de son équipe créative, fronçant les sourcils devant leurs écrans, les mains enfoncées dans les poches, les lèvres pincées.

C'était mignon.

— Nous utiliserons tout ce que nous pourrons, même si je dois le financer moi-même.

— Ce n'est pas une bonne pratique commerciale, Sacha.

Le ton de Winona était taquin, mais il avait laissé son humour à la maison. Il lui lança un regard noir.

— Rien chez Blutecc n'est une bonne pratique commerciale.

— Alors pourquoi travailles-tu là-bas ? Je me suis renseigné sur toi. Tu es, genre, le rêve de tout chasseur de têtes. Tu pourrais travailler n'importe où. Pourquoi ici ?

Il haussa les épaules.

— J'aimais l'application et ce qu'elle représentait. Je n'avais pas réalisé qu'elle était si mal en point jusqu'à ce que j'arrive ici.

— Mais tu peux la réparer, n'est-ce pas ? Helga m'a dit que tu avais fait des miracles.

— Helga est gentille, ricana-t-il. Mais elle ne peut pas le savoir tant que nous n'avons pas atteint la fin de la construction. Nous n'avons encore passé aucun contrôle de qualité. Nous ne savons même pas si la fonctionnalité avec laquelle nous avons commencé a survécu aux couches que nous avons ajoutées.

Les yeux de Winona devinrent vitreux. Elle se mit à rire.

— Je n'ai aucune idée de ce que cela signifie. Et tu te trompes sur la gentillesse d'Helga. Elle est plutôt méchante, alors j'imagine qu'elle ne dirait pas des choses gentilles sur toi si ce n'est pas vrai.

— Elle ne parlait pas de moi, elle parlait de l'application.

— Vraiment ?

Winona laissa sa question en suspens et quitta la pièce avec sa tasse de café. Sacha la regarda flotter à travers l'espace FG et disparaître dans le bureau de Jonah. Elle ferma la porte, et la jalousie le frappa si fort que sa main trembla.

Il posa la cafetière sur le comptoir et prit sa tasse. Il changea d'avis et la reposa. En fait, il la fit tomber, l'envoyant s'écraser sur le sol.

L'anse se brisa en deux.

En jurant, il s'accroupit pour récupérer les morceaux, la frustration bouillonnant dans ses tripes jusqu'à ce qu'il craigne de vomir.

*Tu es un idiot. Si tu étais son ami, tu pourrais aller dans son bureau aussi, mais tu lui as dit que tu ne l'étais pas. Que vous ne partagiez que du sexe. Et maintenant ça : une relation de travail très gênante parce que tu ne sais pas comment tu vas le payer.*

*Tu es un idiot, Ivanov.*

— Que fais-tu par terre ?

Sacha ferma les yeux, se ressaisissant, puis les rouvrit en se tournant vers la nouvelle voix dans la pièce. La voix douce et suave qui appartenait à la seule personne au monde capable de l'ébranler autant.

— Je noue mon lacet, Jonah Gray.

Jonah arqua un sourcil.

— Tu n'as pas de lacets sur ces bottes.

— Clairement. Je n'ai pas non plus de tasse à café pleine dans ma main, elle est en morceaux sur le sol, non ? Donc ce que je fais est putain d'évident.

— Waouh.

— Quoi ?

— J'ai entendu dire que tu étais de mauvaise humeur.

— Qui t'a dit ça ?

— Tout le monde dans ton bureau.

— Que faisais-tu dans mon bureau imaginaire ?

— Je voulais dire les bureaux de Blutecc.

Sacha réprima un lourd soupir et ramassa les fragments de sa tasse. Puis il se leva et les jeta dans la poubelle.

— Je ne suis pas de mauvaise humeur. En fait, l'email que Winona m'a envoyé ce matin a illuminé ma journée. J'aime votre travail. Il est parfait pour le projet.

— Vraiment ? Je n'étais pas sûr que nous ayons atteint notre but, étant donné que personne dans votre équipe, à part Helga, ne semblait savoir ce qu'était votre application.

— Ils s'en fichent, admit Sacha. Blutecc est une entreprise qui récolte la mauvaise fortune des autres. Le contenu n'est pas important.

— Comment ça marche ?

— Tu ne sais pas ? Flash Gray partage ses bureaux avec Blutecc depuis trois ans.

— Et nous nous sommes le plus souvent ignorés l'un l'autre. C'est une dynamique qui fonctionnait jusqu'à ce que tu arrives. Tu es plus sociable que tu ne le penses, Ivanov.

— C'est faux.

— C'est vrai, mais je ne veux pas perdre mon temps à me disputer avec toi à ce sujet.

— Qu'est-ce que tu veux ?

— Je veux savoir comment une entreprise peut développer une application sans avoir un intérêt direct dans le contenu.

— Oui, répliqua Sacha. Mais *pourquoi* veux-tu le savoir ?

— Parce que c'est difficile de créer une marque sans émotion.

— Eh bien, ça ne devrait pas l'être. C'est de la publicité institutionnelle. Elle n'est pas censée signifier quoi que ce soit.

— Alors tu n'aurais pas dû nous demander de le faire. FG ne…

— Ce n'est pas moi qui vous l'ai demandé.

Jonah cligna des yeux et fit un pas en arrière, comme si la remarque de Sacha l'avait physiquement touché.

— Que veux-tu dire ? Que tu ne veux pas travailler avec nous ? Parce que ça peut facilement s'arranger.

— Ce n'est pas ce que j'ai dit.

— Alors quoi ? Tu as la tête dans le cul depuis mercredi matin, et, franchement, je n'ai pas le temps pour ça. Mon équipe n'a pas le temps pour ça.

Jonah parlait calmement, mais des taches de colère rougissaient ses joues pâles et anguleuses.

Sacha voulait les embrasser.

Il voulait aussi que Jonah la ferme et le laisse tranquille. Qu'il sorte de la salle de repos et qu'il disparaisse dans un *pouf* de fumée pour qu'il puisse finir cette foutue application et remettre son cerveau en état. Il n'avait jamais perdu la tête pour un projet comme il risquait de le faire en ce moment, et la seule variable dans sa vie était Jonah.

*Laisse-moi tranquille. S'il te plaît.*

Jonah se rapprocha, réduisant la distance entre eux.

— Écoute, je ne comprends pas ce que j'ai fait pour t'énerver autant la semaine dernière, mais quoi que ce soit, je suis désolé, d'accord ? Je comprends que tu ne veuilles pas de complications et je vais me retirer.

— C'est…

— Je n'ai pas fini.

Malgré la négativité acérée qui dopait le sang de Sacha, un sourire menaçait de fendre son visage en deux. Il l'étouffa, et fit signe à Jonah de continuer.

— Nous ne pouvons pas laisser notre amitié ratée affecter notre travail, reprit ce dernier. Si tu ne veux pas traiter avec moi directement, parfait, mais ne rends pas les choses difficiles pour les autres, que ce soit mon équipe ou la tienne. Si tu n'en es pas capable, autant tirer un trait sur cette affaire dès maintenant.

Sacha se demanda comment ils étaient passés de prétendre être amants pour le bien de la mère de Jonah à des conversations tendues dans une salle de repos qui sentait le vieux café et les beignets rassis. Et pourquoi les mots que Jonah avait choisis – *« amitié ratée »* – faisaient mal ? Oh, l'ironie, alors que c'était lui qui avait balancé une grenade sur ce qu'ils étaient devenus.

*Tu es un idiot.*

Un idiot dont le monologue intérieur se répétait alors qu'il se noyait sous le poids de la vexation de Jonah.

— Notre amitié n'est pas ratée, affirma-t-il, puis il pinça les lèvres, comme pour empêcher que d'autres bêtises ne s'échappent.

— Qu'est-ce qui te fait dire ça ? lança Jonah, une expression dure sur le visage. Est-ce parce que nous n'avons jamais vraiment été amis au départ ? C'est là que tu veux en venir ?

— Je ne vais nulle part.

— Eh bien, peut-être que tu devrais.

— Tu parles en métaphores maintenant ?

Jonah s'écarta du mur contre lequel il était appuyé et secoua la tête.

— Non, Sacha.

Il sortit, le laissant dans un état second. Il attendit que la porte claque, mais bien sûr, elle ne le fit pas. Ils étaient au travail, pas dans un feuilleton, et leur échange tendu avait déjà suffisamment attiré l'attention.

Sacha tourna le dos aux regards curieux des employés de FG qui travaillaient le plus près de la porte de la salle de repos. Jonah avait parlé assez doucement pour qu'ils ne l'entendent pas, mais son attitude alors qu'il s'éloignait aurait été difficile à manquer même depuis la lune. Sacha se demanda s'il allait trouver une tarte à la boue dans la poche de son manteau à la fin de la journée. C'était la différence entre FG et Blutecc ; en fait, il y en avait beaucoup ; FG était une équipe soudée qui adorait son chef.

Blutecc était un bordel aussi fracturé que Sacha.

Sans le café qu'il était venu chercher, il quitta la salle de repos et retourna à son ordinateur portable ouvert dans l'alcôve. Helga l'attendait.

— Où avais-tu disparu ?

— Dans la salle de repos. Si tu avais bougé ta tête légèrement à gauche, tu m'aurais vu.

— Je pensais que tu étais peut-être allée voir Jonah Gray.

Sacha se hérissa, irrationnellement agacé d'entendre le nom entier de Jonah sortir de lèvres qui n'étaient pas les siennes.

— Je l'ai vu, en fait.

— Et ?

— Et quoi ?

— Tu lui as parlé du financement ? Comme dans, « Nous n'en avons pas ».

— Non.

— OK, fit Helga. Quelle part de leur contenu pensent-ils que nous allons acheter alors ?

— J'ai dit à Winona qu'on prendrait tout ce qu'on pourrait utiliser.

— On ne peut pas se le permettre avec notre budget.

— Je sais. Je paierai tout ce qu'on ne peut pas s'offrir avec le compte de la société.

Helga appuya ses poings sur la table et le surplomba.

— C'est ridicule. Ce n'est pas à toi de financer ce projet, et même si c'était le cas, Flash Gray facture ses services au prix fort. On parle de sommes délirantes, Sacha.

— J'ai des moyens délirants. Tu oublies que je ne fais pas ce boulot de merde pour les mêmes raisons que toi.

— Je ne peux pas oublier quelque chose que tu ne m'as jamais dit. Je ne sais rien de toi en dehors de ce bureau.

— Que veux-tu savoir, Helga ?

— Je ne sais pas, soupira-t-elle. Et y réfléchir en profondeur me donne mal à la tête. Tu me donnes mal à la tête, en fait. Ce serait plus facile de te détester.

— Tu ne me détestes pas ? C'est gentil.

— Retire ce que tu viens de dire. Je ne suis pas gentille.

— Je le retire si tu vas me chercher du café.

— Pourquoi as-tu besoin de moi pour faire ça ? Tu viens littéralement de la salle de repos.

Il n'avait pas les mots pour expliquer le désastre qu'était devenue son excursion dans la salle de repos. Il chercha son sourire le plus neutre et l'afficha sur son visage dans l'espoir qu'il convaincrait Helga de satisfaire ses envies de caféine sans avoir besoin d'une autre conversation bourrée de reproches.

À terme, ça marcha. Ou peut-être qu'il l'effraya assez pour qu'elle le laisse tranquille. Quoi qu'il en soit, elle disparut et revint avec un café et un sandwich à la dinde de Noël provenant d'on ne savait où.

Sacha engloutit les deux, puis passa le reste de la journée penché sur son ordinateur portable.

Il faisait nuit quand il sortit pour respirer. Tout était calme. Même Helga était partie. Un bureau silencieux était généralement l'idée qu'il se faisait du paradis, mais en jetant un coup d'œil autour de lui, le contentement fut difficile à trouver. Il était huit heures et il s'était frayé un chemin jusqu'à un endroit où ils pouvaient peut-être commencer à respirer, mais sans personne autour pour le partager, c'était une victoire creuse.

*Tu te ramollis. Depuis quand as-tu besoin d'une standing ovation pour apprécier les choses simples ?*

Depuis jamais. Ce n'était pas de validation qu'il avait envie, mais de compagnie, et le diable sur son épaule pouvait s'immoler par le feu en ce qui le concernait.

Il ferma son ordinateur portable et prit le flacon d'analgésiques qu'il avait finalement pensé à ranger dans le tiroir. Il était déjà à moitié vide, il ne restait plus que deux doses, mais comme la plus grande partie de son travail était maintenant terminée, cela l'inquiétait moins.

Il avala les pilules et chercha sa tasse de café pour les faire passer.

Elle était vide.

Avec un soupir, il rangea ses affaires et essaya de se rappeler où il avait laissé son manteau. Même si ce n'était pas l'heure la plus tardive à laquelle il avait quitté le bureau ces derniers jours, il lui semblait qu'une année s'était écoulée depuis son arrivée ce matin-là.

Il leva ses jambes lourdes et sortit de l'alcôve. Helga avait laissé son ordinateur allumé. Il se pencha dessus pour l'éteindre, mais se retrouva instantanément absorbé par les illustrations qui s'affichaient sur son écran.

Elles avaient été développées dans les heures qui avaient suivi la dernière fois qu'il les avait vues, rationalisées selon les modèles de pointe que Blutecc avait demandés, puis étendues avec plus de détails. Ou moins si nécessaire.

Un échange de messages était également ouvert, entre Helga et Winona au début, puis avec Jonah en copie jusqu'à ce que la conversation se réduise à lui et Helga.

Helga : *En gros, nous voulons autant du concept que nous pouvons nous permettre de licencier, mais nous sommes limités par le budget. Notre département financier ne va pas bouger sur le chiffre final que j'ai envoyé à Winona ce matin. Tout ce qui est en plus devra être financé par le crowdfunding, ou Sacha menace de le payer lui-même.*

Jonah Gray : *Est-ce normal ? Que votre équipe finance vos campagnes publicitaires de sa poche ?*

Helga : *Pas tout à fait. Mais il arrive souvent que nous n'ayons pas le budget pour faire ce que nous voulons. Nous laissons généralement tomber, mais c'était avant Sacha. Il a fait en sorte que certains d'entre nous soient suffisamment motivés par cette application pour vouloir déplacer des montagnes.*

Jonah Gray : *Je comprends. Et je ne crois pas que ces montagnes doivent se faire au détriment de vous-mêmes, donc si ça peut vous aider, je suis prêt à retarder le règlement de votre compte de quelques mois après votre date de lancement complet. D'ici là, vous devriez savoir si vous avez suffisamment réussi pour tirer plus d'argent de vos supérieurs, et si ce n'est pas le cas, nous pourrons reparler de crowdfunding.*

Helga : *C'est ta façon de me dire que tu ne laisseras pas Sacha te payer ?*

Jonah Gray : *C'est ma façon de te dire ce qu'il en est. Ce que monsieur Ivanov choisit de faire ne regarde que lui.*

Il n'y avait rien d'autre. *Monsieur Ivanov.* Sacha inspira. Dans d'autres circonstances, il aurait trouvé ça plutôt sexy. En l'état actuel des choses, la vue de la gentillesse de Jonah entrelacée avec la froide courtoisie que Sacha méritait lui fit gronder l'estomac.

*Je veux qu'il m'appelle Sacha.*

Il voulait beaucoup de choses.

Il ferma l'ordinateur d'Helga et quitta le bureau, éteignant les lumières en chemin. Les ténèbres l'enveloppèrent, le recouvrant d'ombre, à l'exception d'une douce lueur sous la porte du bureau de Jonah.

*Laisse-le.*

Et pour une fois, il écouta. Il tourna le dos à son bureau, remplit la cafetière et partit.

# Chapitre 14

Winona : *Viens prendre un verre. Nico a promis qu'il ne frappera personne cette fois.*

Jonah lut le message et l'effaça, toujours fixé sur les story-boards qu'il avait créés pour la fragile application de fitness de Blutecc. Ils étaient totalement inutiles si les prophéties budgétaires d'Helga s'avéraient exactes, mais pour une raison inconnue et probablement ridicule, il ne pouvait pas les laisser tomber.

— Monsieur Gray ?

Jonah leva les yeux. Curtis était dans l'embrasure de la porte, serrant la carafe de café. Il hocha la tête.

— Servez-vous, Curtis. C'est bon. Je ne suis pas sûr de sa fraîcheur, par contre.

— Il n'est pas vieux. Monsieur Ivanov l'a fait avant de partir il y a quelques minutes. Je pensais qu'il l'avait fait pour vous.

— Oh. Eh bien. OK, j'imagine que nous ferions mieux de le boire alors.

Hébété, il tendit sa tasse.

Curtis la remplit et disparut, pour revenir avec une tranche du pain russe aux fruits que Sacha avait apporté pour le petit-déjeuner quelques semaines auparavant.

— Où as-tu trouvé ça ? Je pensais que personne n'avait rien apporté aujourd'hui.

— C'était dans la salle de repos, monsieur Gray. Près de la machine à café.

— Est-ce que Sacha… Est-ce que monsieur Ivanov est revenu ?

— Je ne sais pas. Je passais l'aspirateur. Voulez-vous que je vérifie ?

— Non, non. C'est bon.

Jonah salua Curtis et prit une bonne gorgée de café. C'était du carburant pour fusée ; il aurait su que Sacha l'avait préparé même si Curtis ne lui avait pas dit. Ce qu'il ne savait pas, c'était pourquoi.

*Nous ne sommes pas amis, tu te souviens ?*

Il se souvenait. Comme s'il pouvait oublier. Et il n'hésita pas à s'avouer qu'il n'aimait pas ça. Pas du tout. Depuis la toute première soirée de leur rencontre, Sacha était devenu une constante envoûtante dans sa vie et leur manque de communication le dérangeait.

Plus que ça. Ça faisait mal.

*Il me manque.*

Il n'aimait pas ça non plus.

Il but son café, continuant à farfouiller dans les dessins de l'application de fitness, entre deux grimaces devant la pâtisserie à l'odeur sucrée qu'il ne pouvait se résoudre à manger. Cela n'avait aucun sens que Sacha soit revenu au bureau pour la lui apporter, mais en même temps, il n'y avait pas d'autre explication. Il n'y avait personne d'autre ici.

*Peut-être que ce n'est pas pour toi. Peut-être qu'il l'a apportée pour Samson et Curtis.* Mais si c'était le cas, il l'aurait sûrement laissée en bas des escaliers avec Samson, en indiquant clairement à qui c'était destiné.

*Tu réfléchis trop. C'est littéralement un jeu d'enfant.*

Mais ça ne l'était pas. C'était Sacha. Et rien chez lui n'était jamais simple. C'étaient des regards lourds et du silence. Des demi-sourires et des sables mouvants. Des yeux malicieux illuminés par les plus petites choses, qui se durcissaient à nouveau quelques instants plus tard.

Soupirant, il s'éloigna de son bureau et attrapa son téléphone qui vibrait pour la douzième fois depuis que son équipe était partie pour la nuit.

C'était encore Winona, qui lui rappelait qu'ils avaient décampé au pub le plus proche du bureau, un pub devant lequel il passerait si la voiture qu'il était sur le point d'appeler attendait à sa place habituelle de l'autre côté de la rue.

N'était-ce pas une scène qu'il voulait éviter ? La dernière fois qu'il avait essayé, un vendredi soir, toute son équipe était sortie du bar et l'avait encerclé alors qu'il ouvrait la porte de la voiture, alarmant suffisamment le chauffeur pour qu'il lui verse un énorme pourboire, bien qu'il ne soit jamais rentré chez lui. *Le merdier*.

Résigné, il trouva Curtis et lui conseilla de manger tous les gâteaux russes qui traînaient, puis il quitta le bureau. Le trajet en ascenseur lui rappela Sacha, comme tous les trajets en ascenseur depuis qu'ils s'étaient rencontrés, mais ces derniers jours, les souvenirs avaient cessé de le faire sourire. Maintenant, ils l'irritaient autant que Sacha. Il abandonna au troisième étage et prit les escaliers pour le reste de la descente.

Il sortit du bâtiment sous une pluie battante. Il n'avait pas vu le début de l'averse, bien qu'il ait passé une grande partie de sa journée à regarder par la fenêtre. Esquivant les flaques d'eau, il traversa la rue et se réfugia dans le pub le plus proche, un bar à bière avec un plancher en bois brut et des installations rétro. Même avec les décorations de Noël criardes, il offrait un contraste frappant avec les bars à vin entre lesquels il se trouvait, et il avait toujours aimé ça.

Son équipe était à sa place habituelle, occupant une longue table au fond du bar près de la cuisine, criant entre eux et chantant avec Slade. Ils l'appelèrent en hurlant, montrant qu'ils appréciaient qu'il ait enfin décidé de venir.

Il leva les yeux au ciel et se dirigea vers le bar, sachant très bien qu'ils célébraient son portefeuille autant que sa présence. Il commanda assez d'alcool pour les faire taire pendant un moment, puis tendit sa carte de crédit au barman.

— Gardez-la, proposa-t-il. Je reviendrai, j'en suis sûr.

— J'ai besoin d'un patron comme vous, ironisa le barman. Ou un qui achète toute la vodka comme celui-là.

Il montra de la tête un endroit derrière Jonah, puis il partit, emportant son Amex avec lui.

Curieux, Jonah se retourna et jeta un coup d'œil par-dessus son épaule. Il n'aurait pas dû être surpris de voir l'équipe de Blutecc regroupée autour de deux tables de l'autre côté du pub, mais c'était pourtant le cas. Il remarqua les bouteilles de vodka et les verres à shot éparpillés autour d'eux. Les cheveux platine d'Helga, et les épaules affaissées du cadre qui avait réquisitionné les services de FG plus tôt dans la semaine alors qu'elle lui faisait la morale. Et puis l'attention amusée d'un autre homme qui les observait, sirotant un verre de vodka qu'il tenait dans sa main élégante, son regard doré intense et addictif.

*Sacha.*

Comme s'il avait entendu son nom illuminer l'esprit de Jonah, il leva les yeux, captant son regard avant que celui-ci ne trouve la force de se détourner ailleurs.

Le monde sembla se déplacer, et pourtant s'arrêter, le figeant sur place. Un corps le bouscula, faisant couler de la bière sur son bras, mais il le sentit à peine, pris dans le piège du regard sans fond de Sacha.

Les lèvres de ce dernier tressaillirent, comme s'il luttait contre un sourire. Jonah le détesta pour cela, à la fois parce qu'il désirait ardemment voir ce sourire, et pour l'idée que Sacha se moquait de lui.

*Va te faire foutre.*

Ses yeux le brûlaient, et la fureur soudaine dans ses tripes le choqua. Il baissa son regard et se retourna, faisant à nouveau face au bar. Le barman était en train de passer avec le plateau lesté de boissons pour son équipe. Il l'arrêta et se servit le whisky qu'il avait commandé pour lui-même.

— Vous pourrez m'en apporter un autre quand vous aurez un moment ?

Le barman hocha la tête, donnant à Jonah une impression fugace qui, dans une autre vie – une vie avant les informaticiens russes lunatiques et contradictoires – aurait pu l'exciter. Il aurait pu traîner dans le bar, obtenir son numéro, et peut-être le ramener chez lui pour une session amicale sans complications ni chagrin d'amour. Mais cette version de lui était ailleurs, et il ne lui restait qu'à boire un whisky seul dans un pub bondé.

Il vida son verre et le posa sur le bar, puis il suivit les sons rauques provenant de la table de son équipe et se trouva un siège parmi eux. Son dos le picotait, sa nuque le chatouillant de la certitude que Sacha était quelque part derrière lui, mais il se força à se concentrer sur les gens qui l'entouraient. Des gens qui avaient envie qu'il soit là. Il se trouvait entre Nico et Winona. Carl était à l'opposé, le seul signe de ses mésaventures de la semaine précédente étant un minuscule pansement encore collé sur sa tempe.

Son regard était fixé sur Winona. Elle lui souriait en retour, plus timide qu'il ne l'avait jamais vue, et il eut un déclic.

À côté de lui, Nico renifla dans sa pinte.

— Ne le prends pas mal, patron, mais tu les regardes comme si tu venais de découvrir le pain tranché. Arrête d'être bizarre.

— Je ne suis pas bizarre, protesta-t-il, mais il détourna tout de même son regard de Carl et se servit dans la boisson la plus proche que le barman sexy avait jetée sur la table.

C'était de la vodka, évidemment. Il l'avait commandée pour la responsable de clientèle, mais elle n'était nulle part en vue. Peut-être qu'elle était partie. Il s'en fichait. Il but son verre, puis celui de quelqu'un d'autre, et enfin le whisky qui apparut devant lui quelques minutes plus tard.

Nico le dévisagea.

— Mauvaise journée ?

— Pas spécialement. Longue, mais elles semblent toutes l'être à cette époque de l'année.

— Parce qu'il fait nuit tôt, expliqua Nico. Et il fait nuit le matin quand tu quittes la maison, ou le manoir, où que tu vives.

— Je ne vis pas dans un manoir.

Même si Jonah supposait qu'un appartement de standing à Chelsea n'était pas très différent. Nico habitait à Hammersmith pour pouvoir être proche de ses parents malades. Il ne lui avait jamais dit, mais il avait entendu assez de commérages pour le savoir.

— Que fais-tu pour Noël ?

— La routine, avoua Nico en descendant le reste de sa bière. Me battre avec ma sœur tout en essayant d'empêcher ma mère de mettre le feu à la maison parce qu'elle a oublié comment le four fonctionne. Et toi ?

— La même chose ; la routine, je veux dire. Je reste chez mes parents pendant une semaine environ, puis je reviens en ville pour le Nouvel An.

— Ça a l'air sympa, lâcha Nico, mais Jonah pouvait voir qu'il n'était pas si intéressé que ça.

Et lui-même ne l'était pas franchement non plus. La plupart du temps, la période précédant les fêtes de fin d'année lui donnait la chair de poule. Les lumières, la nourriture, la foule sur Oxford Street alors qu'il se battait pour faire ses achats de cadeaux de dernière minute, mais ce n'était pas le cas cette année. Trop occupé pour faire du shopping lui-même, il avait fait la plupart de ses achats en ligne, et à part le sapin clinquant – le *yolka* – dans son appartement, tout le reste lui avait échappé. Et il ne pouvait même pas en vouloir à Sacha.

*Pourquoi le voudrais-tu ? C'est sa faute si tu es obsédé par lui ?*

Non, pas du tout.

— Il te mate encore, souffla Carl de l'autre côté de la table.

Le regard de Jonah, sous l'emprise de l'alcool, s'aiguisa suffisamment pour se concentrer sur lui.

— Qui ça ?

— Le Russe affamé.

— Arrête ça, grogna Jonah. Il a un nom, et je suis prêt à parier toute cette table de boissons qu'il n'est pas en train de me fixer.

Carl siffla.

— Eh bien, je suppose qu'il n'y a aucun moyen de vérifier à moins que tu ne sois prêt à te retourner et à voir par toi-même. Et si tu ne veux pas, je ne peux que supposer que c'est parce que tu sais qu'il y a une forte possibilité que j'aie raison et que tu ne veux pas être pris en train de le mater aussi.

— Tu es un connard.

— Je n'ai jamais dit le contraire.

Carl se remit à flirter avec Winona de l'autre côté de la table, se replongeant dans sa conversation comme si leur échange n'avait pas eu lieu, et encore moins que son patron l'avait traité de connard, et Jonah se rappela pourquoi une petite partie de lui avait toujours détesté Carl. Ou peut-être qu'il admirait sa capacité à prendre les choses à la légère et à passer à autre chose, contrairement à lui qui était tellement coincé dans son cauchemar à propos de Sacha qu'il avait du mal à réfléchir correctement.

Il se retourna vers Nico, qui secouait la tête.

— Quoi ?

— Rien, patron.

— Vraiment ? Parce qu'on dirait que tu as quelque chose à dire.

Si Nico était affecté par son intonation inhabituelle, il ne le montra pas. Il haussa les épaules et prit un autre verre sur le plateau qui se vidait rapidement.

— Non. Pas moi.

Jonah laissa échapper un soupir semblant venir du bout du monde. Des excuses dansaient sur ses lèvres, mais il ne les exprima pas. Il n'en avait pas besoin. Nico n'écoutait pas de toute façon.

Il but d'autres verres. Il les but jusqu'à atteindre la limite de l'ivresse qu'il était prêt à supporter devant son équipe, puis il s'excusa pour prendre l'air.

Il prit son téléphone avec lui et sortit par la porte de secours. La nuit était encore humide et un vent glacial s'était levé. Il apprécia le froid, le laissant le dégriser. À un moment donné, il devrait appeler une voiture et rentrer chez lui, mais il n'avait pas envie de rester seul pour le moment. Son lit vide avait peu d'attrait, surtout depuis qu'il avait expérimenté la magie d'avoir Sacha dedans pendant tout un week-end.

*Mais tu es seul. Tu te caches dehors tout seul et tu ne fumes même pas.*

L'ironie le fit rire à gorge déployée, faisant sursauter un monsieur plus âgé qui vivait son propre moment de paix avec sa pipe. Il leva les mains en signe d'excuse et retourna à l'intérieur, immédiatement frappé par un mur de bruit qui lui fit tourner la tête une fois de plus.

Il se réfugia dans les toilettes les plus proches. Elles étaient désertes. Il s'appuya sur le lavabo et étudia son reflet dans le miroir. Il devait *vraiment* se couper les cheveux. Mis à part ça, il était dans un sale état. Le whisky avait rougi ses yeux, et ses cernes rivalisaient avec ceux de Sacha. Pouvait-il mettre ça sur le compte du travail ?

Probablement pas.

À peine avait-il formulé cette pensée que la porte s'ouvrit ; il avait oublié de la verrouiller. Il inspira pour dire à qui que ce soit d'attendre un peu plus longtemps, mais les mots moururent sur ses lèvres lorsqu'il identifia l'intrus.

— C'est toi, lâcha Jonah, s'étonnant, comme toujours, de son sens de l'observation.

Sacha ferma la porte. La verrouilla, et s'appuya contre.

— C'est moi.

— Qu'est-ce que tu veux ?

— De cette pièce, ou de toi ?

— L'un ou l'autre. Les deux. En fait, je m'en fiche.

Il se lava les mains et les sécha dans une serviette en papier. Il la jeta dans une poubelle voisine et se dirigea vers la porte, mais Sacha était toujours là, affalé comme si c'était parfaitement normal qu'ils soient terrés dans les toilettes d'un pub miteux.

Non pas que la pièce soit si minable que ça. L'établissement était suffisamment haut de gamme pour que l'espace soit parfaitement propre et sente les huiles essentielles plutôt que l'eau de Javel.

Quoi qu'il en soit, il n'avait aucune envie de s'attarder sous le poids du regard vide de Sacha.

— Excuse-moi.

— Pourquoi ?

— À ton avis ? ironisa-t-il en montrant la porte de la tête. Je veux sortir.

Sacha ne bougea pas.

Et après une semaine à essayer, sans succès, de ne pas le fixer, Jonah se perdit brusquement en lui – sa mâchoire barbue et ses épaules fortes. Son regard chaud et liquide.

— Bouge, chuchota-t-il.

Sacha secoua la tête.

— Je ne pense pas que tu le veuilles vraiment.

— Bien sûr que si.

— Tu ne veux pas.

— Qu'est-ce que je veux alors ?

— Je ne sais pas.

Jonah lui jeta un regard noir.

Les yeux de Sacha restèrent fixés sur lui et il fut frappé par une envie irrésistible de le secouer.

Il l'embrassa à la place, écrasant leurs lèvres les unes contre les autres, tout en se préparant à ce que Sacha le repousse.

Il ne le fit pas. Il inspira et l'embrassa en retour, ses bras l'entourant dans une étreinte forte qui rapprocha leurs corps.

Il devint instantanément dur, son sexe se tendant dans son pantalon de costume ajusté, mais il lutta contre l'emprise de Sacha sur lui et se retourna, séparant leurs lèvres aussi soudainement qu'elles s'étaient rapprochées.

— Non. On ne fait plus ça.

— Depuis quand ?

— Depuis que tu l'as décidé.

— Quand ai-je dit ça ?

Respirant difficilement, Jonah secoua sauvagement la tête.

— Tu as dit que nous n'étions pas amis. J'en ai déduit que tu ne voulais pas l'être.

— Je n'ai jamais dit que je ne voulais pas de ça.

— Ça ? Qu'est-ce que c'est ?

— C'est ce que c'est.

— Va te faire foutre. Ça n'a pas de sens. Qu'est-ce que tu essaies de dire en fait ? Que tu ne veux pas être mon ami, mais que tu veux quand même les avantages ?

Sacha fronça les sourcils, le regard fuyant alors qu'il captait et traitait son discours précipité.

— Je suis… fatigué, souffla-t-il. Et tu parles trop vite. Tu me demandes si j'ai toujours envie de coucher avec toi ?

— Oui. J'imagine que oui.

— Pourquoi me demandes-tu cela ?

— C'est important ? Pour une fois, tu ne peux pas être clair sur quelque chose, qu'on ne tourne pas en rond ?

— Pourquoi devons-nous parler ?

— Je. T'emmerde.

— J'aime quand tu es en colère. Tu es beau et rougissant.

— Tais-toi, grogna-t-il.

— Oblige-moi, Jonah Gray.

Il était trop ivre pour cette conversation, et il soupçonnait Sacha de l'être aussi, à en juger par ses joues échauffées et ses yeux cernés. C'était peut-être pour cela que ça n'avait aucun sens. La raison pour laquelle il l'avait suivi dans les toilettes alors qu'un Sacha sobre l'aurait laissé seul. Comme il l'avait fait toute la semaine, quand leur travail commun le lui permettait, du moins.

— Tu penses trop, chuchota Sacha. Je ne veux pas te faire de peine. Si tu veux partir, je m'écarterai.

— Je ne veux pas ça, lâcha-t-il avant que son cerveau ne s'active.

— Que veux-tu ?

— Tout de suite ? Ou en général ?

— L'un ou l'autre. Les deux. Tu choisis.

— Je ne connais pas la réponse à la dernière question. Si c'était le cas, te dire ce que je veux maintenant serait plus facile.

Sacha se lécha les lèvres, un lent balayage de sa langue.

— Alors dis-le-moi sans mots.

Le corps de Jonah réclamait Sacha. Pour prendre tout ce qu'il était prêt à donner. Mais il y avait autre chose, un fantasme qui jouait dans son esprit depuis la toute première fois qu'ils s'étaient vraiment touchés. Chaque rencontre, jusqu'à présent, avait été dirigée par Sacha. Il était dominant, rude, exigeant, et Jonah en avait aimé chaque minute, mais là, à cet instant, il ne voulait pas ça.

Il voulait que Sacha ressente quelque chose, même s'il était à moitié moins intoxiqué que lui.

Il le poussa contre le lavabo, le serrant de près, le défiant de l'arrêter.

Il ne le fit pas, et ils s'embrassèrent à nouveau, un baiser torride et intense, avant que Jonah ne tombe à genoux et attrape la ceinture de Sacha.

— Attends, le calma ce dernier, regardant vers le bas avec des yeux à moitié fermés. À quel point es-tu ivre ?

— C'est gentil, Ivanov, siffla Jonah. Mais ne t'inquiète pas pour ça.

— Je ne suis pas inquiet.

— Menteur.

Jonah reporta son attention sur la ceinture de son amant, essayant, sans y parvenir, d'ignorer la chaleur qui s'épanouit dans sa poitrine face à l'inquiétude de celui-ci. Cela ne correspondait pas à l'agressivité avec laquelle il était arrivé, mais Jonah était habitué à cela. Sacha Ivanov était un enfoiré lunatique.

Et excité, à en croire l'ampleur de l'érection qui tendait ses sous-vêtements.

Il en eut l'eau à la bouche. Il travailla rapidement pour libérer la verge de Sacha et l'avala avant que celui-ci ne juge bon de l'arrêter à nouveau.

Il ouvrit sa gorge, le prenant profondément, se délectant du souffle rauque de son amant, et de son goût. Son odeur. Et de ses gémissements exacerbés alors qu'il l'amenait rapidement au bord du gouffre.

Dans ses rêves les plus fous, et il y en avait eu beaucoup depuis qu'il avait rencontré Sacha, il avait imaginé cette scène encore et encore, reprenant le contrôle qu'il avait volontairement donné à Sacha la première nuit après le bal. Il avait rêvé de ça pendant des semaines, les mains douces de cet homme enfouies dans ses cheveux, ses murmures d'encouragement essoufflés alors qu'il baisait sa bouche.

— Oui, Jonah. Comme ça. Tu es si beau comme ça.

C'était la deuxième fois que Sacha l'appelait ainsi. Il rougit et le suça plus fort, enchanté par la vue et la sensation de Sacha qui s'écartait, les yeux sauvages alors qu'il le contemplait en train de le sucer.

Sacha gémit et libéra une main des cheveux de Jonah pour saisir le lavabo derrière lui.

— Je vais jouir. Si tu ne le veux pas dans ta bouche, tu dois t'arrêter.

Il ne s'arrêta pas. Il enfonça ses doigts dans les cuisses solides de son amant et prit tout lorsque Sacha jouit, ne lâchant pas prise avant d'avoir avalé chaque goutte.

Il s'assit sur ses talons tandis que ce dernier titubait contre l'évier, en souriant.

— Ça va là-haut ?

Sacha se redressa et baissa les yeux, mais aucune malice réelle ne colorait son regard étincelant.

— Ce n'était pas dans mon plan.

— Quel plan ?

— Celui où… *Putain*, je ne sais pas. Mon anglais est…

— Ton anglais est bon quand tu le veux, rétorqua Jonah en claquant des doigts. Tu vas me dire quel était ton grand plan ? Ou tu vas me le montrer ?

Sacha secoua la tête.

— Aucun des deux.

Il passa ses mains sous les épaules de Jonah et le tira vers le haut, défaisant rapidement le pantalon de ce dernier et libérant sa verge de son caleçon. Son contact était rude lorsqu'il inversa leurs positions, le faisant se tourner pour qu'il se retrouve face à l'évier alors qu'il se tenait derrière lui, le caressant avec une prise assez ferme pour faire rouler ses yeux dans ses orbites. Il s'agrippa au comptoir en face de Jonah pour se tenir, et pressa son visage entre les omoplates de son amant, tirant le plaisir de ce dernier avec des mouvements vifs et brefs, tordant sa main juste au bon endroit. Sucer Sacha l'avait tellement excité qu'il était sur le fil du rasoir avant même que celui-ci ne pose la main sur lui. Il se cambra dans la main de l'autre homme, gémissant, et heureux que le bruit de la foule au-delà de la porte fermée à clé couvre le cri étranglé qui suivit rapidement.

Après, il redescendit dans un frisson, et se nettoya avec d'autres serviettes en papier. Derrière lui, Sacha était silencieux.

Trop silencieux.

Il jeta un coup d'œil au miroir et le trouva de nouveau habillé, et fixé sur quelque chose au plafond, l'expression dénuée de toute signification.

*Sympa.*

L'irritation revint en trombe. Il remonta sa fermeture éclair et se retourna.

Sacha baissa lentement les yeux. Jonah chercha quelque chose qu'il reconnaîtrait, n'importe quoi pour les lier, puis la réalité lui revint, et il se souvint que les choses avaient changé. Qu'il cherchait une connexion qui n'était pas là.

*Vous n'êtes pas amis. Il ne veut pas de ça, tu te souviens ?*

Dans les toilettes exiguës, le fait que Jonah le veuille, vraiment beaucoup, semblait insignifiant. Il voulait le sourire de Sacha, son étreinte, et son humour pince-sans-rire. Il voulait son baiser, et ses bras autour de lui dans le lit quand ils dormaient.

Plus que tout, il voulait que Sacha le regarde.

Mais il ne le fit pas, et il n'avait pas le masochisme nécessaire pour cette attente interminable. Il rentra sa chemise dans son pantalon, tapa du poing sur l'épaule de Sacha, et partit.

# Chapitre 15

Sacha se retourna dans son lit et fixa le plafond. Contrairement à la chambre de Jonah, avec son paysage panoramique urbain d'un côté et son *yolka* scintillant de l'autre, Sacha n'avait que des briques hipster nues et des tuyaux industriels.

Et il en était heureux. Cette vue utilitaire était tout ce qu'il méritait, en plus du mal de tête qui n'avait rien à voir avec le surmenage et tout à voir avec les huit verres de vodka qu'il avait avalés la veille.

*Tu es un idiot.*

Ce n'était pas la première fois que cette pensée lui traversait l'esprit depuis qu'il s'était réveillé avec le souvenir brumeux d'avoir accosté Jonah dans les toilettes du pub. Et pour la quatrième fois, il ne le pensait pas moins. Il revit le visage de Jonah quand il était sorti en trombe des toilettes et tira un oreiller sur sa tête, étouffant son gémissement. *C'est de ta faute. Tu as enfreint les règles.* Il aimait les règles, même si c'était seulement pour lui-même. Mais depuis qu'il avait rencontré Jonah Gray, il s'était surpris à enfreindre toutes les limites qu'il s'était fixées. Pas de plans cul répétés. Pas de nuit complète. Pas de vodka et de mains sur Jonah Gray.

OK. C'était une nouvelle règle, et une qu'il avait brisée bien avant de l'avoir consciemment mise en place, mais quand même. Peu importe sous quel angle il observait les choses, il avait merdé. Et tout ça parce qu'il avait laissé son excitation d'ivrogne prendre le dessus alors que la vraie raison pour laquelle il avait suivi Jonah dans cette salle de bain était pour vérifier qu'il allait bien après qu'il avait disparu de la table FG.

Le baiser de Jonah l'avait pris au dépourvu. Puis sa colère. Et sa bouche sur son sexe. Le Sacha sobre aurait pu voir la frustration derrière le désir de cet homme, mais le Sacha ivre avait été trop consumé par le plaisir. Trop pris par sa tête qui tournait et son cœur qui battait la chamade. Même après, il n'avait pas eu la capacité cérébrale nécessaire pour aligner une phrase cohérente. Jonah était sorti avant qu'il ne revienne à lui, et il avait disparu du pub au moment où il s'était suffisamment ressaisi pour sortir des toilettes.

Après ça, il était rentré chez lui, prenant un taxi jusqu'à la rue de Chelsea, à deux pas de l'appartement de Jonah. Il avait bu plus de vodka, s'était masturbé sous une douche froide en pensant à lui, puis s'était évanoui sur son lit, encore mouillé par le jet glacial.

Il s'était réveillé en frissonnant.

À présent, il avait toujours froid. Il se sentait seul aussi, une émotion qu'il n'arrivait pas à comprendre. Être seul ne l'avait jamais dérangé à l'époque lointaine avant Jonah.

*Donc il est le baromètre avec lequel tu mesures ta valeur maintenant ? Le test ultime pour ta santé mentale ?*

*Tu es un idiot, Ivanov.*

Il se renfrogna. Même son propre nom ne sonnait plus correctement sans la voix mielleuse de Jonah qui l'enveloppait, et ce triste fait l'irrita suffisamment pour qu'il sorte du lit et retourne sous la douche.

Le choc de l'eau froide soulagea son mal de tête, avant de se réchauffer suffisamment pour que ses membres aient l'impression de lui appartenir à nouveau.

Ses pensées restèrent bloquées sur Jonah, et son sang se précipita vers le sud, mais il ignora son membre, se lava les cheveux et nettoya sa peau de l'odeur d'une nuit tardive en ville.

De retour dans sa chambre, son téléphone débordait de messages d'Helga.

Helga : *Où es-tu ? Tu es parti ?*

Helga : *Ton écharpe est toujours sur la table. Je vais la ramener à la maison.*

Helga : *Tu es parti avec Jonah ? Je ne le vois pas non plus.*

Si seulement. Il effaça les textos sans répondre, puis se ravisa et remercia Helga d'avoir sauvé un foulard dont il se fichait, l'informant qu'il était rentré seul chez lui. Il ne savait pas pour Jonah, mais il se serait bien passé des commérages de bureau spéculant sur quelque chose qui n'était pas arrivé. Cela l'agaçait trop, principalement parce qu'il aurait souhaité que ce soit vrai.

Il jeta son téléphone sur son lit défait et alla dans la cuisine à la recherche d'un café. Pendant qu'il coulait, il s'assit au bar du petit-déjeuner et ouvrit son ordinateur portable. Pour une fois, il n'avait pas grand-chose à faire. Quelques heures tout au plus avant d'atteindre un point où il ne pourrait plus rien faire sans son équipe autour de lui.

C'était le début de l'après-midi quand il atteignit les limites. Il ferma son ordinateur portable et jeta un coup d'œil à son appartement en désordre. Il s'était laissé aller ces dernières semaines, trop pris par le travail et son obsession pour un certain roux britannique. Sa fixation sur Jonah demeurait, mais sans rien à faire de ses dix doigts, le désordre qui l'entourait fut brusquement exaspérant.

Il fit le tour de son appartement, rassemblant les vêtements, livres et journaux dispersés. Il remplit le lave-vaisselle, organisa son réfrigérateur stérile, chargea le linge dans la machine à laver et accrocha des costumes qui devaient aller au pressing. Ça tua quelques heures. Puis il passa la soirée sur son canapé. Il commanda des sushis et ignora une série de mauvais films tout en jouant au bras de fer avec son téléphone.

Encore et encore, il ouvrit le fil de messages courts qu'il partageait avec Jonah. Il tapa des messages. Les supprima. Tous sauf un.

Sacha : *Je suis désolé pour hier.*

Il n'appuya pas sur envoyer. Il le regarda fixement pendant une bonne demi-heure avant de l'effacer aussi, reconnaissant sa défaite avant d'aller se coucher.

Le dimanche matin commença après le plus long sommeil qu'il ait eu depuis des mois. Et pour la première fois depuis des lustres, il n'avait rien à faire. Il était libre. Dommage qu'il ait oublié ce qu'il devait faire de lui-même.

L'ennui le poussa à sortir de la maison et à se rendre dans les magasins les plus proches. Un marché de Noël remplissait la rue, animé de lumières scintillantes et d'odeurs de gingembre, de noix de muscade et de cannelle. Des dizaines d'étals s'entassaient dans un petit espace, chargés d'aliments et d'objets artisanaux, négociant sur la bande sonore d'une fanfare jouant des chants de Noël. Sacha avait déjà acheté des chèques-cadeaux à son équipe pour les remercier de leurs semaines de dur labeur, et il n'avait aucune envie d'acheter des cadeaux à qui que ce soit d'autre, mais il erra quand même dans le marché à la recherche de quelque chose qu'il n'arrivait pas à nommer.

Il s'arrêta devant un stand vendant des décorations en verre pour un *yolka* qu'il n'avait pas. Il saisit une pyramide verte qui était de la même couleur que les yeux de Jonah. Tenue au soleil, elle scintillait comme un prisme. Sacha l'acheta sans se demander pourquoi.

Un stand de beignets faisait un tabac au bout de la rue. Il était passé à côté en sortant, mais l'air frais avait réveillé son appétit alors il s'en approcha, pianotant sur son téléphone, lisant les messages qu'Helga lui avait envoyés ce matin-là.

Aucun d'eux n'avait d'importance. Il y répondit quand même.

— Tu vas t'écraser contre un lampadaire si tu te promènes en ville de cette façon.

Sacha releva la tête d'un coup sec, son pouls s'emballant déjà avant que son cerveau ne reconnaisse la voix dont il avait eu envie tout le week-end.

Jonah était juste en face de lui. Ce n'était pas surprenant, vu qu'ils vivaient dans le même quartier, mais cela le ramena quand même en arrière. Il vivait dans son appartement depuis trois ans, et il avait l'impression que Jonah n'était pas nouveau dans son penthouse non plus. Comment avaient-ils pu ne jamais se croiser avant ?

*Facile. Tu ne quittes jamais la maison en plein jour. C'est une créature de lumière. Regarde-le avec le soleil sur le visage. Magnifique.*

Ce n'était pas un constat nouveau, et dans le temps qu'il lui avait fallu pour y penser, un long silence s'était étiré entre eux.

Jonah soupira et fit un pas pour passer son chemin. Sacha tendit une main pour l'arrêter.

— Attends.

— Pourquoi ?

— Parce que…

Parce que *quoi* ? Sacha ne voulait pas être seul ? Ou allait-il finalement admettre qu'être seul lui avait convenu parfaitement pendant toute sa vie d'adulte jusqu'à ce que Jonah arrive avec sa famille souriante, gentille, parfaite et son putain de sapin de Noël ?

Sacha eut un mouvement de recul, surpris par son propre vitriol.

Jonah fronça les sourcils et commença à retirer son bras.

Sacha enfonça ses doigts.

— S'il te plaît, supplia-t-il. Je suis désolé d'être difficile à comprendre. Tu veux bien marcher avec moi un instant ?

Pendant un long moment, il craignit que Jonah refuse. Que la dureté dans son regard émeraude demeure. Puis elle s'estompa, révélant la douceur que Sacha adorait tant.

— OK. Je passais devant l'endroit où je pense que tu vis de toute façon. Je suppose que tu peux venir aussi.

— Où penses-tu que j'habite ?

— Dans les appartements reconvertis au coin de la rue, ceux avec les rosiers et les cadres de fenêtres gris hipster.

— OK, *luchik*, grogna Sacha. Tu as peut-être raison, mais seulement parce que je t'ai indiqué le chemin de la boulangerie il y a quelques semaines. Pas parce que tu es intelligent.

— Tu penses que je ne suis pas intelligent ?

*Je pense que tu es brillant.*

— Non.

Jonah recommença à marcher, revenant sur ses pas, en direction de l'appartement de Sacha. Il portait des sacs en papier provenant des différents étals du marché.

— Qu'est-ce que tu as acheté ? s'enquit Sacha.

— Des cadeaux. Pour mes parents, surtout. Ils ne viendraient jamais dans un lieu comme celui-là, alors c'est un bon endroit pour leur prendre des choses qu'ils n'ont jamais vues.

— Qu'est-ce que tu vas leur offrir ?

— Des bougies. Ma mère les adore. Et du miel pour mon père. Il est obsédé par les abeilles en ce moment. Il a ses propres ruches dans leur pavillon d'été.

— J'ai fait tomber un pot de miel une fois, raconta Sacha. Dans la maison de ma grand-mère, sur son tapis préféré. Elle a dit à ma mère que j'étais un enfant du diable.

— Qu'a dit ta mère ?

— Que j'étais un ange et que la mère de mon père était trop pleine de haine pour le voir.

— Au moins, c'est clair.

Sacha sourit.

— Je ne suis pas un ange maintenant, et je ne l'étais pas à l'époque, mais le reste était vrai. La famille de mon père est détestable. Je te l'ai déjà dit, non ?

— Un peu. Je crois. J'étais peut-être ivre.

— J'étais ivre vendredi, admit Sacha. Je ne voulais pas te contrarier.

— Tu ne l'as pas fait.

— Es-tu un menteur, Jonah Gray ?

Jonah lui jeta un regard en coin.

— Non. J'étais ivre aussi. J'ai réagi de façon excessive. Après tout, qu'est-ce qu'un coup d'un soir dans les toilettes entre non-amis, hein ?

— Tu me prends trop au sérieux.

— Quelle partie ?

— Je ne sais pas. Tout mon être ?

Jonah secoua sa tête.

— Je ne te prends pas du tout de toute façon. Tu es un piètre communicateur.

— Je suis désolé.

— Ne le sois pas. Tu es comme tu es. Peut-être que c'est moi le problème. Tu as toujours été clair sur le fait que tu voulais un arrangement SA. Je t'ai poussé à en faire plus.

Sacha s'arrêta de marcher, intégrant la phrase sans âme de Grindr : *SA : sans attaches.*

— Non, c'est faux. J'ai dit que nous pouvions être des amis qui couchent ensemble, et je pensais que c'était possible, mais je ne suis pas doué pour laisser les gens entrer dans ma vie. C'est…, commença-t-il en agitant sa main, cherchant les mots anglais. Peut-être que ça me fait peur ? Je ne sais pas. Après la mort de ma mère, les gens que j'ai été obligé de côtoyer n'étaient pas des gens bien. J'ai vite appris que c'était mieux d'être seul. Je crois que j'aime être seul.

— Tu crois ?

— Parfois. Et puis il y a toi, Jonah Gray. Tu me fais penser à des choses étranges.

— Comme quoi ?

— Comme le fait d'avoir envie de partager ton lit, sauf que j'ai peur de le vouloir. C'est une… contradiction, non ? Avec tout ce que je crois être.

— Quel est le problème avec la contradiction ?

— Si je connaissais la réponse à cette question, cette conversation n'aurait pas lieu.

Jonah fronça les sourcils.

— Ça n'a aucun sens.

Sacha le savait. Mais il semblait que quoi qu'il pensât savoir, quelque chose de différent sortait de sa bouche chaque fois qu'il était près de Jonah. Sa perception de lui-même s'était modifiée pour devenir celle d'un homme recherchant l'affection et l'amitié, tout en désirant désespérément l'euphorie des rencontres sexuelles les plus torrides qu'il ait jamais eues.

Ils arrivèrent devant l'immeuble de Sacha. Son cœur voulait inviter Jonah à passer le reste du week-end avec lui, dans son lit, sur son canapé, collé contre le comptoir de sa cuisine. À acheter de la bière. Préparer le dîner avec la poignée d'ingrédients qu'il avait dans ses placards. Regarder des films. Manger ensemble, baiser ensemble, dormir ensemble. Mais sa tête lui dit non, un refus brutal sans rime ni raison, et il avait trop repoussé Jonah pour que ce dernier puisse combler le vide que sa réticence avait laissé derrière lui.

Sacha fouilla dans sa poche pour trouver ses clés. Jonah appuya son épaule contre le mur en l'observant.

— Je peux te demander quelque chose ? lâcha-t-il soudainement.

— Bien sûr, acquiesça Sacha.

— Comment ta mère est morte ?

— C'est ce que tu veux me demander ?

— Oui.

— Pourquoi ?

— Je ne sais pas.

Sacha lâcha ses clés et s'éloigna de la porte.

Jonah le suivit, jusqu'à ce qu'ils soient dans la ruelle à côté de son bâtiment menant à la cour des poubelles.

Il avait eu des conversations bien pires dans des endroits bien plus agréables.

— Ma mère est morte dans un accident de voiture. Il y avait du verglas. Elle est sortie de la route un samedi après-midi et a heurté un arbre.

— Quel âge avais-tu ?

— Neuf ans.

— Tu te souviens d'elle, alors ?

— Oui.

— Et tu n'aimes pas ton père ?

— Non.

Jonah hocha lentement la tête, comme un homme reliant des points que Sacha ne pouvait pas voir.

*Arrête. S'il te plaît.* Mais les mots restèrent coincés à l'intérieur, non-dits, comme tout le reste.

Jonah se redressa et déplaça ses sacs de courses d'une main à l'autre. Il fouilla dans l'un d'eux et en sortit un petit sac cadeau avec des motifs de Noël.

— J'ai pris ça pour toi. Je ne sais pas pourquoi, à moins que tu veuilles appeler ça un bracelet de non-amitié. Ou tu peux le donner à quelqu'un que tu aimes vraiment…

— Je t'aime bien. C'est…

— Chut, coupa Jonah pour le faire taire, un doigt sur ses lèvres. Je l'ai vu et j'ai pensé à toi. Je me fiche de ce que tu en fais ou pourquoi. Je te verrai demain, au travail, OK ?

Sacha ouvrit la bouche, mais Jonah partit sans attendre de réponse, s'esquivant de la ruelle et s'éloignant à grands pas, ses cheveux auburn tel un phare dans la foule du centre-ville. Sacha fit quelques pas derrière lui, le regardant disparaître jusqu'à ce qu'il se souvienne du sac dans sa main.

Il l'emporta à l'intérieur et laissa ses chaussures et son manteau sur le sol du couloir, saccageant les efforts qu'il avait faits pour ranger l'endroit. Sur le canapé, il posa le cadeau sur la table basse et le fixa. Jonah l'avait appelé un bracelet de non-amitié, mais pour lui, bien qu'il n'ait pas encore posé les yeux dessus, ça ressemblait davantage à une mine vivante. Comme si au moment où il le verrait, tout allait irrémédiablement changer.

*Je me fiche de ce que tu en fais ou pourquoi.*

Jonah n'était pas un menteur, mais il ne le croyait pas. Il ne le voulait même pas.

D'une main tremblante, il attrapa le sac et l'ouvrit. À l'intérieur, il trouva un bracelet en cuir. Il était gris anthracite, et une minuscule breloque en argent en forme de *yolka* était tissée dans la simple tresse.

Il le tint à la lumière, le tournant dans tous les sens. La breloque argentée captait la lumière du soleil de midi, comme tout ce qu'il avait rencontré aujourd'hui semblait le faire. Il n'était pas à la hauteur des cheveux cuivrés de Jonah, mais il l'enchantait tout de même.

Il n'avait jamais porté de bracelet. Il tendit son bras droit et attacha le cuir autour de son poignet avec sa main gauche et ses dents. Le cuir foncé était beau contre sa peau.

Le sentir était encore mieux.

# Chapitre 16

Jonah fixait la décoration de la taille de la paume de sa main sur son bureau. Le verre vert avait attrapé le soleil d'hiver, réfractant la lumière sur la moquette sombre et les stores en tissu, enchantant tous ceux qui avaient foulé son bureau ce jour-là. Mais aussi beau qu'il soit, c'était la note qui l'accompagnait qui avait le plus réjoui Jonah.

*Jonah Gray. Nous parlerons bientôt, je te le promets. x*

Pas de signature, mais il n'en avait pas besoin. Même sans l'épellation de son nom complet, il avait reconnu le gribouillis de Sacha, bien qu'il ne l'eût jamais vu auparavant ; il correspondait à sa personnalité. La délicate décoration de Noël ? Pas vraiment.

Ou peut-être que si, et qu'il ne connaissait pas Sacha Ivanov aussi bien qu'il le pensait.

*Tu ne le connais pas du tout.* L'ange réaliste se pavanant sur son épaule était difficile à ignorer. Il chercha des contre-arguments, mais tout ce qu'il put trouver, c'était que Sacha aimait manger et être autoritaire en matière d'orgasmes.

*Il n'était pas autoritaire vendredi soir.*

Il y avait des exceptions à toutes les règles, cependant, n'est-ce pas ?

Il l'espérait, sinon il était destiné à passer le reste de ses jours dans la confusion la plus totale.

*Nous parlerons bientôt*… Qu'est-ce que ça voulait dire ? Parler de quoi ? Aussi contradictoire que le week-end avait été, Sacha avait été parfaitement clair, et pris au bon moment, Jonah l'avait accepté. En grande partie. En gros.

En fait, pas du tout, mais il n'avait pas réussi à comprendre ce que cela signifiait, alors il avait laissé Sacha tranquille. Le croiser au marché avait été aussi inattendu que le cadeau qu'il n'avait pas prévu d'acheter avant de le voir sur l'étal de chanvre à côté du chariot de café. Et maintenant, il était là, à regarder la pyramide de verre qui était mystérieusement apparue sur son bureau ce matin-là, alors qu'il avait un million de choses à faire à la place.

L'heure du déjeuner arriva avant qu'il n'ait le temps de s'aventurer hors de son bureau. Il ne s'empêcha pas de balayer l'étage pour voir Sacha. Il n'essaya même pas. Et pour une fois, il n'eut pas à chercher bien loin. Celui-ci était recroquevillé sur l'ordinateur d'Helga, fronçant ses sourcils noirs, comme d'habitude, la lèvre inférieure coincée entre ses dents.

*Pourquoi doit-il être si sexy ?*

Au bon moment, Sacha leva les yeux. Depuis le soir du bal, les rares fois où ils s'étaient regardés à travers le bureau, ils avaient pris l'habitude de s'ignorer l'un l'autre comme si la chaleur qui couvait entre eux n'existait pas. Chaque fois était plus douloureuse que la précédente, même lorsque c'était Jonah qui clignait des yeux en premier, aussi coupable de couardise que Sacha. Mais il ne put détourner le regard à présent, et Sacha non plus, apparemment. Ses yeux dorés s'illuminèrent, et ses lèvres se retroussèrent en un doux sourire qui réchauffa les sangs de Jonah.

Il fit un pas hésitant en avant, la note que Sacha lui avait laissée jouant en boucle : *On parlera bientôt, je te le promets.* « Bientôt » était une construction temporelle relative. *Pourquoi pas maintenant ?*

— Monsieur Gray ?

Il cligna des yeux. L'ingénieur qui était finalement venu pour régler les problèmes de réseau se tenait à la porte de son bureau.

— Désolé. Quoi ?

— Je suis juste venu vous dire que j'ai terminé. J'ai des documents à vous faire signer.

Évidemment. Parfois, Jonah craignait que sa signature soit la seule raison pour laquelle il avait été mis sur terre.

Il feuilleta la demi-douzaine de feuilles sur le presse-papiers de l'ingénieur, signant son nom sur des documents quelconques. Sacha l'observa, un demi-sourire toujours sur ses lèvres, jusqu'à ce que son téléphone le distraie, et que son froncement de sourcils revienne, plus prononcé cette fois, comme s'il signifiait plus.

Jonah se renfrogna à son tour, et le besoin de rejoindre Sacha devint brusquement plus dévorant. Mais l'ingénieur n'en avait pas fini avec lui. La paperasse se transforma en une explication détaillée du travail qu'il avait fait. Puis une visite guidée, et un argumentaire de vente pour un contrat d'entretien permanent qu'il aurait signé des milliers de fois juste pour que la conversation se termine enfin.

Lorsqu'il eut terminé et que l'ingénieur fut parti, Sacha ne se trouvait plus au bureau d'Helga. Pour des raisons qui n'avaient aucun sens, c'était comme *Un Jour Sans Fin*, une série d'événements ennuyeux et prévisibles qui ne menaient nulle part. La journée se prolongea et, bien sûr, Sacha disparut, emportant avec lui le bref élan d'espoir qu'il lui avait donné.

Le soir venu, le bureau se vida. Jonah était le dernier employé de FG encore présent. Il rangea la salle de repos sans autre raison que d'attendre l'apparition de Sacha dans l'alcôve des bureaux de Blutecc. Vingt minutes plus tard, la machine à café n'avait jamais été aussi propre, mais sa seule récompense fut de lever les yeux à temps pour voir Helga éteindre les lumières de l'alcôve en partant.

Elle était seule. Jonah l'intercepta à la sortie.

— Où est Sacha ? Il est parti ?

Helga sursauta, ses dossiers lui échappant et tombant sur le sol.

— Merde. Désolée. Oui, il est parti il y a des heures. Tu n'as pas remarqué ? Vous semblez avoir les yeux rivés l'un sur l'autre dès que je lève la tête.

Il se baissa pour l'aider à rassembler les dossiers.

— Je n'ai pas vu. J'étais occupé. Il est parti cet après-midi ? Pourquoi ? D'habitude il est là jusqu'à minuit.

Helga haussa un sourcil parfait en se levant.

— Je ne veux pas savoir comment tu sais ça, et je n'ai aucune idée de pourquoi il est parti. Il a reçu un coup de fil qui l'a bouleversé et il a filé.

— Un coup de fil ? De qui ?

— Je ne suis pas sûre, il parlait en russe la plupart du temps, mais je crois que son père est décédé.

— Tu crois ?

— Oui. Je suis norvégienne. Je ne parle pas russe, et il ne s'est pas arrêté pour me renseigner avant de partir. Il se trouve que je suis venue pour te demander plus de détails. Je me suis dit qu'il était plus à même de t'en parler qu'à n'importe qui dans notre bureau.

— Pourquoi ?

— Parce que vous êtes amis.

— Non, nous ne sommes…

La dénégation mourut sur ses lèvres. Quoi que Sacha ait dit dans le passé, et quoi qu'il ait prévu de dire avant cela, Jonah tenait à lui, bordel. Que Sacha le veuille ou non, ils étaient amis.

— Il ne m'a rien dit, mais j'ai été en réunion tout l'après-midi. Il n'aurait pas pu me joindre s'il avait dû partir précipitamment.

— Tu devrais l'appeler, suggéra Helga. Je ne parle pas vraiment russe, mais j'ai bien vu qu'il était bouleversé.

— Il n'aime pas son père, confia distraitement Jonah, son téléphone déjà à la main.

Helga soupira.

— Oui, eh bien, parfois on arrive à un point où cela n'a plus d'importance. Appelle-le, Jonah. Et fais-moi savoir qu'il va bien.

— Bien sûr.

Elle partit, et il la suivit trop lentement pour prendre le même ascenseur. Il se dirigea vers les escaliers et descendit, tapant un message au passage.

Jonah : *Est-ce que tu vas bien ? Helga a dit que tu avais reçu de mauvaises nouvelles. Appelle-moi si tu as besoin de quelque chose. x*

Il envoya le message sur WhatsApp. Il ne fut pas délivré. Il prit une voiture pour rentrer chez lui avant d'essayer d'appeler, mais le résultat fut le même. La boîte vocale de Sacha se déclencha sans sonnerie. Où qu'il soit, soit son téléphone n'avait pas de réseau, soit il l'avait éteint.

Les deux options le déstabilisèrent. Il prit une douche, se fit des tartines pour le dîner et passa la soirée à arpenter son appartement. Il était près de minuit quand l'idée lui vint d'aller faire un tour vers l'immeuble de Sacha. Il était sur le pas de la porte avant de se rappeler qu'il n'avait aucune idée du numéro de l'appartement.

Il resta dehors un moment, étudiant les fenêtres à rideaux à la recherche d'indices, mais aucun n'apparut. Son instinct lui disait que Sacha aurait choisi du lin noir plutôt que du velours rouge, mais sans savoir à quel appartement appartenait la fenêtre aux lignes sombres, ça ne l'aidait pas. Il partit avant que quelqu'un n'appelle la police.

En rentrant, il laissa un message vocal à Sacha.

— Salut, alors… Helga pense que ton père est décédé. Si c'est le cas, je suis désolé. Je sais que votre relation était compliquée, mais ce genre de nouvelle n'est jamais facile à entendre. Appelle-moi si tu as besoin de quelque chose, même si c'est d'une distraction. Je suis là pour toi, Ivanov. Sois prudent.

Il raccrocha en secouant la tête. *Sois prudent.* Qu'est-ce que c'était censé vouloir dire ? Et comment cela sonnerait si et quand Sacha écouterait le message ?

*Ne pense pas à ça. Va te coucher et arrête de tout remettre en question. Il sait que tu es là pour lui. C'est suffisant. Ça doit l'être.*

Avec un soupir, il rangea son téléphone dans sa poche et ramassa le paquet en papier brun qu'il avait laissé sur la table basse en rentrant du travail. Il déballa la boule verte et l'emmena au sapin de Noël dans le couloir. Presque tous les ans, il oubliait d'allumer les lumières les soirs où il n'avait pas de compagnie, mais cette année, seul ou non, il n'avait pas oublié une seule fois depuis que lui et Lily l'avaient installé.

Il noua le fil ténu de la décoration et le suspendit à une branche haute devant une lumière dorée. Elle brillait, éthérée et chaude, enveloppant l'ange voisin d'un vert forêt. Il pensa à prendre une photo pour l'envoyer à Sacha, mais étant donné les circonstances de son absence, cela ne semblait pas approprié, bien que cela lui donnât une raison de vérifier à nouveau son téléphone. Sacha n'était toujours pas en ligne, et son message précédent n'avait pas été délivré. La logique voulait qu'il soit loin de chez lui sans pouvoir recharger son téléphone, mais l'inquiétude rongeait quand même le cœur de Jonah. Il fixa le prisme vert un moment de plus avant d'aller se coucher avec une seule pensée en tête.

*S'il te plaît, j'espère que tu vas bien.*

# Chapitre 17

Jonah se réveilla en sursaut, son pouls cognant fortement. Il porta une main à sa poitrine comme s'il pouvait faire rentrer son cœur battant la chamade et inspira longuement, cherchant dans sa chambre sombre ce qui l'avait tiré de son sommeil aussi brusquement. Le sapin de Noël scintillait depuis le couloir. En plus de ne jamais oublier de l'allumer, il semblait avoir négligé de l'éteindre la nuit.

*Brillant.* C'était peut-être la lumière verte du prisme de Sacha qui avait envahi son sommeil. C'était logique, car c'était la seule différence dans son appartement pendant les trois nuits consécutives où il s'était réveillé avec des sueurs froides.

Trois nuits, et trois longs jours depuis que l'appel qu'il avait reçu de Russie semblait avoir effacé Sacha de la surface de la Terre. Personne n'avait de nouvelles de lui, pas même Helga ; à moins qu'elle n'ait choisi de ne rien lui dire, mais étant donné son inquiétude pour lui quelques jours auparavant, cela n'avait aucun sens.

*Sauf s'il lui a demandé de ne pas le faire.*

Il se frotta les yeux, la respiration toujours difficile. Par habitude, il vérifia son téléphone, se préparant à l'écran vide, puis à la sensation de son cœur qui sombrait dans sa poitrine lorsqu'il regarderait l'unique coche grise sur WhatsApp, lui indiquant que le message qu'il avait envoyé à Sacha *trois jours* plus tôt n'était toujours pas arrivé, mais…

*Qu'est-ce que… ?* Il s'assit brusquement, les draps glissant sur son torse nu. L'écran n'était pas vide. Il était éclairé par trois appels manqués, tous dans les dix dernières minutes. Sacha. Putain.

*Comment ai-je pu dormir pendant tout ça ?*

Frénétiquement, il toucha l'écran, appelant Sacha directement. Ça sonna, sonna et sonna, et pendant un instant, il craignit d'avoir raté sa chance. De tomber sur la messagerie vocale comme il l'avait fait une douzaine de fois ces derniers jours.

Puis un bruissement s'éleva, et un lourd soupir, comme un cœur alourdi soufflant de la fumée à la lune.

— Jonah Gray.

Il s'affaissa de soulagement.

— Enfin. Ça fait des jours que je t'appelle. Est-ce que tu vas bien ? Où diable es-tu ?

— Ça fait beaucoup de questions pour le milieu de la nuit.

— Tu ne dormais pas, rétorqua-t-il. Tu m'as appelé.

— Je l'ai fait.

— Alors ?

— Tu m'as dit de t'appeler si j'avais besoin de quelque chose.

— De quoi avais-tu besoin ?

— De toi, Jonah. Ta voix. J'avais besoin de l'entendre, ne serait-ce que pour un instant.

Une émotion que Jonah ne pouvait décrire se précipita sur lui.

— Ça n'a pas besoin d'être bref. J'ai le temps.

— Non, tu ne l'as pas. Il est tard. Tu dois travailler demain.

— Je dois aller au bureau. En vérité, je n'ai pas grand-chose à faire puisque nous sommes sur le point de fermer pour Noël. De plus, tu ne t'es pas soucié du fait que je perde le sommeil les autres fois où nous avons communiqué au milieu de la nuit.

— Nous étions nus ?

— Probablement. Dois-je garder mes vêtements pour que tu t'intéresses à moi ?

— Je m'intéresse à toi.

— Pourquoi ? Nous ne sommes pas amis, tu te souviens ?

Un autre soupir de lassitude crépita sur la ligne.

— Et pourtant nous sommes là, souffla Sacha. Tu ne devrais pas m'écouter. Peut-être que je ne suis pas un bon juge pour définir ce que nous sommes.

— Tu me laisserais le soin de le faire ?

— Peut-être. J'y pensais tout à l'heure, mais maintenant, j'ai la tête tellement pleine que je n'arrive pas à penser à grand-chose.

— Je suis désolé pour ton père.

Sacha prit une légère inspiration. Jonah se demanda s'il fumait. Il ne l'avait jamais vu faire, mais il tapotait souvent ses doigts comme un ex-fumeur agité, et il semblait être le genre.

— Tu vas bien ? s'inquiéta-t-il quand Sacha ne répondit pas. Je sais que vous n'étiez pas proches, mais…

— Nous ne l'étions pas, reconnut Sacha. C'est un soulagement qu'il soit parti. Je pense que je devrais me sentir mal à ce sujet, mais ce n'est pas le cas.

— Il était malade ?

— Oui. Depuis longtemps. Il buvait et fumait beaucoup. Il ne prenait pas soin de lui.

— Tu as des frères et sœurs ?

— Par alliance. Je ne suis pas proche d'eux non plus, mais je dois aller à Moscou pour signer des choses pour eux. Je ne resterai pas pour le mettre en terre.

— Tu es en Russie ?

— Oui. Ça te surprend ?

— Ça ne devrait pas, admit Jonah. Je ne peux pas expliquer pourquoi c'est le cas.

— Tu n'en as pas besoin. Tu es quelqu'un de bien, Jonah Gray. C'est toujours suffisant pour moi, et je suis désolé si je t'ai donné l'impression que ça ne l'était pas.

Jonah se glissa hors de son lit et s'approcha de la fenêtre. D'une certaine manière, la vue le faisait se sentir plus proche de Sacha, même dans le silence qui s'étendait entre eux.

— Tu ne m'as jamais rien fait ressentir de tel. Et pour ce que ça vaut, je suis aussi désolé.

— Pourquoi diable ?

— Pour avoir compliqué les choses.

— Jonah, souffla Sacha avec douceur et une pointe de réprimande. Ça s'est compliqué à partir du moment où j'ai mis le pied dans cet ascenseur et que je t'ai vu te tenir là. Je savais que je n'arriverais pas à t'oublier. Ce n'est pas de ta faute. J'aimerais juste être meilleur pour te donner tout ce que tu mérites.

— Et qu'est-ce que c'est ? Pourquoi c'est à toi de décider ? Peut-être que je suis assez heureux avec un Russe grincheux dans mon lit qui ne veut pas me parler ou admettre que nous sommes vraiment amis ?

— Assez heureux ? grogna Sacha. Ça n'existe pas. Et je sais que nous sommes amis. Je porte ton bracelet. Je ne l'ai pas enlevé depuis que tu me l'as donné.

Jonah expira doucement.

— Je pensais que tu allais le donner.

— À qui ? Tu crois qu'il y a quelqu'un avec qui j'aurais plus envie d'être ami que toi ?

— Je pense qu'on a l'air d'avoir douze ans à avoir cette conversation, rétorqua Jonah. Est-ce qu'on ne peut pas simplement se mettre d'accord et passer à autre chose ?

— Si c'est ce que tu veux.

— J'aimerais bien.

— Je peux te demander quelque chose, par contre ? fit Sacha. Maintenant que nous sommes amis ?

Dans l'obscurité, Jonah sourit presque, mais le ton sérieux de Sacha le fit réfléchir.

— Bien sûr. Tu peux me demander n'importe quoi.

— Que t'a fait cet homme ?

— Oh.

C'était la première fois que Sacha faisait référence à William Ratner sans parler de ses cheveux, mais Jonah n'avait aucun doute sur son identité.

— Eh bien, rien, vraiment, je suppose. Il me met juste mal à l'aise.

— Il te met mal à l'aise parce qu'il t'a fait quelque chose. Je l'ai vu le premier soir, et j'en ai eu des échos plus tard, même quand il n'était plus là. Tu n'es pas obligé de me le dire, mais ne prétends pas que ce n'était rien.

Jonah repensa à toutes ses rencontres avec Sacha et essaya de repérer les moments où il aurait pu se trahir, mais tout était si flou ; trop d'émotions pour les disséquer.

— Je ne voulais pas dire que ce n'était rien pour moi, plutôt que c'était un incident mineur. J'avais seize ans. Il m'a poussé dans un coin sombre au bal cette année-là et a enfoncé ses mains dans mon pantalon. Je me suis battu avec lui et je lui ai dit que je le poignarderais s'il ne me laissait pas tranquille. Ça s'est arrêté là.

Les mots sortirent de sa bouche en trombe. Il pensait en avoir fini, mais Sacha garda le silence, et il réalisa qu'il y avait plus.

— Je ne l'ai dit à personne, chuchota-t-il. Ratner vient d'une famille aisée, il est marié et a des enfants. Ça aurait gêné mes parents si ça s'était su, et détruit sa femme, mais tu as raison, ça m'a hanté pendant longtemps. Ça me hante encore quand je dois lui faire face chaque année et qu'il essaie de me parler comme si nous étions des amis. Lily a mis un laxatif dans son verre une année, juste pour se débarrasser de lui.

— Je l'aime de plus en plus.

— Tu la rencontreras un jour si tu gardes ce bracelet. Combien de temps vas-tu rester en Russie ?

— Jusqu'à demain, lui apprit Sacha. Ensuite je dois revenir pour travailler. Il y a un petit problème avec l'interface de l'appli que je suis le seul à pouvoir régler, et je n'ai pas apporté mon ordinateur portable avec moi. Il est toujours au bureau.

— Est-ce que je peux faire quelque chose pour aider ?

— Oui, Jonah Gray, mais tu le fais déjà.

***

Sacha détestait les aéroports. Il lui semblait parfois que tous les vols qu'il prenait étaient retardés, et son vol de midi de Moscou à Londres ne fit pas exception. Il était tard quand il se fraya un chemin hors de Heathrow et échoua dans un taxi. Trop tard pour aller au bureau, même pour lui.

Sacha : *Je suis arrivé. Dors. On se voit demain ?*

Jonah : *Je te trouverai. x*

Sacha réfléchit à ce que cela signifiait, et accepta le flottement dans sa poitrine. Après de longues journées passées avec ses demi-frères et sœurs et des avocats russes, il appréciait la chaleur plus que jamais. Il s'y accrochait. Il l'embrassa en se glissant dans son lit et en fermant les yeux sur un terrible mal de tête.

Fatigué, mais excité, il mit du temps à trouver le sommeil. La voix de Jonah lui tint compagnie. La nuit précédente, ils avaient parlé jusqu'au lever du soleil de tout et de rien, et debout sur le balcon de la maison froide et vide de son père, il avait ressenti une véritable envie d'être ailleurs. Pas ailleurs, mais avec Jonah.

*Et alors ? Tu es son ami, il est le tien, et tu veux toujours le baiser ?*

Non. C'était plus que ça maintenant. Sacha voulait aussi se réveiller avec lui. Manger avec lui. Décorer un *yolka* avec lui après une matinée passée à errer ensemble sur les marchés. Ça lui faisait peur, mais il aimait ce sentiment. Avoir peur de ça était agréable, et il ne s'arrêta pas pour se demander ce qui avait changé. Ça n'avait pas d'importance. Parfois le cœur n'était pas aussi compliqué que les gens le croyaient. Sacha voulait Jonah, et inversement. C'était suffisant, au moins jusqu'à ce qu'il s'endorme.

Le lendemain matin, il se leva avant l'aube et prit une voiture pour se rendre au bureau. Il ne s'arrêta pas pour prendre son petit-déjeuner : le lancement de l'application approchant, il n'avait pas le temps. Chargé de café, il s'installa dans l'alcôve et se mit au travail pour résoudre les problèmes de démarrage que l'interface avait créés en son absence. Le temps se résuma au tapotement de son clavier et à la lumière bleue de son écran d'ordinateur.

— Tu vas devenir aveugle si tu louches comme ça.

Malgré la voix féminine, il leva quand même les yeux à la recherche de Jonah. Helga répondit à son froncement de sourcils par un sourire en coin.

— Je suis contente de te voir aussi. Quand t'es-tu rasé pour la dernière fois ?

L'air renfrogné de Sacha s'accentua.

— Pourquoi, ça t'embête ?

— Ça ne m'embête pas. J'aime le look barbu. Je me demande juste si tu vas bien. Tu n'as pas dit grand-chose dans tes emails.

— Tu n'as pas demandé si j'allais bien. Pourquoi répondrais-je à une question qui n'a pas été posée ?

— Tu ne pouvais pas lire entre les lignes ?

— Je ne sais pas ce que tu attends de moi, reconnut-il en secouant la tête.

Helga soupira et sortit une tasse à café en carton de derrière son dos ; du bon café qui ne ressemblait en rien à la merde de la salle de repos.

— Peu importe. Comment était la Russie ? Tu dois y retourner pour l'enterrement de ton père ?

— Non. C'est aujourd'hui.

— Aujourd'hui ? Alors pourquoi tu es là ?

— Parce que je ne voulais pas y aller. Mon père était un connard d'ivrogne. Je n'y suis allé que pour donner tout son argent.

Helga cligna des yeux, prise de court par la rare franchise de Sacha, et il s'en voulut. Il aimait bien Helga. Son humour pince-sans-rire correspondait au sien.

— Je suis désolé, s'excusa-t-il. La semaine a été longue, n'est-ce pas ? Mais ne t'inquiète pas pour mon père. Ce n'était pas aussi important pour moi que pour quelqu'un d'autre.

— C'est ta façon de me dire de m'occuper de mes affaires ?

— Non. C'est la vérité.

— OK, acquiesça Helga. Bois ton café alors. Tu veux que j'aille te chercher un petit-déjeuner ?

— Non.

— Tu es sûr ? Tu es de mauvaise humeur quand tu as faim et on a une sacrée journée devant nous.

Elle n'avait pas tort, mais sa tête lui faisait encore mal, et la nausée avait commencé à gronder dans son ventre.

— Merci, mais je n'ai pas faim. Mais tu peux faire quelque chose pour moi ?

— Bien sûr.

— Il y a des médicaments dans le bureau près de ton ordinateur. Ce sont les miens. Tu peux me les apporter ?

Helga fronça les sourcils.

— Tu veux dire le flacon de médicaments ? Si oui, je l'ai jeté hier. Il était vide.

— Il était vide ? Merde, soupira Sacha. Tant pis.

— Tu es sûr ? Je peux envoyer quelqu'un à la pharmacie si tu as ton ordonnance.

— Non, non. C'est bon. J'irai à l'heure du déjeuner.

— Nous avons une réunion à midi, et une autre à deux heures. Tu n'auras peut-être pas le temps.

— Alors tout ira bien, affirma-t-il. Ne t'inquiète pas. Tu l'as dit toi-même, nous avons une grosse journée, n'est-ce pas ? Pas de temps pour les maux de tête. Je vais probablement l'oublier.

Helga ne sembla pas convaincue, reflétant ce qu'il ressentait, mais il avait raison sur une chose : il n'avait pas le temps.

Elle le laissa seul pour s'occuper de sa propre liste de choses à faire. Il persévéra, réparant ce qu'il pouvait jusqu'à ce que la première d'une douzaine de réunions se présente.

C'était la première fois qu'il quittait l'alcôve depuis son arrivée. Les bureaux de Blutecc étaient une ruche d'activité frénétique, et cette énergie faisait bourdonner son cerveau. Il grimaça et chercha Jonah automatiquement, mais le côté FG des bureaux était désert.

— Fête de Noël, l'informa Helga. Leur patron les a emmenés déjeuner. Je ne pense pas qu'ils reviendront.

— Quoi ? Pas du tout ?

— Pas aujourd'hui. Tu es prêt ?

— À quoi ?

Helga lui donna un coup de coude.

— Pour la réunion, Sacha. Bon sang, tu es sur une autre planète aujourd'hui.

Il lui lança un regard noir.

— Je n'ai pas cette chance.

— Peu importe. Viens, on a besoin de toi.

— C'est gentil, mais faux. Tu n'as pas besoin de moi pour cette réunion.

— Alors ne viens pas. Vas-y et finis ce que tu es en train de faire. Quoi qu'il en soit, arrête de bloquer la porte.

Hébété, il s'écarta et la laissa passer. Puis, incapable d'affronter à nouveau son écran d'ordinateur, il la suivit dans la pièce et prit place au bout de la table.

Il sortit son téléphone de sa poche et tapa un message.

Sacha : *Tu n'es pas là. Peut-être que c'est moi qui dois te trouver ?*

Jonah : *Tu n'auras pas à chercher bien loin. Je vais me ruiner de l'autre côté de la rue pour le reste de la journée.*

Sacha : *Un déjeuner sans fin ?*

Jonah : *Et plus encore. Quand auras-tu fini ?*

Sacha : *L'application sera en ligne à 17 heures. Je vais regarder et voir comment ça se passe pendant un petit moment. Ensuite, j'en aurai fini jusqu'au Nouvel An et… je te retrouverai.*

Jonah : *J'y compte bien, Ivanov.*

Lui aussi. Heure par heure, minute par minute. Son équipe faisait le compte à rebours pour le lancement, mais il était déjà ailleurs. L'application était terminée et elle fonctionnait. Il avait rempli son contrat, et maintenant il était libre, débarrassé de plus que les mauvais jours et les nuits tardives pour une application de fitness de mauvaise qualité.

Avec la mort de son père et l'approche de Noël, Sacha n'avait plus que des *yolkas* et Jonah Gray dans son cœur.

# Chapitre 18

Il était plus de sept heures quand les premiers employés de Blutecc commencèrent à arriver dans le pub. Jonah les observa, essayant de ne pas les suivre, ou de tourner la tête à chaque fois qu'une porte s'ouvrait.

Il échoua, naturellement, au grand amusement de Lily.

— Tu vas te faire mal, se moqua-t-elle.

Jonah sirota son verre d'eau tonique.

— Je ne sais pas de quoi tu parles.

— C'est parce que tu n'écoutes pas. Je ne pense pas que tu aies entendu un seul mot de ce que j'ai dit depuis que tu es venu t'asseoir avec moi sous prétexte de me tenir compagnie alors qu'en fait tu te sers de moi comme prétexte pour espionner la porte.

— Ce n'est pas vrai.

— Si. Mais ne fais pas l'enfant. Je suis ton amie, là, pas ton employée. Tu peux être honnête et admettre que tu attends Sacha.

Jonah se força à détourner le regard de la porte et soupira.

— C'est si évident que ça ?

— Seulement pour moi, le rassura Lily. Et peut-être pour la fille aux cheveux noirs. C'est quoi son nom déjà ?

— Winona.

— Oui, elle. Mais je pense qu'elle est plus intéressée par Carl. Qu'est-ce qui se passe ?

Honteusement, Jonah n'en avait aucune idée. Il n'était pas au courant des potins du bureau, et à part vérifier sa santé et son bien-être général, il n'avait pas eu de véritable conversation avec Carl depuis des semaines.

— Tu es nul, réprimanda Lily. Et pas pour une raison qui compte vraiment, alors ne te vexe pas.

— Vexé ? Rappelle-moi pourquoi je t'ai invitée à la fête de Noël de mon bureau ?

— La même raison pour laquelle tu le fais chaque année. Pour que tu puisses me payer du champagne toute la nuit pendant que je t'insulte. Une soirée classique, cher enfant, même si je crains que tu me laisses tomber dès qu'un certain Russe se montrera.

— Je ne le ferai pas, promit Jonah pour la douzième fois depuis que Lily avait débarqué dans le pub, tout juste descendue de son vol retour. Il veut te rencontrer.

Lily grogna.

— Rien de ce que tu m'as dit sur lui ne me pousse à croire que cette phrase est vraiment sortie de sa bouche.

— Eh bien, pas exactement. Mais il sait que tu es ma meilleure amie et que faire ta connaissance est en quelque sorte non négociable.

— Pour quelles raisons ? C'est un peu extrême pour un plan cul, Jonah.

— Je sais.

— Alors… ?

— Alors quoi ?

— Qu'est-ce qui a changé ? s'enquit-elle en remplissant son verre avec la bouteille que Jonah avait jetée sur la table pour la faire taire. Aux dernières nouvelles, tu étais en colère parce qu'il ne voulait probablement que te baiser, pas faire un pacte de sang et échanger des bracelets d'amitié.

Elle plaisantait, mais son humour pince-sans-rire était suffisamment proche de la réalité pour qu'il rougisse. Il baissa la tête, heureux que le bar soit faiblement éclairé.

— Je n'étais pas en colère.

— Si. Et c'est tout à fait normal. Ça veut dire que ça te tient à cœur, et il n'y a rien de mal à ça. En plus, si ce que j'ai entendu sur ton Russe est exact, il est assez sexy pour mériter un peu d'angoisse.

— Qu'as-tu entendu ? Et comment l'as-tu entendu ? Tu n'es là que depuis une heure.

— Et tu as passé la plupart de ce temps à rôder devant la porte, me laissant mener ma petite enquête, et il paraît que ton ami est aussi beau que tu l'as dit.

Jonah leva les yeux au ciel.

— Il est plus que magnifique, Lil. Tu crois que je me serais mis dans un tel état pour quelqu'un qui n'est qu'une simple friandise pour les yeux ?

— Non. Et je sais que tu ne voudrais pas de quelqu'un qui n'est qu'un bon coup, donc je suppose que tu as fait quelque chose de stupide depuis la dernière fois que je t'ai vu et que tu es tombé amoureux de lui.

— Je ne suis pas amoureux de lui. Je ne le connais pas assez bien pour ça.

— Selon qui ? Tu crois que toutes les grandes histoires d'amour commencent par une mise en scène parfaite, étalée sur un laps de temps qui ne laisse aucune place au doute ?

— Je…

— Bien sûr que non. Il n'y a pas de formule. Tu n'as pas besoin de connaître quelqu'un à fond pour en tomber amoureux, mon chou. Ce n'est que le début.

Les paroles de Lily auraient eu plus d'effet s'il lui avait accordé toute son attention, mais alors qu'elle terminait son discours enthousiaste, Helga pénétra dans le pub. Il se redressa, attendant que Sacha la suive, mais lorsqu'elle secoua ses cheveux et drapa son manteau sur son bras, il devint clair qu'elle était seule.

Fronçant les sourcils, il scruta le bar, comptant les têtes des employés de Blutecc qu'il ne connaissait que de vue. Il en manquait probablement quelques-uns, mais aucun de ceux qu'il avait déjà vus en compagnie de Sacha, même au bureau. Le doute menaça la bulle optimiste qu'il avait portée toute la journée. *Est-ce que je me suis encore trompé ? Est-il rentré chez lui sans moi ?*

Non. Ça n'avait aucun sens. Après des semaines d'allers-retours et de messages contradictoires, ces derniers jours, quelque chose avait changé chez Sacha. Il n'avait fait aucune promesse, mais il avait rendu ses intentions claires. Il *voulait* Jonah, de quelque façon qu'ils puissent trouver ensemble. *Je te trouverai.* Même bourré, Jonah ne pouvait pas mal interpréter ça, et il n'était pas ivre. Même pas un peu. Il n'avait pas bu une goutte.

Lily était toujours en train de parler. Il l'ignora et se leva de son siège. Il joua des coudes pour se frayer un chemin à travers la foule jusqu'à Helga qui se tenait au bar.

— Où est Sacha ?

Elle se retourna en fronçant les sourcils.

— Quoi ?

— Où est Sacha ? répéta-t-il. Il n'est pas venu avec toi ?

— Je croyais qu'il était ici ?

— Non. Je pensais qu'il était encore au bureau avec toi.

— Il l'était, confirma-t-elle en penchant son cou pour balayer le bar du regard. Puis il est parti. J'ai cru qu'il s'était éclipsé pour te rejoindre. J'ai compris qu'il n'était pas intéressé par la fête dès qu'on a été sûrs que l'application n'avait pas planté dans les cinq premières minutes.

— Ça s'est bien passé ?

— D'après ce qu'on sait. Il y a un événement plus important qui se déroule au lieu de lancement en ville, et nous avons des gens là-bas, mais pour nous, les troufions, c'est fini.

— Vous n'êtes pas des troufions.

— Si. On a reconstruit cette application à partir de rien, et dans le meilleur des cas, elle aura assez de succès pour que Blutecc la vende à une plus grande entreprise. Personne ne se souviendra de ce qu'aucun de nous a fait pour la sauver. C'est la vie, j'imagine. Ça n'avait pas l'air de déranger Sacha, donc moi non plus.

— Que vas-tu faire maintenant ? Sacha reste dans l'entreprise ?

— Tu ne devrais pas le lui demander ?

Elle avait raison, bien sûr, mais Sacha n'était pas là. Il haussa les épaules.

— Je suis juste curieux à propos de Blutecc. Je n'ai jamais prêté beaucoup d'attention à ce que vous faites, mais ce… projet m'a fasciné. Je me demande ce qui va se passer ensuite.

— La même chose, j'imagine, supposa-t-elle. Mais je ne pense pas qu'ils achèteront à nouveau une application aussi défectueuse et qu'ils essaieront de la développer sans aucun principe. Sacha a hurlé sur le conseil d'administration ce matin.

— Ah vraiment ?

— Bien sûr. Il est doué pour ça. Je pense que c'est pour ça qu'ils l'ont engagé. Mais il y a des jours comme aujourd'hui où ils regrettent de l'avoir fait, surtout quand il leur a brandi votre facture au visage et les a fait passer à la caisse.

Jonah rit, imaginant la scène.

— Eh bien, je suppose que c'est mieux que de la payer de sa poche.

— Il en aurait été totalement capable, tu sais.

— Je sais.

C'était probablement la conversation la plus profonde qu'il ait jamais partagée avec Helga. Il absorba le tout, mais son cœur réclamait toujours Sacha.

— Où penses-tu qu'il soit ? Il est rentré chez lui ?

— Peut-être, reconnut-elle en haussant les épaules. Il n'a pas été dans son assiette de toute la journée, mais je pensais qu'il se retenait pour te voir.

— Pas dans son assiette ? Comment ça ?

— Des maux de tête. Il en a souvent… Flûte, attends.

Elle sortit son téléphone de son sac. Il clignotait avec un appel entrant.

— Désolé, je dois prendre cet appel.

Jonah comprit l'allusion et la laissa faire. Il retourna à la table où Lily parlait avec animation à Nico. Ils étaient suffisamment occupés pour qu'il prenne subtilement son manteau sur sa chaise et les abandonne aussi.

Il se fraya un chemin hors du pub et dans la rue. Des fumeurs bordaient les trottoirs, mais aucun d'eux n'était Sacha. *Tu ne sais même pas s'il fume, tu te rappelles ? C'était une supposition de fin de soirée basée sur ton obsession à l'écouter respirer.*

Il secoua légèrement la tête et s'éloigna des buveurs qui s'étaient déversés hors des pubs et des bars, parcourant la route vers le bureau en pilote automatique, son téléphone à l'oreille. La messagerie vocale de Sacha se déclencha. Encore une fois. Comme s'il avait disparu de la surface de la Terre pour la deuxième fois en l'espace d'une semaine. *Peut-être qu'il est rentré chez lui. Et qu'il a éteint son téléphone pour avoir la paix.*

Mais aussi logique que cette théorie puisse paraître, il savait que c'était faux. Il n'y avait rien de logique chez Sacha Ivanov. Il ne l'avait jamais été.

Il se faufila dans le bâtiment et se dirigea vers l'ascenseur. Samson était à son poste, pour une fois bien réveillé.

— Avez-vous vu monsieur Ivanov de Blutecc partir ?

Samson secoua la tête.

— Pas que je me souvienne. Mais tout le monde semblait pressé de partir aujourd'hui. Excités par Noël, sans doute.

— Sans doute, acquiesça Jonah en continuant son chemin vers l'ascenseur et jusqu'au treizième étage.

Il le trouva désert ; même Curtis n'y était pas encore arrivé. Lumières éteintes, ordinateurs fermés. Mais son instinct l'attira vers l'alcôve qui ne pouvait être vue que si on y était, et il tourna au coin vers la douce lumière bleue d'un ordinateur portable.

Celui de Sacha.

Qui se trouvait à côté, affalé sur le sol, les yeux fermés, le visage pâle.

Il avait l'air mort.

***

— Oh mon Dieu.

Jonah réduisit la distance entre eux et s'accroupit à côté de Sacha. Il posa une main sur son front et serra l'autre autour de son poignet, vérifiant son pouls.

— Sacha ? Qu'est-ce qui ne va pas ?

Les yeux de ce dernier vacillèrent pendant qu'il comptait les battements de son cœur. Il gémit.

Jonah resserra sa prise.

— Hé. C'est moi. Jonah. Ouvre les yeux, Sacha. Regarde-moi.

Ce dernier prit une profonde et frissonnante inspiration. Un œil s'ouvrit complètement, l'autre resta fermé, s'abaissant légèrement, dans le vague et injecté de sang.

— C'est ça, l'encouragea-t-il en lui serrant la main. Tu peux me dire ce qui ne va pas ?

— Je vais bien, bafouilla Sacha.

— Non pas du tout. Ton cœur bat *très* vite.

— Ce n'est rien. Trop de caféine. Pas de nourriture. Ça ira bientôt mieux, maintenant je finis.

— Finir quoi ?

— Le travail.

Jonah jeta un coup d'œil vers l'ordinateur portable ouvert et une envie irrésistible de le jeter par la fenêtre l'envahit.

Il se contenta de le fermer, les plongeant dans l'obscurité.

Sacha fredonna et laissa ses paupières retomber.

Jonah le secoua.

— Ne fais pas ça. Tu dois rester éveillé pour que je puisse t'aider, d'accord ?

Il commença à se lever.

— Non, je n'ai pas besoin d'aide, affirma Sacha en attrapant son bras. C'est juste une migraine, *luchik*. S'il te plaît, ne pars pas.

— Sacha…

— Non, supplia-t-il en enfonçant ses doigts dans l'avant-bras de Jonah. S'il te plaît. Ça va passer, je te le promets.

Il desserra l'étreinte de Sacha et prit sa main, la serrant à nouveau, plus fort qu'avant.

— C'est bon, c'est bon. Mais tu ne peux pas rester dans les bureaux. On doit rentrer à la maison, te mettre à l'aise, d'accord ?

Sacha leva la tête, lentement, comme si elle était lestée de béton. Il croisa finalement le regard de Jonah avec des yeux rougis.

— Ma maison.

Jonah cligna des yeux de surprise.

— Tu veux que je vienne chez toi ?

— Oui. Pour de nombreuses raisons. Mais… commença Sacha en se tapotant la tempe. Pour les médicaments. J'en ai là-bas.

— C'est déjà arrivé avant ?

— Depuis que je suis jeune et que j'ai eu un accident de voiture. Il y a un problème dans mon cerveau.

Sacha s'exprimait d'une façon traînante comme s'il était ivre, et chaque mot frappa Jonah au ralenti, l'impactant avec une force brutale. Cela le dérangeait plus qu'il ne pouvait le dire de ne pas avoir su cela de Sacha. Tout ce temps qu'ils avaient passé en compagnie l'un de l'autre, et il n'en avait eu aucune idée.

— OK. Je te ramène chez toi, et tu m'en diras plus.

— Pourquoi ?

— Parce que je tiens à toi, putain, grogna Jonah. Arrête de te battre avec moi.

Sacha sourit un peu, mais ça ne dura pas. Sa couleur était terrifiante, et seul le souvenir lointain des migraines prémenstruelles de Lily maintenait la peur de Jonah à distance. *Il n'est pas en train de mourir. Ramène-le à la maison. Donne-lui ses médicaments.*

Il trouva son manteau et son sac, et l'aida à se relever.

— Ton ordinateur portable reste ici.

— Et le tien ?

— Il est enfermé dans mon bureau. Je ne le regarderai pas avant le 2 janvier.

— C'est long.

— Oui, eh bien. J'ai mon téléphone pour les emails et tout le reste peut attendre.

— Tu es un homme de principes.

— Pas vraiment. Je sais juste ce qui m'arrive quand je me tue à la tâche.

Jonah fit glisser l'écran de son téléphone pour appeler une voiture qui les ramènerait chez eux.

Sacha était silencieux, appuyé contre le mur. À n'importe quel autre moment, Jonah aurait senti son regard vif sur lui, le ratissant, l'étudiant comme lui seul pouvait le faire. Mais pas cette fois. Sacha pouvait à peine garder les yeux ouverts.

Jonah mit l'ordinateur portable de Sacha dans le tiroir de son propre bureau et le verrouilla à l'intérieur. Il retrouva le demi-sourire de celui-ci.

— C'est comme si tu me prenais en otage.

— Pas toi. Juste ton ordinateur.

— Dommage.

Jonah sourit et resserra le manteau de Sacha autour de lui, attachant les boutons.

— Peut-être une prochaine fois. Allez, viens. Une voiture devrait nous attendre en bas d'une minute à l'autre ; mon chauffeur n'était pas loin.

Il prit le bras de son amant et le guida vers l'ascenseur. La cabine descendit en tremblant, comme elle avait tendance à le faire depuis la panne qui les avait réunis.

Jonah sourit, mais lorsqu'il regarda Sacha, il vit qu'il était d'une pâleur mortelle, se protégeant les yeux des lumières du plafond d'une main, tandis que son autre bras était enroulé autour de lui pour se maintenir.

— Hé, souffla Jonah en entrant dans son espace personnel. Appuie-toi sur moi.

— Je vais bien, rétorqua Sacha en secouant la tête.

— Menteur.

Il repoussa la main de Sacha et guida sa tête vers le bas, le tirant dans une étreinte qui prit une partie de son poids et lui permit de cacher son visage dans son épaule.

Sacha était tendu, raide de douleur. Jonah lui massa la nuque. Il gémit.

— Chut. Ça ne prendra pas longtemps pour te ramener chez toi, murmura-t-il comme si Sacha ne connaissait pas la distance entre le bureau et son propre appartement. Tout va bien.

Le trajet en ascenseur se termina avant que Sacha ait pu répondre. Jonah glissa un bras autour de sa taille et le conduisit hors du bâtiment dans la voiture qui attendait. Il donna au chauffeur son adresse et le véhicule de luxe se glissa sans bruit dans la circulation du soir.

Sacha se pencha en avant, cachant à nouveau son visage. Jonah lui frotta le dos et resta silencieux, son esprit se repassant les événements de la journée. Alors que Blutecc avait travaillé jusqu'au bout, tout avait été relativement serein du côté de FG. Les délais avaient été respectés, les projets terminés, et ils étaient tous au pub à l'heure du déjeuner. La plupart des membres de son équipe étaient par terre bien avant que le personnel de Blutecc n'arrive, mais pas lui. Il s'en était tenu à de l'eau gazeuse, et il en était reconnaissant maintenant. Il n'avait jamais imaginé que la soirée se déroulerait comme ça, mais il n'était pas sûr qu'une version ivre de lui-même aurait pensé à retourner chercher Sacha, et l'idée que celui-ci soit seul en ce moment le rendait légèrement malade.

*Tu te sens mal ? Imagine ce que c'est pour lui.*

Il frissonna, heureux que Sacha ne fasse pas attention à lui. *« … J'étais jeune… accident de voiture… problème au cerveau. »* Le seul accident de voiture dont Sacha avait jamais parlé était celui qui avait tué sa mère. Jonah n'avait jamais pensé qu'il avait été dans cette voiture avec elle, et il s'en voulait maintenant. Où aurait-il pu être un samedi après-midi à part avec sa mère ? *Idiot.*

Ivre, Jonah aurait pu le faire fuir en insistant, mais avec l'esprit clair, il savait que ça n'avait pas d'importance. Sacha ne lui avait pas donné les détails parce qu'il ne voulait pas. Des plans cul. Des amis. Des amoureux. Quoi qu'ils soient l'un pour l'autre, ils n'étaient pas thérapeutes.

La voiture s'arrêta devant l'immeuble de Sacha. Jonah remercia le chauffeur et réveilla son compagnon, l'aidant à sortir.

— Je ne sais pas quel appartement est le tien.

— Le vingt-trois, comme aujourd'hui, l'informa Sacha en trouvant ses clés et en se dirigeant vers l'entrée. De la rue, on voit mon salon.

— Des rideaux noirs, c'est ça ?

— Bien sûr.

Sacha ouvrit la porte extérieure du bâtiment. Un autre voyage en ascenseur plus tard, ils se retrouvèrent devant sa porte d'entrée.

Il glissa sa clé dans la serrure avec des mains tremblantes. Jonah prit le relais et le laissa entrer. La porte se referma derrière eux et Sacha disparut immédiatement dans la salle de bain, le laissant à l'écart.

Lui donnant de l'espace, Jonah retira ses chaussures et s'aventura plus loin dans la maison de Sacha.

C'était exactement comme il s'y attendait : propre, masculin, dépourvu de tout ce qui pouvait donner des indices sur qui il était vraiment. Pour cela, il devait se fier à des moments tangibles dans le temps qui, parfois, ne suffisaient pas à eux seuls.

Additionnés ensemble, cependant, ils formaient un tout. Sacha était réticent, lunatique, et si contradictoire qu'il aurait presque pu le détester. Mais il était aussi féroce, gentil et drôle, et il n'y avait rien de tel que sa compagnie.

Il se déplaça dans l'appartement, vérifiant la présence de nourriture dans le réfrigérateur ; rien. Les placards pour le café ; blindés. Il se rendit ensuite dans la chambre de Sacha sans autre raison que la curiosité.

La pièce était sombre et fraîche, avec des draps noirs et une peinture charbonneuse. Une télévision à écran plat était encastrée dans le mur de briques nues, et des lampes étaient équipées d'ampoules douces et de faible puissance. Il en alluma une et alla chercher de l'eau dans la cuisine. Il la posa sur la table de nuit quand Sacha revint de la salle de bain sans sa chemise.

— Je dirais bien que tu as meilleure mine, mais ce serait uniquement parce que tu es à moitié nu. Tu as toujours une tête à faire peur.

Sacha grimaça.

— Je ne veux pas savoir.

— Tu as pris ton médicament ?

— Pas encore.

— Où est-il ? Je vais le chercher.

— Il est dans le tiroir devant toi.

Jonah ouvrit le tiroir de la table de nuit et trouva un flacon de pilules brun rangé à côté d'un tube de lubrifiant et d'une bande de préservatifs. Il se força à ne pas spéculer sur la date à laquelle Sacha avait utilisé le lubrifiant et les préservatifs pour la dernière fois et attrapa le médicament.

Il ferma le tiroir dans un claquement plus fort qu'il ne l'avait prévu, et se retourna pour trouver Sacha derrière lui, assis sur le bord du lit.

— Tu as l'air en colère, remarqua Sacha. J'ai fait quelque chose dont je ne me souviens pas ? Je suis désolé de ne pas t'avoir retrouvé au bar, je…

— Tu n'as rien fait. Je ne suis pas en colère, loin de là, lui assura-t-il en secouant le flacon de pilules. De combien en as-tu besoin ?

— Deux, peut-être davantage plus tard si elles ne fonctionnent pas.

Il ouvrit la bouteille et versa les pilules dans la paume de Sacha.

— Tu ne vas pas les vomir ?

— Je pense que non. En général, c'est seulement une fois si…, commença-t-il.

Puis il blanchit et secoua la tête.

— Je ne trouve pas les mots aujourd'hui.

— Tu n'en as pas besoin. C'est bon.

Sacha avala les pilules et but l'eau que Jonah lui passa. Il emporta le verre vide dans la cuisine. Quand il revint, Sacha n'avait pas bougé.

Il fit le tour du lit tout en passant une main sur sa peau fraîche, s'arrêtant pour vérifier son pouls.

— Tu devrais dormir, suggéra-t-il, en remarquant que le rythme cardiaque de Sacha avait ralenti par rapport à celui de marteau-piqueur qu'il avait au bureau. Tu crois que tu peux ?

— Hum ?

— Dormir, répéta-t-il. Genre, tu devrais te mettre au lit et essayer.

— Et toi ? Tu vas rester ?

— Bien sûr, grogna Jonah. Il faudrait que tu appelles la police pour que je te quitte, là.

— Je ne veux pas que tu restes parce que je suis malade, Jonah. Je veux t'avoir dans mon lit.

— Je sais.

— Tu veux ? demanda Sacha en attrapant sa main alors qu'il reculait pour déboutonner sa chemise. Je veux dire, vraiment ? Parce que j'ai été très mauvais pour te dire ce que moi, je veux.

Jonah retira ses boutons de manchettes et les posa sur la table de chevet, puis il s'agenouilla devant Sacha, les mains sur les genoux, son regard passant du bracelet noué autour du poignet de ce dernier à son visage marqué par la douleur.

— Tu n'es pas doué pour ça, et si ça doit mener quelque part, à un moment donné, il faudra vraiment que tu t'y mettes, mais je n'ai pas non plus été franc sur mes sentiments, alors je vais l'être maintenant. C'est d'accord ?

Sacha acquiesça, le mouvement le faisant vaciller. Sa tête semblait lourde. Jonah se demanda s'il se souviendrait de la conversation, mais une digue s'était rompue en lui. Tout ce qu'il avait à dire allait sortir, qu'il s'en souvienne ou non.

— Je t'aime beaucoup, avoua-t-il. Je ne peux pas arrêter de penser à toi. Je tiens à toi, et je pense que tu tiens à moi aussi.

— C'est le cas.

— Veux-tu que nous soyons plus que des amis avec avantages ?

— Oui.

Le soulagement le fit un peu vaciller. Il serra les genoux de Sacha plus fort.

— Moi aussi, et c'est tout ce qui compte pour l'instant. Nous n'avons pas à le définir. Mais j'ai besoin que tu le penses, Sacha. Je ne peux pas jouer à ce jeu ridicule de va-et-vient avec toi pendant que tu découvres si tes sentiments sont réels. Je n'ai pas l'énergie pour ça, et je ne pense pas que tu l'aies non plus.

Sacha le fixa pendant un moment, si silencieux et immobile qu'il craignit d'avoir commis une terrible erreur. Son sang rugit dans ses oreilles et la chambre lugubre de Sacha se referma sur lui. *Laisse tomber. Tu n'as pas à lui dire comment se comporter. Ce n'est pas un…*

Des doigts frais firent basculer son menton, le forçant à relever le regard. Sacha cligna des yeux et se pencha en avant, appuyant sa tête contre la sienne.

— C'est réel. Je te le promets. Tout ça. Je pense que quand j'aurai les idées claires, je te dirai que je suis très près de tomber amoureux de toi, Jonah Gray.

Ce fut à son tour de le dévisager, mais Sacha était déjà parti. Sa tête glissa de la sienne, et il bascula en avant, sauvé de la chute uniquement par sa présence devant lui.

— Waouh, s'exclama-t-il en le rattrapant. Viens. On va te mettre au lit.

Il l'aida à se déshabiller et l'installa dans le lit. Il se débarrassa de ses propres vêtements, éteignit la lumière et alluma la télé. Le temps qu'il se glisse sous les couvertures, Sacha était à peine conscient.

Il s'allongea à côté de lui, se déplaçant jusqu'à ce que Sacha se retrouve appuyé contre lui, sa tête sur sa poitrine. Il était encore froid au toucher. Il borda les draps autour d'eux et passa ses doigts dans les cheveux de son compagnon.

Celui-ci soupira.

— Tu es un ange.

En souriant, Jonah embrassa sa tempe.

— Si tu le dis. Dors, Ivanov. Je suis là pour toi.

# Chapitre 19

Jonah se réveilla en caressant toujours le visage de Sacha. Il n'avait aucune idée du temps qu'il avait passé à dormir, juste que le film d'action qu'il regardait en sourdine avait fait place à un documentaire sur le Turkménistan.

Il l'éteignit et la brume du petit matin filtra à travers la fenêtre; ils avaient oublié de fermer les rideaux. Il se demanda si la lumière dérangerait Sacha à son réveil et essaya de ne pas imaginer ses yeux rouges et douloureux de la nuit précédente. Il se concentra sur les derniers mots que Sacha avait prononcés avant de s'endormir, *«je suis très près de tomber amoureux de toi…»* et son cœur fit un bond; pour une fois non pas parce qu'il doutait de Sacha, mais parce qu'il ressentait la même chose. Un tourbillon d'événements s'était produit depuis que celui-ci était entré dans l'ascenseur quelques semaines plus tôt, mais le temps pouvait signifier ce qu'on voulait, et ses sentiments étaient réels.

*Je pourrais l'aimer. Peut-être que je l'aime déjà.*

Son pouce passa sur la pommette de Sacha. Ce dernier fredonna.

Jonah s'immobilisa et le regarda fixement.

— Tu es réveillé ?

— Un peu. C'est agréable. S'il te plaît, ne t'arrête pas.

Il reprit ses caresses. La respiration de Sacha s'approfondit comme s'il s'était rendormi, et il le laissa tranquille jusqu'à ce que Sacha fredonne à nouveau et se rapproche de lui.

— Comment tu te sens ?

— Mieux, reconnut Sacha sans ouvrir les yeux. Je suis désolé pour ça.

— Pour quoi ?

Le Russe haussa les épaules.

— Je m'étais assis par terre un moment. Je ne voulais pas que tu me trouves.

— Je sais. Mais je l'ai fait. Et c'est tant mieux. Qu'aurais-tu fait sinon ?

— J'aurais fini par me lever. Je le fais toujours.

Jonah glissa à nouveau ses doigts dans les cheveux de son amant, s'ancrant dans les mèches soyeuses.

— Je peux te demander quelque chose ?

— Oui.

— Ta blessure provient-elle du même accident qui a tué ta mère ?

— Oui. Mais je ne m'en souviens pas. Si je n'avais pas les cicatrices sous mes cheveux, je ne le saurais pas.

— Tu as des cicatrices ?

— Sur le côté gauche de ma tête et dans mon cou. Regarde.

Il avait déjà vu la cicatrice sur le cou de Sacha. Il tendit la main vers la lampe et baigna la pièce d'une lueur dorée. Sacha se redressa légèrement et sépara ses cheveux, révélant une cicatrice incurvée sur son cuir chevelu. Le souffle coupé, Jonah la traça du bout du doigt.

— C'est énorme. Je n'arrive pas à croire qu'on ne la voie pas à travers tes cheveux.

— Elle est vieille, souligna Sacha. C'était il y a longtemps, mais depuis, j'ai parfois mal à la tête. Si je suis fatigué, si je ne mange pas assez. Parfois aussi si je jouis trop fort, donc il y a toujours un danger avec toi.

— C'est arrivé ? Est-ce que me baiser t'a donné une migraine ?

— Une fois, avoua-t-il, ses lèvres s'incurvant en un sourire en coin. La deuxième fois que nous étions ensemble. J'ai mis ma langue en toi, puis je t'ai baisé. Je ne le savais pas à l'époque, mais c'était… beaucoup pour moi.

Jonah chercha dans les souvenirs de cette nuit enivrante. Des longues heures qu'ils avaient passées penchés sur leurs ordinateurs, puis de l'orgasme à couper le souffle que Sacha lui avait offert. Il parcourut toutes les images qui lui traversèrent l'esprit, mais n'en trouva aucune qui lui aurait permis de comprendre le malaise de son amant.

— J'aurais aimé savoir que tu souffrais.

Sacha appuya sa tête sur sa main et le fixa de ses yeux noisette insondables.

— Pourquoi ?

*Parce que je t'aime.* Jonah haussa les épaules, évitant l'impact de la prise de conscience surprenante que c'était la vérité – il aimait vraiment cet homme exaspérant.

— Parce que tu n'aurais pas dû traverser ça tout seul.

— Je n'étais pas seul. Tu ronflais à côté de moi.

— Je ne ronfle pas.

— Comment tu le sais ?

— Parce que tu es tellement prétentieux que tu me l'aurais dit une douzaine de fois maintenant.

— C'est peut-être vrai, mais pourquoi veux-tu savoir si j'ai mal à la tête quand tu dors ?

— Peut-être pour la même raison que tu m'as demandé de rester avec toi hier soir.

Une lueur de compréhension apparut dans le regard de Sacha. Il s'approcha et prit la joue de Jonah dans sa main, maintenant chaude, vivante, parce que mon Dieu, il semblait à moitié mort la nuit dernière.

— Je pense que…

— Quoi ? chuchota Jonah. Qu'est-ce que tu penses ?

— Je pense que tu as peut-être raison, Jonah Gray.

Un sourire fendit le visage de ce dernier en deux. Il essaya de le contenir, mais ne se soucia pas d'échouer.

Sacha sourit aussi, d'un air narquois et ironique.

— Je ne sais pas ce qui t'amuse tant. Tu n'es pas drôle.

— Je sais. Mais toi, si.

— Et comment ça se fait ?

— Tu n'aimes pas perdre le contrôle de quelque chose… même quelque chose d'aussi sain que ça.

— Sain ?

— Oui. Nous pouvons être bons l'un pour l'autre, Sacha. Tu dois le croire.

— Oh, je le crois.

— Vraiment ?

— Oui, affirma l'autre homme en tirant Jonah vers lui. Mais il n'y a rien de sain dans ce que tu me fais ressentir en ce moment, *luchik*.

Jonah le laissa l'attirer plus près de lui jusqu'à ce que leurs corps soient pressés l'un contre l'autre, poitrine contre poitrine, membres entrelacés, verges dures cherchant à se libérer.

— Tu dois encore me dire ce que ça signifie.

— Quoi ?

— *Luchik*, grimaça-t-il devant sa prononciation. Tu le dis depuis qu'on s'est rencontrés et je n'ai aucune idée de ce que ça veut dire.

Le léger sourire de Sacha s'adoucit.

— Je te le dirai bientôt.

— Pas maintenant ?

— Non. Pas maintenant.

— Pourquoi pas ?

— Parce qu'il y a d'autres choses que je veux faire, affirma Sacha en embrassant sa joue.

Ce n'était pas particulièrement sexuel, mais il le ressentit dans chaque nerf et inspira fortement.

— Refais-le.

Sacha l'embrassa à nouveau, puis laissa traîner sa bouche jusqu'à la sienne, et leurs lèvres se rencontrèrent dans un baiser aussi ardent que doux. Malgré le gel qui s'accrochait à la ville à l'extérieur, la chaleur montait entre eux comme un orage d'été, familier et pourtant si différent des feux de forêt d'avant.

Ils s'embrassèrent pendant un temps indéterminé, se livrant à une danse lente qui plaça Sacha sous Jonah, l'attirant sur lui.

Gémissant, ce dernier se jeta contre lui ; la friction était presque insupportable. Il le voulait tellement qu'il en avait mal, mais il bougeait avec précaution, surveillant Sacha pour guetter tout signe d'inconfort persistant.

Celui-ci prit son visage dans ses mains.

— Ne fais pas ça.

— Quoi ?

— Te retenir. Je n'en ai pas besoin.

Il enroula ses jambes autour de la taille de Jonah. Son visage était encore marqué par la fatigue, mais ses yeux aux reflets dorés étaient brillants et clairs. Il était présent, ici, avec lui.

— Je veux quelque chose, chuchota-t-il.

Jonah mordit son cou, puis embrassa la marque rouge qu'il avait laissée dans son sillage.

— Tu veux que je te monte ?

— Non. Je veux dire, oui, beaucoup. Mais pas maintenant. Jonah, je veux que tu me baises.

Ce dernier fit une pause dans son voyage le long de la mâchoire de Sacha, et ses sourcils se levèrent en signe de surprise avant qu'il ne se reprenne. Il mentirait s'il disait qu'il n'avait jamais pensé à le prendre, mais c'était le genre de fantasme qu'il avait supposé rester entre lui et les murs de ses douches solitaires. Pas une réalité qui lui aurait été chuchotée un matin glacial d'hiver dans le lit de Sacha.

— Tu es sûr ? Je ne savais pas que tu faisais ça.

— Tu n'as jamais demandé.

— Touché. J'imagine que le sujet n'est jamais venu sur le tapis.

— Est-ce que tu veux ?

Jonah riva ses lèvres à celles de Sacha dans un baiser féroce. Puis il se détacha et tendit la main vers le tiroir de la table de chevet.

— Oui, j'en ai envie. J'ai envie de *toi*.

Il trouva ce dont il avait besoin et s'assit sur ses talons pour mettre un préservatif, s'enduisant de lubrifiant. Puis il se pencha de nouveau sur Sacha, profitant de la position de domination tant qu'elle durait.

— Tu l'as déjà fait avant, n'est-ce pas ? Je ne veux pas te faire mal.

Sacha leva les yeux au ciel.

— Tu ne me feras pas de mal. J'ai déjà fait ça avant.

— Avec qui ?

— Un petit ami.

— Tu ne fais pas dans les relations.

— C'était il y a longtemps. J'étais jeune.

*Tu es encore jeune. Nous le sommes tous les deux.* Mais le moment des conversations profondes était passé, pour l'instant. Jonah se concentra sur Sacha, suivant la montée et la descente rapide de sa poitrine, et la rougeur de ses joues. Une vulnérabilité qui n'avait jamais honoré leur chimie physique auparavant.

Il agrippa la jambe de Sacha, la maintenant contre sa poitrine et le souleva légèrement, alignant leurs corps. Le souffle coupé, il le pénétra, le sang rugissant dans ses oreilles, et s'enfonça lentement et profondément tout en gardant un œil attentif sur le visage de son amant : ses traits se tordaient, témoins de son malaise. Sacha avait passé suffisamment de temps à souffrir ces derniers jours. Jonah ne pouvait pas supporter de lui causer plus de douleur, même si ce n'était que temporaire. Il s'enfonça jusqu'au bout et frotta la poitrine de Sacha.

— Respire.

— Je respire.

— Plus profondément.

— Non.

— Si.

Sacha prit une lente inspiration et ferma les yeux. Jonah se sentit dépossédé de son regard hypnotique, mais le laissa faire et continua de lui frotter la poitrine jusqu'à ce qu'il commence à se détendre.

— Ça va ?

— Oui, sourit Sacha en trouvant la main de Jonah. Tu n'as pas besoin de continuer à me demander ça.

*Pas de problème.* Jonah balança ses hanches, d'avant en arrière, de lents cercles de plaisir exaspérants à faire rouler ses yeux dans leurs orbites. Il gémit, flottant dans la beauté de la chose. Le sexe avec Sacha avait toujours été une alchimie unique, mais ça, être en lui, c'était autre chose.

Il construisit un rythme qui fit cogner le lit de Sacha contre le mur, la pression s'enroulant dans ses tripes à chaque fois que sa verge pénétrait son amant. Sous lui, Sacha se cambrait et se tordait, une couche de sueur recouvrant sa peau, la mâchoire serrée, les yeux toujours fermés.

— Regarde-moi, exigea Jonah. Je veux te voir.

Les yeux de Sacha s'ouvrirent, embrumés par le désir.

— Plus fort. Baise-moi plus fort.

Jonah obéit, s'enfonçant profondément à chaque fois qu'il bougeait lentement ses hanches.

— Oui, gémit Sacha. Comme ça.

Son grognement grave alla droit au sexe de Jonah. Une énergie désespérée le consuma. Son corps lui criait de marteler Sacha, mais son cœur voulait autre chose.

Il garda son rythme sinueux, chaque mouvement étant une leçon de plaisir progressif, jusqu'à ce que Sacha tremble sous lui, haletant alors qu'il commençait à jouir.

Il le regarda, fasciné. Puis son propre orgasme le rattrapa. Il s'enfonça profondément, puis s'arrêta alors que le plaisir refoulé l'envahissait, se précipitant hors de lui et dans Sacha dans un cri dur et étranglé.

Ça sembla durer une éternité. Il luttait pour respirer, assommé par la montée en flèche de l'extase. Et puis ce fut fini, et il ne savait plus où il était, seulement qu'il devait s'occuper de Sacha.

Il releva la tête et commença à se retirer. Sacha serra ses bras autour de lui.

— Non.

— Il le faut, chuchota Jonah. Juste pour une minute.

Sacha le laissa partir.

Il s'empressa de jeter le préservatif et de se nettoyer, puis il se précipita vers le lit.

Sacha n'avait pas bougé.

Il trouva les draps froissés et les tira vers le haut du lit et sur eux.

— Viens ici.

— Hum ?

— Viens. Je veux te tenir.

Sacha soupira et se déplaça de façon à se blottir sous le bras de Jonah, la tête sur sa poitrine. Ses cheveux étaient humides de sueur et d'effort. Il les lissa en arrière et embrassa sa tempe.

— Rendors-toi si tu veux. Je ne vais nulle part.

— Comment as-tu su ?

— Su quoi ?

— Que c'était ce que je pensais.

— Je n'en savais rien. Je voulais juste te le dire.

— Je n'ai pas besoin de dormir, soupira Sacha. Je ne veux pas manquer ça avec toi.

— On peut le refaire, tu sais. Ce n'est pas un truc d'une seule fois.

— Ça ne l'est vraiment pas, n'est-ce pas ?

— Pas du tout.

Sacha se tut, le regard fixé sur la fenêtre. Elle n'offrait pas la vue scintillante de l'appartement de Jonah, mais l'éclaircie du matin semblait tout de même le captiver.

C'était aussi parfait que dans ses rêves les plus fous. Il ne voulait pas cligner des yeux, au cas où il manquerait un moment, et ils s'allongèrent dans un silence agréable jusqu'à ce que son téléphone perturbe ce moment de bonheur.

— Je ne sais même pas où il est, gémit Jonah.

— Dans ta poche ?

— Merci, Sherlock. Je suis à poil, là.

Sacha gloussa et s'assit pour se pencher sur le côté du lit. Il trouva le pantalon abandonné de Jonah et récupéra son téléphone caché dedans.

— C'est ta mère, prévint-il.

L'appel se coupa avant qu'il ait pu se redresser et le lui passer.

— Elle veut savoir si tu viens avec moi demain, grimaça Jonah. Je ne lui ai jamais donné de réponse claire.

— Oh.

— Je sais. Mais elle va s'en remettre.

— S'en remettre ? De quoi ? Je ne comprends pas.

— Se remettre que tu ne viennes pas. Je suis désolé pour ça. Quand nous sommes allés au bal, je n'ai jamais pris en compte toutes ces… complications, avoua-t-il en agitant sa main.

— Il n'y a rien de compliqué, grogna Sacha. Donne-moi ton pouce.

— Quoi ?

Sacha s'élança et attrapa sa main, appuyant son pouce sur le bouton de son téléphone dans un mouvement souple dont un lutteur aurait été fier.

Son téléphone s'alluma. Le tenant hors de sa portée, Sacha tapa un message d'une main, puis laissa tomber le téléphone sur le lit avec un sourire satisfait.

— Voilà, s'exclama-t-il.

— Voilà, quoi ? demanda Jonah en cherchant son portable. Qu'est-ce que tu viens de faire ?

Sacha haussa les épaules.

— Je lui ai dit la vérité.

— C'est-à-dire ?

— Que je serai là, Jonah Gray, où que tu sois, car je ne veux être nulle part ailleurs.

# Chapitre 20

*Le jour de Noël*

Sacha s'installa dans le vieux fauteuil Chesterfield, un cadeau emballé dans une main, un verre de quelque chose de sucré et d'alcoolisé dans l'autre. À ses pieds, un petit enfant roux jouait avec un wagon de l'énorme train en bois que Jonah avait offert à sa collection de neveux et nièces, se cognant aux chevilles de Sacha.

— Désolé, chuchota Jonah. Je t'avais prévenu que c'était bruyant.

— Ne t'excuse pas, le tranquillisa Sacha en souriant. J'aime le bruit.

— Oui, mais seulement dans…

— Seigneur, le fit taire son amie Lily d'une main délicate sur sa bouche. Peu importe ce que tu t'apprêtes à dire, ne le fais pas. Je n'ai pas besoin d'entendre ça.

Il se dégagea de son emprise.

— Depuis quand ? Tu n'appelles que pour me cuisiner sur ma vie sexuelle.

Lily jeta une tartelette fourrée de fruits secs à Jonah. Elle le rata et atterrit sur les genoux de Sacha. Il la ramassa et l'engloutit entièrement avant que Lily ne puisse la réclamer. Il n'en avait jamais mangé auparavant, mais depuis qu'Eleanor avait apporté la première assiette la veille, il n'avait pas pu s'arrêter.

Jonah rigola.

— Tu sais que tu fais la joie de ma mère en ce moment, n'est-ce pas ? La quantité que tu as mangée ? C'est la seule chose qu'elle a faite elle-même.

— Elles sont bonnes, avoua Sacha la bouche pleine. Elle a le droit d'en être fière.

— Tu vas ouvrir ton cadeau ? s'impatienta Lily. Ce n'est pas grand-chose, et je n'ai eu que les vagues descriptions de Jonah à ton sujet pour le choisir.

Sacha s'essuya la bouche et considéra le petit paquet que Lily lui avait offert après le dîner. Sa seule contribution à la pile de cadeaux sous le sapin avait été la caisse de Dom Pérignon qu'ils avaient achetée en venant ici, et il se sentait mal que Lily ait pensé à lui trouver un cadeau.

— Tu n'avais pas besoin de m'offrir quoi que ce soit.

Lily glissa sur le bras lisse de la chaise, atterrissant carrément sur Sacha, sa petite taille en faisant un parfait paquet de chair et d'os.

— En fait, je n'ai rien acheté. C'est quelque chose à moi que je voulais te donner. Ouvre-le.

Curieux, il déballa le paquet. Sous le papier rouge et or, il trouva un sac en tissu semblable à celui qui contenait le bracelet en cuir que Jonah lui avait offert avant Noël. À l'intérieur se trouvait un autre bracelet en titane de couleur bronze.

— C'est magnétique, expliqua Lily. Ça m'aide avec mes migraines.

Sacha tint le bracelet à la lumière. Il était simple, et pourtant audacieusement beau.

— Comment as-tu su qu'il pourrait m'aider avec les miennes ?

— C'est moi qui lui ai dit, avoua Jonah. Hier, quand tu étais dans la douche. Désolé. Elle m'a demandé comment tu allais et je ne suis pas un bon menteur.

— Je ne voudrais pas que tu le sois.

Jonah fut arraché à la conversation avant qu'il ne puisse répondre, tiré sur le sol pour jouer avec la bande d'enfants anglais sauvages qui l'adoraient. Il était l'oncle amusant, et Sacha aurait pu le regarder avec eux toute la journée.

Peut-être qu'il le ferait, si Jonah ne pouvait pas s'échapper de la pile de chiens sous laquelle il se trouvait maintenant.

— Tu l'aimes, n'est-ce pas ?

Il cligna des yeux. Perdu dans sa contemplation, il avait presque oublié Lily assise sur ses genoux comme s'ils avaient été amis toute leur vie, comme elle et Jonah.

— Pourquoi tu me demandes ça ?

— Parce que je suis curieuse, confia-t-elle. Je vois comment tu le regardes et c'est tellement charmant que ça me donne presque envie d'avoir un amoureux à moi.

— Presque seulement ?

— Oui. Les hommes sont des ordures. Ou peut-être que je suis juste gâtée d'avoir Jonah comme meilleur ami. Personne ne lui arrive à la cheville.

— Et personne ne le fera jamais, souffla-t-il distraitement en glissant le bracelet sur son poignet à côté de celui de Jonah. Il est spécial.

— Oui, il l'est. Tu sais, c'est drôle… Cette fausse relation que vous aviez. Ça n'a jamais semblé faux pour moi. J'ai toujours su que tu serais là aujourd'hui.

— Vraiment ?

Elle acquiesça.

— Je pense que toi aussi.

— Hum. Je pense que tu pourrais avoir raison.

Lily lui offrit un sourire étincelant et s'allongea contre lui, les yeux fermés. Ses paupières aussi étaient lourdes, mais la fatigue qui l'envahissait était la bonne, alimentée par plus de vingt-quatre heures de bonne nourriture, de gens accueillants et d'accès illimité à la seule âme sur terre qu'il ait jamais envisagé de vouloir pour toujours.

C'était comme s'il s'était réveillé dans un autre monde. Un monde qui lui réchauffait les os et le visage douloureux à force de sourire. Jonah souleva sa plus petite nièce au-dessus de sa tête, la faisant tourner sur elle-même, et il absorba son exaltation comme si c'était la sienne. Un jour ou l'autre, ils retourneraient en ville et aux vies qui les avaient réunis. Sacha ne pouvait pas prédire leur avenir, mais il n'avait pas peur.

Jonah était la joie, et il voulait tout cela.

Plus tard, après plus de nourriture et d'alcool, Jonah l'arracha à Lily et le poussa dehors.

Il rigola.

— C'est la première fois que tu me forces à m'habiller, non ?

— Il fait froid, rétorqua Jonah en drapant une écharpe autour du cou de Sacha. Alors ferme-la.

— Tu m'as dit ça la nuit dernière.

— Je me parlais à moi-même, en fait. Je n'ai pas l'habitude de me contenir avec ta verge en moi.

Sacha le laissa faire. Baiser en silence pour que la mère de quelqu'un n'entende pas était nouveau pour lui aussi, mais il ne se plaignait pas. Comment le pourrait-il ?

Ils quittèrent la maison et se promenèrent lentement sur le terrain de la propriété de campagne des parents de Jonah. La maison était immense, mais sans l'ostentation à laquelle il s'était attendu. Elle était confortable, chaleureuse, et assez vieille pour ne pas être grandiose ou désagréable. Le terrain était également sauvage, ponctué de vergers et d'énormes chênes.

Il adorait.

— C'est agréable ici. Je ne sais pas pourquoi tes parents sont venus en ville.

— Le travail, principalement, expliqua Jonah. Mais ils en font moins ces jours-ci. Il ne faudra pas longtemps avant qu'ils ne viennent que pour les soirées.

— Je ne comprends pas ça non plus.

— Peut-être qu'ils aiment aussi les petits fours.

— Peut-être, acquiesça Sacha en donnant un coup de pied dans une pomme de pin. Je n'en ai jamais eu un mauvais de ta mère.

Jonah rit, comme il l'avait fait tant de fois depuis qu'ils s'étaient réveillés ce matin-là, enveloppés l'un contre l'autre dans un lit à baldaquin surplombant la terre mystique qu'ils foulaient maintenant.

— Dis-lui ça et elle commencera à planifier notre mariage.

— Les mères peuvent faire des choses bien pires que ça, *luchik*.

— OK, c'est l'heure, s'exclama Jonah en s'arrêtant de marcher, sa main dans celle de Sacha, l'obligeant à faire de même. Tu dois me dire ce que ça signifie avant que je ne le cherche sur Google et que je n'interprète mal ce qu'il me dit.

— Chercher quoi ?

— *Luchik*. Pour ce que j'en sais, tu me traites d'idiot douze fois par jour.

— Pas du tout.

— Alors, comment tu m'appelles ?

Sacha trouva les mains de Jonah et les serra dans les siennes. Malgré la fraîcheur de l'air glacial, ce dernier était chaud, le réchauffant de l'intérieur.

— Ce n'est pas une transposition directe, mais pour moi cela signifie rayon solaire, comme dans « tu es à moi ».

— Ton rayon solaire ?

— Oui, ou rayon de soleil, peu importe, ça n'a pas d'importance. C'est ce que tu es pour moi, et tu l'as toujours été, malgré le fait que nous nous soyons rencontrés au clair de lune, tu comprends ?

— Si on peut appeler un ascenseur en panne un clair de lune, alors oui, plaisanta Jonah, son sourire large et ses yeux brillants. Mais peu importe. J'adore ça. Et je suis content de ne pas l'avoir su jusqu'à maintenant. Tu sais que tu me l'as dit la nuit où on s'est rencontrés ?

— Je l'ai fait ?

— Oui. Quand tu m'as sauvé de William Ratner.

Sacha se hérissa. Ce nom ne cesserait jamais de lui donner des envies de meurtre.

— Je le pensais alors, et je le pense maintenant. Je sais que je ne suis pas facile parfois, mais je vais essayer d'être meilleur, je te le promets.

— Tu n'as pas besoin de faire ça.

— Oh, je le fais parce que je ne peux pas promettre que je vais toujours réussir.

— Personne n'est parfait, Ivanov.

— C'est comme ça que tu m'appellerais si tu m'épousais ?

— Peut-être. Ce n'est pas aussi pervers de t'appeler par mon propre nom.

— Je prendrais ton nom. Je ne suis pas attaché au mien.

— C'est gentil.

Jonah enroula ses bras autour de Sacha dans une étreinte qui les pressa l'un contre l'autre de toutes les bonnes manières. Autour d'eux, il se mit à neiger, des flocons légers, anglais, qui ne voulaient pas tenir et qui pourtant paralysaient la vie quotidienne. C'était de la poussière de fée qui se déposait dans les cheveux de Jonah, et Sacha les observait s'empiler les uns sur les autres, fasciné, jusqu'à ce que son amant se blottisse dans son cou.

— À quoi penses-tu si fort ?

— Je ne pense pas.

— Tu en es sûr ? Tu as disparu pendant un moment.

— Je n'en avais pas l'intention. Je suis là.

Sacha trouva les lèvres de Jonah et l'embrassa profondément.

— Tu sais que tu as été un ange pour moi, n'est-ce pas ? ajouta-t-il.

Jonah prit le visage de Sacha en coupe, son pouce caressant sa pommette.

— Tu l'as fait pour moi aussi. Je ne pense pas m'être jamais senti aussi bien qu'avec toi.

— Je t'aime, Jonah Gray. Je ne sais pas ce que cela signifie, ni où cela nous mènera, mais je le sens ici.

Sacha leva l'autre main de Jonah sur sa poitrine, la pressant pour qu'il puisse sentir son cœur s'emballer.

Le sourire de Jonah en guise de réponse correspondait au soleil qu'il avait toujours été pour lui.

— Ça veut tout dire, Sacha, parce que je t'aime aussi.

Imprimé en France
FRHW011839110122
29601FR00004B/32

9 791038 116788